Die mörderische Teerunde

Sammler-Edition

AGATHA CHRISTIE

Die mörderische Teerunde

Sammler-Edition

Scherz
Bern – München – Wien

Einmalige Ausgabe 1995
Einzig berechtigte Übertragung aus dem Englischen
von Karl H. Schneider, Adi Oes und Günter Eichel
Eine Auswahl aus dem englischen Originalwerk:
»Problem at Pollensa Bay and Other Stories«
Published by HarperCollins Publishers 1991

Die mörderische Teerunde

Mr. Sattersway schnalzte ein paarmal ärgerlich mit der Zunge. Ob er nun recht oder unrecht hatte mit seiner Annahme, jedenfalls war er mehr und mehr davon überzeugt, daß die Autos heutzutage viel häufiger Pannen hatten als früher. Die einzigen Autos, denen er Vertrauen schenkte, waren alte Freunde, die dem Zahn der Zeit widerstanden hatten. Sie besaßen zwar ihre gewissen Eigenheiten, aber die kannte man, war auf sie vorbereitet und erfüllte ihre Wünsche, bevor sie geäußert wurden. Aber die modernen Autos! Voll von neuartigen Vorrichtungen, mit verschiedenartigen Fenstern, das Armaturenbrett anders gestaltet – sehr hübsch mit seinem glänzenden Holz, aber so ungewohnt. Die suchende Hand gleitet unsicher über die Schaltknöpfe für den Nebelscheinwerfer, den Scheibenwischer, den Starter – alles so angebracht, wie man es nicht erwartet hätte. Und wenn das glänzende neue Spielzeug dann versagt, hörst du in der Werkstatt die äußerst verwirrenden Worte: »Kinderkrankheiten, Sir. Phantastisches Auto, dieser Sportzweisitzer Super Superbos. Mit der allerneuesten Ausstattung. Aber anfällig für Kinderkrankheiten, müssen Sie wissen. Ha, ha.« Gerade so, als wäre ein Auto ein Baby.

Aber Mr. Sattersway, selbst schon in fortgeschrittenem Alter, war unbedingt der Meinung, daß ein neues Auto vollkommen erwachsen sein sollte. Untersucht, überprüft und die Kinderkrankheiten bereits kuriert, bevor es in die Hände des Käufers gelangte.

Mr. Sattersway war unterwegs, um ein Wochenende bei Freunden auf dem Land zu verbringen. Sein neues Auto hatte bereits auf dem Weg von London gewisse Zeichen des Unbehagens signalisiert. Nun stand es in einer Werkstatt und wartete auf die Diagnose und den Bescheid, wie lange es dauern würde, bis es seine Fahrt zum Bestimmungsort fortsetzen könne. Sein Chauffeur war in Beratungen mit einem Automechaniker vertieft. Mr. Sattersway saß herum und übte sich mit großer Anstrengung in Geduld. Am Abend zuvor hatte er seinen Gastgebern telefonisch versichert, daß er rechtzeitig zum Tee eintreffen würde. Spätestens um vier Uhr würde er in »Doverton Kingsbourne« sein, so hatte er ihnen versichert. Erneut schnalzte er entrüstet und versuchte, seine Gedanken auf erfreulichere Dinge zu lenken.

Ja, an etwas Erfreulicheres denken. War da nicht etwas gewesen – etwas, das er bemerkt hatte, als sie hierherfuhren? Vor kurzer Zeit erst. Etwas, das er in einem Schaufenster gesehen, das ihn erfreut und in Erregung versetzt hatte. Aber bevor er Zeit gehabt hatte, darüber nachzudenken, wurden die Schwierigkeiten mit dem Wagen so groß, daß ein sofortiges Aufsuchen der nächsten Werkstatt unvermeidbar war.

Was war es noch, was er gesehen hatte? Auf der linken – nein, auf der rechten Straßenseite. Ja, auf der rechten Seite, als sie langsam durch die Dorfstraße fuhren. Neben der Post, ja, da war er sich ganz sicher. Neben der Post, weil er, als diese in Sicht kam, noch daran gedacht hatte, die Addisons anzurufen, um ihnen mitzuteilen, daß er sich vermutlich etwas verspäten würde. Die Post. Ein Dorfpostamt. Und daneben – ja, ganz unzweifelhaft direkt daneben, oder aber höchstens ein Haus weiter, hatte irgend etwas alte Erinnerungen in ihm geweckt, und er hatte sich gewünscht – was hatte er sich denn nur gewünscht? Ach herrje, es würde ihm schon wieder einfallen. Es hatte irgend etwas mit einer Farbe zu tun. Mit verschiedenen Farben. Ja, mit einer Farbe oder mit Farben. Oder einem Wort. Ein bestimmtes Wort, das alte Erinnerungen in ihm geweckt hatte, Gedanken, vergangene Freuden, Aufregungen – das etwas zurückrief, was einmal lebhaft und lebendig gewesen war. Etwas, das er nicht nur gesehen, sondern woran er teilgenommen hatte. Teilgenommen ... aber an was und warum und wo? An den verschiedensten Orten. Die Antwort auf die letzte Frage kam schnell: an den verschiedensten Orten.

Auf einer Insel? Auf Korsika? In Monte Carlo, den Croupier beobachtend, wie er das Rad in Bewegung setzt? Ein Haus auf dem Land? An den verschiedensten Orten. Und er selbst war dort gewesen – und noch jemand anders. Ja, noch jemand anders. Und alles hing damit zusammen. Er kam schon noch dahinter. Wenn er nur . . . In diesem Moment wurde er vom Chauffeur unterbrochen, der mit dem Automechaniker im Schlepptau ans Wagenfenster trat.

»Wird nicht lange dauern, Sir«, versicherte der Chauffeur ihm zuversichtlich. »Höchstens zehn Minuten, nicht mehr.«

»Keine ernsthaften Schwierigkeiten«, bestätigte der Mechaniker mit tiefer, heiserer, bäuerlich klingender Stimme. »Kinderkrankheiten, könnte man sagen.«

Diesmal schnalzte Mr. Sattersway nicht. Er knirschte mit den Zähnen – eine Eigenart, die er oft gehört und die er mit zunehmendem Alter sich tatsächlich zur Angewohnheit gemacht hatte, vermutlich, weil seine obere Prothese etwas locker saß. Kinderkrankheiten, Zähnekriegen, Zähneknirschen, falsche Zähne – wirklich, dachte er, das ganze Leben schien sich nur um die Zähne zu drehen!

»Doverton Kingsbourne ist nur wenige Meilen von hier entfernt«, sagte der Chauffeur, »und es gibt ein Taxi am Ort. Sie könnten damit hinüberfahren, Sir, und ich komme mit dem Wagen nach, sobald er fertig ist.«

»Nein!« sagte Mr. Sattersway. Er sagte es unerwartet aufbrausend, und der Chauffeur und der Mechaniker schauten ihn ganz erschrocken an. Seine Augen funkelten. Seine Stimme klang fest und bestimmt. Die Erinnerung war zurückgekommen.

»Ich habe mich entschlossen«, sagte er, »die Straße zurückzugehen, auf der wir gerade hergekommen sind. Wenn der Wagen fertig ist, holen Sie mich dort ab. Im *Café Harlekin*, so heißt es wohl.«

»Das ist kein besonders gutes Lokal, Sir«, wandte der Automechaniker ein.

»Dort werde ich sein«, entgegnete Mr. Satterswaymit beinahe königlicher Würde und machte sich munter auf den Weg. Die beiden Männer schauten ihm verwundert nach.

»Ich weiß nicht, was in ihn gefahren ist«, sagte der Chauffeur. »So habe ich ihn noch nie gesehen.«

Kingsbourne Ducis entpuppte sich als ein Dorf, das nur wenig mit der alten Erhabenheit seines Namens gemein hatte. Es war eine unbedeutende Ortschaft mit einer einzigen Straße, gesäumt von wenigen Häusern. Verstreut dazwischen lagen ein paar Läden, die gelegentlich die Tatsache verbargen, daß sie ursprünglich einmal Wohnhäuser waren, die man zu Läden ausgebaut hatte, oder daß es Läden waren, die nun als Häuser ohne jegliche gewerbliche Absicht existierten.

Das Dorf war weder besonders alt noch besonders schön. Es machte einen einfachen und ziemlich bescheidenen Eindruck. Vielleicht war das der Grund, dachte Mr. Satterswaydaß vorhin ein kurzes Aufleuchten funkelnder Farben seine Aufmerksamkeit erregt hatte. Ah, hier war die Post. Auch sie entpuppte sich als einfache Poststelle mit einem Briefkasten an der Wand und ein paar Zeitungen und Ansichtskarten in der Auslage. Und daneben, ja, richtig, da war das Schild: *Café Harlekin*. Mr. Satterswayhatte plötzlich ein merkwürdiges Gefühl. Wirklich, er wurde alt und schrullig. Warum ließ dieses Wort sein Herz schneller schlagen? *Café Harlekin*.

Der Mechaniker in der Werkstatt hatte schon recht gehabt. Es sah nicht nach einem Lokal aus, in das man ging, um mit Genuß zu speisen. Einen kleinen Imbiß höchstens oder einen Morgenkaffee. Also warum? Aber plötzlich wurde ihm bewußt, warum. Denn das Café oder genauer gesagt das Gebäude, welches das Café beherbergte, war in zwei Bereiche unterteilt. Auf der einen Seite standen Stühle um kleine Tischchen, auf die Kunden wartend, die hierherkamen, um zu essen. Aber auf der anderen Seite war ein Laden. Ein Laden, in dem Porzellan verkauft wurde.

Es war kein Antiquitätenladen mit kleinen Vitrinen, die Glasvasen oder Krüge enthielten, sondern ein Laden, der Gebrauchsartikel anbot. Das Schaufenster zur Straße zeigte im Moment alle

Farben des Regenbogens. Ein Teeservice mit ziemlich großen Tassen und Untertassen stand darin, jedes Stück in einer anderen Farbe. Blau, Rot, Gelb, Grün, Rosa, Purpur. Wirklich, dachte Mr. Sattersway, eine wundervolle Farbenpracht. Kein Wunder, daß es ihm ins Auge gefallen war, als sie auf der Suche nach einer Tankstelle oder Reparaturwerkstatt langsam die Straße entlangfuhren. Auf einer großen Karte wurde es als »Harlekin-Teeservice« vorgestellt. Natürlich war es das Wort »Harlekin« gewesen, das sich in sein Gedächtnis eingegraben hatte, allerdings nur schwach, so daß er Mühe gehabt hatte, es wieder auszugraben. Die lustigen Farben. Die Harlekinfarben. Und er hatte gestutzt, sich gewundert, hatte die absurde, aber aufregende Idee gehabt, daß es hier irgendeine Botschaft für ihn gab. Speziell für ihn. Vielleicht fand er hier, eine Mahlzeit zu sich nehmend oder Teetassen und Teller kaufend, seinen alten Freund Mr. Harley Quin wieder? Wie viele Jahre waren es nun schon her, daß er ihn nicht mehr gesehen hatte? Sehr viele Jahre. War es an dem Tag gewesen, als Mr. Quin sich auf jener Landstraße von ihm entfernte, die »Straße der Liebenden« genannt wurde? Er hatte immer gehofft, Mr. Quin einmal wiederzutreffen. Aber es war leider nicht geschehen.

Und deswegen hatte er heute den wundervollen und überraschenden Einfall gehabt, daß er hier in diesem Dorf, in Kingsbourne Ducis, Mr. Harley Quin vielleicht doch wieder einmal treffen würde. »Absurd«, sagte sich Mr. Sattersway nun, »wirklich absurd. Was man doch für dumme Ideen hat, wenn man alt wird!«

Er hatte Mr. Quin sehr vermißt. Er hatte ihn vermißt, weil er zu den spannendsten Dingen gehörte, die ihm in den späten Jahren seines Lebens begegnet waren. Jemand, der überall auftauchen konnte, und der, wenn er auftauchte, immer ankündigte, daß etwas passieren würde. Etwas, das ihm persönlich passieren würde. Nein, das stimmte nicht ganz. Nicht ihm, sondern *durch* ihn. Das war das Aufregende daran. Nur einfach aufgrund von Worten, die Mr. Quin aussprechen würde. Worte. Oder Dinge, auf die er ihn hinwies und die Impulse in ihm auslösten. Er konnte dann Dinge erkennen, sich Dinge vorstellen, Dinge herausfinden. Er konnte sich dann mit etwas befassen, womit man sich befassen mußte. Und ihm gegenüber würde Mr. Quin sitzen, vielleicht zustimmend lächelnd.

Irgend etwas, was Mr. Quin sagte, würde eine Flut von Ideen bei ihm auslösen, und er würde die handelnde Person sein. Er, Mr. Sattersway. Der Mann mit so vielen alten Freunden. Der Mann, unter dessen Freunden sich eine Herzogin befunden hatte, ein zeitweiliger Bischof – bedeutende Leute, die eine Rolle in der Gesellschaft spielten. Denn letzten Endes war Mr. Sattersway doch immer ein Snob gewesen. Er hatte sich zu Herzoginnen hingezogen gefühlt, er hatte die Bekanntschaft alter Familien gesucht, Familien, die über Generationen hinweg die begüterte Gesellschaft Englands repräsentiert hatten. Aber er hatte auch Interesse an jungen Leuten gezeigt, die nicht unbedingt einen gesellschaftlichen Rang hatten. Junge Leute, die in Schwierigkeiten waren, die verliebt waren, unglücklich waren, Hilfe brauchten. Mit Mr. Quins Unterstützung war er in der Lage, ihnen diese Hilfe zu gewähren.

Und nun suchte er ihn idiotischerweise in einem reizlosen Dorfcafé und einem Laden für Porzellan und Haushaltswaren!

»Egal«, sagte er sich, »ich muß hineingehen. Wenn ich schon so albern war, hierher zurückzulaufen, muß ich auch hineingehen – nur für den Fall des Falles. Sie werden mit dem Wagen sowieso länger zu tun haben, als sie behaupten. Bestimmt wird es länger als zehn Minuten dauern. Nur für den Fall, daß es drinnen irgend etwas Interessantes gibt . . .«

Er schaute sich noch einmal das mit Porzellan gefüllte Schaufenster an und stellte plötzlich fest, daß es recht gutes Porzellan war. Ein gutes modernes Erzeugnis. Wieder schaute er zurück in die Vergangenheit, erinnerte sich. Die Herzogin von Leith, dachte er, was für eine wundervolle alte Dame war das gewesen. Wie freundlich war sie zu ihrer Zofe gewesen auf der stürmischen Seereise nach Korsika. Mit der Hingabe eines barmherzigen Engels hatte sie sie gepflegt und erst am nächsten Tag wieder diese selbstherrliche, befehlende Art angenommen, die das

Dienstpersonal jener Tage scheinbar ohne Aufbegehren zu ertragen bereit war.

Maria. Ja, das war der Name der Herzogin gewesen. Gute alte Maria Leith! Schade, sie war vor einigen Jahren gestorben. Aber sie hatte auch so ein Harlekin-Teeservice besessen, erinnerte er sich. Ja, große, runde Tassen in bunten Farben. Schwarz, Gelb, Rot und ein besonders aufdringliches Rotbraun. Rotbraun mußte wohl ihre Lieblingsfarbe gewesen sein. Er erinnerte sich, daß sie auch ein Rockingham-Teeservice besessen hatte, dessen vorherrschende Farbe Rotbraun mit goldenen Verzierungen gewesen war.

Mr. Sattersway seufzte. »Ach, das waren noch Zeiten! Ich glaube, ich gehe jetzt besser hinein. Vielleicht bestelle ich eine Tasse Kaffee. Der Kaffee wird mit viel Milch sein, nehme ich an, vermutlich auch schon mit Zucker. Aber irgendwie muß man sich ja die Zeit vertreiben.«

Er ging hinein. Das Café auf der einen Seite war fast leer. Es war noch zu früh für die Leute, ihren Tee zu trinken, vermutete Mr. Sattersway. Und außerdem tranken heutzutage nicht mehr viele Leute Tee, mit Ausnahme der älteren gelegentlich zu Hause. Im Erker drüben saß ein junges Paar, und an einem Tisch im Hintergrund tratschten zwei Frauen miteinander.

»Ich sagte ihr«, erklärte die eine gerade, »ich sagte ihr, das kannst du nicht machen. Nein, das ist eine Sache, mit der ich nicht einverstanden bin, sagte ich, und das sagte ich auch zu Henry, und er war der gleichen Meinung.«

Es ging Mr. Sattersway durch den Kopf, daß Henry vermutlich ein ziemlich hartes Leben haben mußte und daß er es zweifellos für klug hielt, ihr zuzustimmen, was immer sie auch meinte. Eine gänzlich unattraktive Frau mit einer gänzlich unattraktiven Freundin. Er wandte seine Aufmerksamkeit dem Laden auf der anderen Seite zu und murmelte: »Darf ich mich einmal umsehen?«

Die Verkäuferin, eine sehr zuvorkommende Frau, entgegnete: »Gern, Sir. Wir haben im Augenblick eine große Auswahl.«

Mr. Sattersway schaute sich die bunten Tassen an, nahm eine oder zwei davon in die Hand, untersuchte das Milchkännchen, hob ein Porzellanzebra hoch und betrachtete es prüfend und inspizierte auch einige ziemlich ansprechend geformte Aschenbecher. Als hinter ihm Stühle gerückt wurden, sah er sich um. Die beiden Frauen im besten Alter hatten bezahlt und wandten sich zum Gehen, noch immer alten Kummer diskutierend.

In der Tür begegneten sie einem hochgewachsenen Mann im dunklen Anzug. Er setzte sich an den Tisch, den die Frauen gerade verlassen hatten. Seinen Rücken hatte er Mr. Sattersway zugewandt, der diesen Rücken anziehend fand. Etwas gebeugt, robust, muskulös, aber irgendwie finster und geheimnisvoll aussehend, weil sehr wenig Licht im Laden war. Mr. Sattersway schaute wieder auf die Aschenbecher und dachte: Ich sollte vielleicht einen davon nehmen, um die Ladeninhaberin nicht zu enttäuschen. In diesem Moment fiel plötzlich die Sonne herein.

Bis dahin war Mr. Sattersway nicht klar gewesen, daß es drinnen nur deshalb so dunkel gewesen war, weil die Sonne fehlte. Sie war wahrscheinlich für einige Zeit hinter einer Wolke verschwunden. Es hatte sich etwa zu der Zeit bewölkt, fiel ihm ein, als sie bei der Autowerkstatt angekommen waren. Aber nun brach die Sonne plötzlich wieder hervor. Sie ließ die Farben des Teeservices aufleuchten und erhellte durch ein buntes Glasfenster – mit einer Art geistlichem Motiv, das vermutlich noch aus dem ursprünglich viktorianischen Haus stammte, vermutete Mr. Sattersway – das dämmrige Café. Auf merkwürdige Weise beschien das Licht den Rücken des Mannes, der sich gerade hingesetzt hatte. Anstelle der dunklen, schwarzen Silhouette erzeugte es eine bunte Farbpalette, rot und blau und gelb.

Und plötzlich wußte Mr. Sattersway, daß er genau das sah, worauf er gehofft hatte. Seine Ahnung hatte ihn nicht getäuscht. Er wußte jetzt, wer gerade hereingekommen war und sich dort an den Tisch gesetzt hatte. Er wußte es so genau, daß er sich nicht einmal mehr das Gesicht anschauen mußte. Er wandte dem Porzellan den Rücken zu, ging in das Café, um den runden Tisch herum und setzte sich dem Mann gegenüber.

»Mr. Quin«, sagte er, »irgendwie wußte ich, daß Sie es sein würden.«

Mr. Quin lächelte. »Sie wissen immer so viele Sachen«, sagte er.

»Es ist lange her, seit ich Sie zuletzt sah«, fuhr Mr. Sattersway fort.

»Spielt Zeit überhaupt eine Rolle?« fragte Mr. Quin.

»Vielleicht nicht. Sie mögen recht haben. Vielleicht nicht.«

»Darf ich Ihnen eine Erfrischung anbieten?«

»Gibt es hier überhaupt irgendeine Erfrischung?« bemerkte Mr. Sattersway zweifelnd. »Ich nehme an, daß Sie zu diesem Zweck hier hereingekommen sind.«

»Man kann sich seiner Absichten nie ganz sicher sein, nicht wahr?« entgegnete Mr. Quin.

»Ich freue mich wirklich, Sie wiedergetroffen zu haben«, sagte Mr. Sattersway. »Fast hätte ich es vergessen, wissen Sie. Ich meine die Art, wie Sie sprechen, die Dinge, die Sie sagen. Und die Dinge, an die Sie mich denken lassen, die Dinge, die Sie mich tun lassen.«

»Ich – ich lasse Sie etwas tun? Da irren Sie sich aber sehr. Sie haben immer selbst ganz genau gewußt, was Sie tun wollten und warum Sie es tun wollten und warum Sie so sicher waren, daß es getan werden mußte.«

»Das fühle ich nur in Ihrer Gegenwart.«

»Aber nein«, sagte Mr. Quin sanft, »ich habe damit nichts zu tun. Ich komme nur – wie ich Ihnen oft erklärt habe – ganz zufällig vorbei. Das ist alles.«

»Und heute kommen Sie zufällig durch Kingsbourne Ducis.«

»Aber Sie sind nicht zufällig hier. Sie haben ein bestimmtes Ziel, nehme ich an?«

»Ich bin auf dem Weg, einen sehr alten Freund zu besuchen, einen Freund, den ich seit Jahren nicht gesehen habe. Er ist nun alt und ein bißchen gebrechlich. Er hatte einen Schlaganfall. Zwar hat er sich davon wieder ganz gut erholt, aber man weiß ja nie ...«

»Lebt er allein?«

»Nicht mehr, Gott sei Dank. Seine Familie ist aus dem Ausland zurückgekehrt, das heißt das, was von seiner Familie übriggeblieben ist. Sie leben nun seit einigen Monaten bei ihm. Ich freue mich, daß es mir möglich war, hierherzukommen und sie alle zusammen wiederzusehen. Diejenigen, um es genau zu sagen, die ich von früher her kenne, und diejenigen, die ich noch nicht kennengelernt habe.«

»Sie meinen die Kinder?«

»Kinder und Enkelkinder.« Mr. Sattersway seufzte. Einen Augenblick lang war er traurig, daß er selbst keine Kinder hatte und keine Enkelkinder und keine Urenkel. Für gewöhnlich bedauerte er das überhaupt nicht.

»Es gibt einen speziellen Mokka hier«, sagte Mr. Quin. »Der ist wirklich gut. Alles andere ist, wie Sie erraten haben, wenig empfehlenswert. Aber einen Mokka kann man immer trinken, nicht wahr? Lassen Sie uns einen bestellen, denn ich nehme an, daß Sie Ihre Wallfahrt oder was auch immer es ist, bald fortsetzen müssen.«

Durch die Tür kam ein kleiner schwarzer Hund. Er setzte sich vor den Tisch und schaute zu Mr. Quin auf.

»Ihr Hund?« fragte Mr. Sattersway.

»Ja. Darf ich Sie mit Hermes bekannt machen?« Er streichelte den Kopf des schwarzen Hundes. »Kaffee«, sagte er. »Sag Ali Bescheid.«

Der schwarze Hund stand auf und verschwand durch eine Tür an der Rückseite des Ladens. Sie hörten ein kurzes, scharfes Bellen. Kurz darauf erschien er wieder. Mit ihm kam ein junger Mann mit sehr dunklem Teint, der einen smaragdgrünen Pullover trug.

»Kaffee, Ali«, sagte Mr. Quin. »Zwei Tassen.«

»Mokka, nehme ich an, Sir.« Er lächelte freundlich und verschwand. Der Hund setzte sich wieder hin.

»Erzählen Sie mir«, sagte Mr. Sattersway, »erzählen Sie mir, wo Sie gewesen sind und was Sie gemacht haben und warum ich Sie so lange nicht gesehen habe.«

»Ich sagte Ihnen bereits vorhin, daß Zeit wirklich nichts bedeutet. An das Ereignis bei unserem letzten Treffen erinnere ich mich – und ich glaube, Sie auch – noch sehr genau.«

»Ein sehr tragisches Ereignis«, bemerkte Mr. Sattersway. »Ich denke wirklich nicht gern daran zurück.«

»Weil der Tod dabei eine Rolle spielte? Aber der Tod ist nicht immer eine Tragödie, das habe ich Ihnen schon mal erklärt.«

»Das stimmt«, sagte Mr. Sattersway. »Vielleicht war dieser Tod – der Tod, an den wir beide denken – keine Tragödie. Aber trotzdem . . .«

»Aber trotzdem ist es das Leben, das wirklich zählt. Da haben Sie natürlich recht«, sagte Mr. Quin. »Vollkommen recht. Es ist das Leben, das zählt. Wir wollen nicht, daß jemand, der noch jung ist, der glücklich ist oder glücklich sein könnte, schon stirbt. Niemand von uns will das. Das ist der Grund, warum wir immer ein Leben retten müssen, wenn der Befehl kommt.«

»Haben Sie einen Befehl für mich?«

»Ich – einen Befehl für Sie?« Harley Quins langes, trauriges Gesicht wurde erhellt durch sein seltsam bezauberndes Lächeln. »Ich habe keine Befehle für Sie, Mr. Sattersway. Ich habe niemals Befehle für Sie gehabt. Sie wissen selbst Bescheid, sehen, was vorgeht, wissen, was zu tun ist, führen es aus. Mit mir hat das nichts zu tun.«

»O doch, das hat es«, widersprach Mr. Sattersway. »Über diesen Punkt können Sie meine Meinung nicht ändern. Aber erzählen Sie mir doch: Wo sind Sie gewesen?«

»Nun, ich bin hier und dort gewesen. In verschiedenen Ländern, verschiedenen Himmelsstrichen, verschiedenen Abenteuern. Aber fast immer, wie gewöhnlich, nur zufällig vorbeikommend. Ich glaube, daß Sie mir mehr zu erzählen haben; nicht nur, was Sie in der Zwischenzeit machten, sondern auch, was Sie gerade jetzt vorhaben. Erzählen Sie mir, wohin Sie gehen, wen Sie besuchen wollen – über Ihre Freunde, wie sie sind.«

»Das will ich gern tun. Ich freue mich, Ihnen das erzählen zu können, weil ich mich schon gefragt habe, ob Sie diese Freunde, die ich besuchen will, nicht etwa kennen. Wenn man eine Familie so lange Zeit nicht sah, wenn man so lange Jahre keinen engen Kontakt mehr mit ihr hatte, ist es immer ein spannender Augenblick, wenn man beginnt, die alten Freundschaften und Bindungen wiederaufleben zu lassen.«

»Sie haben vollkommen recht«, erklärte Mr. Quin.

Der Mokka wurde in kleinen arabischen Schälchen gebracht. Ali servierte sie lächelnd und zog sich dann wieder zurück. Mr. Sattersway schlürfte genußvoll den Mokka. »Süß wie die Liebe, schwarz wie die Nacht und heiß wie die Hölle – so heißt doch das alte arabische Sprichwort, nicht wahr?«

Harley lächelte und nickte.

»Also«, fuhr Mr. Sattersway fort, »ich werde Ihnen erzählen, wohin ich gehe, obwohl das, was ich mache, nicht sehr wichtig ist. Ich möchte alte Freundschaften erneuern und die jüngere Generation kennenlernen. Tom Addison ist, wie ich bereits sagte, ein sehr alter Freund von mir. In unseren jungen Jahren haben wir viel gemeinsam unternommen. Dann, wie es so oft geschieht, hat das Leben uns getrennt. Er war im diplomatischen Dienst, übernahm nacheinander verschiedene Posten im Ausland. Hin und wieder besuchte ich ihn, manchmal traf ich ihn, wenn er für kurze Zeit nach Hause kam. Eine seiner ersten Aufgaben führte ihn nach Spanien. Dort heiratete er eine Spanierin, ein sehr schönes, schwarzhaariges Mädchen namens Pilar. Er liebte sie sehr.«

»Hatten sie Kinder?«

»Zwei Mädchen, eins so blond wie der Vater, es hieß Lily, und eine zweite Tochter, Maria, die ihrer spanischen Mutter nachschlug. Ich war Lilys Pate. Natürlich sah ich keins der Kinder sehr oft. Zwei- oder dreimal im Jahr gab ich entweder eine Party für Lily oder besuchte sie im Internat. Sie war ein süßes, hübsches Persönchen, hing sehr an ihrem Vater und er an ihr.

Aber zwischen diesen Treffen, diesen Erneuerungen der Freundschaft, hatten wir einige schwierige Zeiten zu überstehen. Sie werden sich daran genausogut erinnern wie ich – wir alle hatten Schwierigkeiten, uns während der Kriegsjahre zu treffen. Lily heiratete einen Piloten der Air Force, einen Kampfflieger. Bis vor ein paar Tagen hatte ich sogar seinen Namen vergessen. Er hieß Simon Gilliatt, Major der Air Force.«

»Ist er im Krieg gefallen?«

»Nein, nein. Nein, er hat den Krieg gesund überstanden. Nach dem Krieg nahm er seinen Abschied und ging mit Lily nach Kenia, wie es so viele machten. Dort siedelten sie sich an und führten ein glückliches Leben. Sie bekamen einen Sohn, den sie Roland nannten. Später, als er in England zur Schule ging, sah ich ihn ein- oder zweimal, das letzte Mal, glaube ich, als er zwölf Jahre alt war. Ein netter Junge. Er hatte rote Haare wie sein Vater. Seitdem traf ich ihn nicht wieder und freue mich deshalb darauf, ihn heute wiederzusehen. Er muß jetzt dreiundzwanzig oder vierundzwanzig sein. Wie doch die Zeit vergeht!«

»Ist er verheiratet?«

»Nein. Das heißt noch nicht.«

»Also Heiratspläne?«

»Ja, ich schließe das aus dem, was Tom Addison in seinem Brief schrieb. Es gibt da eine Cousine. Toms jüngere Tochter heiratete den Dorfarzt. Ich lernte sie nie näher kennen. Sie starb im Kindbett. Ihre Tochter wurde Inez getauft, ein Name, den ihre spanische Großmutter aussuchte. Ich habe Inez auch nur einmal gesehen, seitdem sie erwachsen ist. Ein schwarzhaariger, spanischer Typ, der sehr stark der Großmutter ähnelt. Aber vermutlich langweile ich Sie mit alledem.«

»Nein, nein, ich möchte es hören. Es interessiert mich sehr.«

»Ich frage mich, warum«, sagte Mr. Sattersway und schaute Mr. Quin mit jenem leichten Argwohn an, der ihn in dessen Gegenwart gelegentlich überkam. »Sie wollen alles von dieser Familie wissen. Warum?«

»Damit ich sie mir vielleicht im Geiste vorstellen kann.«

»Also, das Haus, zu dem ich auf dem Weg bin, wird ›Doverton Kingsbourne‹ genannt. Es ist ein sehr schönes, altes Haus. Nicht so sehenswert, daß man es an bestimmten Tagen für Besucher öffnen könnte, jedoch ein ruhiges Haus auf dem Lande, gerade richtig für einen Engländer, der seinem Vaterland gedient hat und nun zurückkommt, um einen angenehmen Lebensabend im Kreise seiner Familie zu genießen.

Tom hat das Landleben immer geliebt. Besonderen Spaß

machte ihm das Angeln. Er war auch ein guter Schütze, und wir haben als Knaben viele glückliche Tage gemeinsam im Haus seiner Eltern verlebt. Ich habe als Schuljunge viele Ferientage in ›Doverton Kingsbourne‹ verbracht. Und während meines ganzen Lebens trug ich immer sein Bild in meiner Erinnerung. Kein anderer Ort war so schön wie ›Doverton Kingsbourne‹, kein anderes Haus kam ihm gleich!

Jedesmal, wenn ich in der Nähe war, hatte ich das Verlangen, einen Umweg zu machen, nur um vorbeizufahren, um einen Blick durch die Bäume der langen Allee vor dem Haus zu erhaschen, einen kurzen Schimmer vom Fluß mitzubekommen, an dem wir früher angelten, oder vom Haus selbst. Und ich erinnerte mich an all die Sachen, die Tom und ich zusammen angestellt haben. Er war immer ein aktiver Mensch gewesen, ein Mann der Tat. Und ich ... ich bin nur ein alter Junggeselle gewesen.«

»Sie waren mehr als das«, widersprach ihm Mr. Quin. »Sie waren ein Mann, der sich Freunde geschaffen hat, der viele Freunde hatte und der seinen Freunden Gutes tun konnte.«

»Wenn ich das nur glauben könnte. Vermutlich schmeicheln Sie mir nur.«

»Überhaupt nicht. Sie sind außerdem ein guter Gesellschafter. Die Geschichten, die Sie erzählen können, die Dinge, die Sie gesehen haben, die Orte, an denen Sie gewesen sind, die merkwürdigen Dinge, die in Ihrem Leben passierten – Sie könnten ein ganzes Buch darüber schreiben«, sagte Mr. Quin.

»Wenn, dann würde ich Sie darin zur Hauptperson machen.«

»Nein, das würden Sie nicht«, protestierte Mr. Quin. »Ich bin nur derjenige, der zufällig einmal vorbeikommt, das ist alles. Aber fahren Sie fort. Erzählen Sie mir mehr!«

»Nun, das ist eigentlich nur eine Familienchronik, die ich Ihnen da berichte. Wie ich bereits sagte, gab es lange Zeiträume, Jahre, in denen ich niemanden von der Familie sah. Aber sie sind immer meine Freunde geblieben. Ich traf Tom und Pilar bis zu der Zeit, da Pilar starb – unglücklicherweise starb sie verhältnismäßig jung –, Lily, mein Patenkind, und Inez, die

Tochter des stillen Doktors, die im Dorf bei ihrem Vater lebt ...«

»Wie alt ist die Tochter?«

»Inez ist neunzehn oder zwanzig Jahre alt, glaube ich. Ich werde mich glücklich schätzen, Freundschaft mit ihr zu schließen.«

»Alles in allem ist es also eine glückliche Familienchronik?«

»Nicht ganz. Lily, mein Patenkind, hatte in Kenia einen Autounfall. Sie war sofort tot und hinterließ ein Baby, kaum ein Jahr alt, den kleinen Roland. Simon, ihr Mann, war völlig verzweifelt, denn sie waren ein ungewöhnlich glückliches Paar gewesen. Es passierte jedoch das Beste, was geschehen konnte, nehme ich an. Simon heiratete bald wieder, und zwar die junge Witwe eines Freundes, der auch Major der Air Force gewesen war. Sie hatte ein Baby im gleichen Alter. Der kleine Timothy und der kleine Roland waren nur wenige Monate auseinander.

Ich glaube, daß Simons zweite Ehe recht glücklich ist, obwohl ich die beiden natürlich noch nie gesehen habe, weil sie weiter in Kenia lebten. Die beiden Jungen wurden wie Brüder aufgezogen. Sie besuchten dieselbe Schule in England und verlebten ihre Ferien gewöhnlich in Kenia. Ich habe auch sie natürlich seit Jahren nicht mehr gesehen.

Nun, Sie wissen, was in Kenia passierte. Manche schafften es, dort zu bleiben. Einige, auch Freunde von mir, gingen nach Westaustralien und fingen dort neu an. Wieder andere kamen zurück nach England. Simon Gilliatt verließ Kenia mit seiner Frau und den beiden Söhnen. Es war nicht mehr dasselbe für sie. Deshalb nahmen sie nun die Einladung an, die der alte Tom Addison einmal ausgesprochen und jedes Jahr wieder erneuert hatte. Sie zogen hierher, sein Schwiegersohn, die zweite Frau seines Schwiegersohnes und ihre beiden Kinder, nun schon erwachsene Burschen oder besser noch junge Männer. Sie kamen, um hier als Familie zu leben, und sie sind glücklich. Toms anderes Enkelkind, Inez Horton, lebt, wie ich Ihnen bereits erzählte, im Dorf bei ihrem Vater, dem Arzt. Ich nehme an, daß sie einen großen Teil ihrer Zeit auf ›Doverton Kingsbourne‹ bei Tom Addison verbringt, der seiner Enkelin sehr zugetan ist. Sie scheinen alle dort glücklich miteinander zu sein.

Tom hat mich des öfteren gedrängt, ihn zu besuchen, um sie alle einmal wiederzusehen. Und so bin ich der Einladung jetzt gefolgt, nur für ein Wochenende. Es wird irgendwie ein bißchen traurig sein, den guten alten Tom wiederzusehen. Er ist schon etwas gebrechlich und hat vielleicht nicht mehr lange zu leben, ist aber immer noch, soweit ich das beurteilen kann, fröhlich und vergnügt. Und dann die Freude, das alte Haus wiederzusehen, ›Doverton Kingsbourne‹, mit all den Erinnerungen an die Jugendzeit! Wenn jemand ein wenig ereignisreiches Leben hinter sich hat, wenn jemand persönlich kaum etwas erlebt hat – und das trifft auf mich zu –, dann sind die Freunde, die Häuser und die Erinnerung an das, was man als Kind, als Knabe und als junger Mann gemacht hat, das, was einem übrigbleibt. Es gibt nur eins, was mir Sorgen macht ...«

»Sie sollten sich keine Sorgen machen. Was ist es denn, was Sie beunruhigt?«

»Daß ich vielleicht – enttäuscht bin. Das Haus, an das man sich erinnert, von dem man manchmal träumt, es könnte, wenn man kommt, es wiederzusehen, nicht mehr so sein wie in der Erinnerung oder in den Träumen ... Vielleicht wurde ein neuer Flügel angebaut, oder man hat den Garten umgestaltet. Alles mögliche kann geschehen sein. Es ist ja wirklich eine sehr lange Zeit vergangen, seit ich dort gewesen bin.«

»Ich glaube, Ihre Erinnerungen werden nicht enttäuscht werden«, sagte Mr. Quin. »Ich freue mich, daß Sie dorthin gehen.«

»Ich habe eine Idee«, sagte Mr. Sattersway. »Kommen Sie mit mir! Begleiten Sie mich bei diesem Besuch. Sie brauchen nicht zu befürchten, daß Sie nicht willkommen sind. Der gute, alte Tom Addison ist der gastfreundlichste Mensch auf der Welt. Jeder meiner Freunde ist auch sofort sein Freund. Kommen Sie mit mir. Sie müssen. Ich bestehe darauf!«

Mr. Sattersway machte eine so impulsive Bewegung, daß er fast sein Mokkaschälchen vom Tisch gefegt hätte. Er konnte es gerade noch auffangen.

In diesem Augenblick wurde die Ladentür aufgestoßen, so daß das altmodische Glockenspiel erklang. Eine Frau in mittleren Jahren kam herein. Sie war etwas außer Atem und wirkte ein bißchen erhitzt. Sie sah noch immer gut aus mit ihrem kastanienbraunen Haar, das nur hier und da von grauen Fäden durchzogen wurde. Ihre Haut hatte jene helle elfenbeinfarbene Tönung, wie sie bei Menschen mit rötlichem Haar und blauen Augen oft vorkommt, und auch ihre Figur konnte sich sehen lassen. Sie warf einen raschen Blick ins Café und ging dann sofort in den Laden.

»Oh«, sagte sie erfreut, »Sie haben ja noch einige von den Harlekintassen vorrätig.«

»Ja, Mrs. Gilliatt, wir bekamen gestern eine neue Lieferung herein.«

»Das freut mich sehr. Ich war wirklich in Verlegenheit. Deswegen bin ich schnell hergefahren, mit dem Motorrad von einem der Jungen. Sie sind irgendwo hingegangen, und ich konnte keinen von beiden finden. Aber irgend etwas mußte geschehen. Unglücklicherweise gingen heute morgen ein paar Tassen zu Bruch, und wir erwarten heute nachmittag Gäste zum Tee. Bitte geben Sie mir deshalb eine blaue und eine grüne Tasse, und vielleicht nehme ich auch noch eine rote mit – für alle Fälle. Das ist der Nachteil bei diesen verschiedenfarbenen Tassen, nicht wahr?«

»Ja, ich weiß, manche sagen, es sei ein Nachteil, daß man nicht immer die bestimmte Farbe kriegt, die man gerade ersetzen muß.«

Mr. Sattersway hatte sich umgewandt und beobachtete nun mit einigem Interesse, was da vorging. Mrs. Gilliatt hatte die Verkäuferin gesagt. Aber natürlich, das mußte ...

Er stand zögernd auf und machte dann ein paar Schritte in Richtung Laden. »Entschuldigen Sie bitte«, sagte er, »aber sind Sie – sind Sie Mrs. Gilliatt von ›Doverton Kingsbourne‹?«

»O ja, ich bin Beryl Gilliatt. Woher – ich meine ...?« Sie sah ihn an, leicht die Stirn runzelnd.

Eine attraktive Frau, dachte Mr. Sattersway. Ihr Gesichtsausdruck ist vielleicht ein bißchen hart, aber intelligent. Das also war Simon Gilliatts zweite Frau. Sie war nicht so schön wie Lily, aber eine anziehende Frau, offensichtlich liebenswürdig und tüchtig.

Plötzlich erschien ein Lächeln auf Mrs. Gilliatts Gesicht. »Ich glaube . . ., ja, natürlich. Mein Schwiegervater besitzt ein Foto von Ihnen. Sie müssen der Gast sein, den wir heute nachmittag erwarten. Sie müssen Mr. Sattersway sein.«

»Genau«, bestätigte Mr. Sattersway, »der bin ich. Aber ich muß mich entschuldigen, daß ich so viel später komme, als ich ankündigte. Leider hatte mein Wagen eine Panne und befindet sich gerade in der Werkstatt zur Reparatur.«

»Oh, wie bedauerlich. Aber seien Sie ohne Sorge, es ist ja noch nicht Teezeit. Wir haben den Zeitpunkt sowieso etwas hinausgeschoben. Wie Sie vielleicht mitbekommen haben, mußte ich schnell noch hierhereilen, um ein paar Tassen zu ersetzen, die unglücklicherweise heute morgen vom Tisch fielen. Immer wenn man Gäste zum Mittagessen, zum Tee oder zum Abendessen erwartet, passiert so etwas.«

»Da sind Ihre Tassen, Mrs. Gilliatt«, sagte die Verkäuferin. »Soll ich sie in einen Karton packen?«

»Nein, danke, wenn Sie sie nur in Papier einwickeln und dann in meine Einkaufstasche hier packen, geht das schon in Ordnung.«

»Wenn Sie nach ›Doverton Kingsbourne‹ zurück müssen«, sagte Mr. Sattersway, »könnte ich Sie in meinem Wagen mitnehmen. Er muß jeden Moment vorfahren.«

»Das ist sehr nett von Ihnen. Ich würde das Angebot auch gern annehmen, aber ich muß das Motorrad zurückbringen. Die Jungs wären sonst todunglücklich. Sie wollen heute abend irgendwohin fahren.«

»Darf ich Sie bekannt machen?« sagte Mr. Sattersway und deutete auf Mr. Quin, der aufgestanden war und nun neben ihnen stand. »Das ist ein alter Freund von mir, Mr. Harley Quin, dem ich hier zufällig über den Weg gelaufen bin. Ich habe versucht, ihn zu überreden, mit mir nach ›Doverton

Kingsbourne‹ zu kommen. Würde es Ihrer Ansicht nach wohl möglich sein, heute nacht noch einen weiteren Gast zu beherbergen?«

»Oh, ich bin sicher, daß das in Ordnung geht«, erwiderte Beryl Gilliatt. »Bestimmt würde Tom sich freuen, einen Freund von Ihnen kennenzulernen. Vielleicht ist er ja sogar ein Freund von ihm selbst.«

»Leider habe ich noch nie die Bekanntschaft von Mr. Addison gemacht«, sagte Mr. Quin, »obwohl mein Freund Mr. Sattersway oft von ihm erzählte.«

»Also gut, kommen Sie mit Mr. Sattersway zu uns. Wir würden uns sehr freuen.«

»Es tut mir sehr leid«, sagte Mr. Quin, »aber bedauerlicherweise habe ich noch eine andere Verabredung.« Er schaute auf die Uhr. »Es ist schon höchste Zeit für mich. Ich habe mich bereits verspätet – was leicht geschieht, wenn man alte Freunde trifft.«

»Bitte sehr, Mrs. Gilliatt«, sagte die Verkäuferin. »Ich nehme an, so passiert den Tassen in Ihrer Tasche nichts.«

Beryl Gilliatt legte das Paket vorsichtig in die mitgebrachte Tasche, dann sagte sie zu Mr. Sattersway: »Wir sehen uns dann gleich wieder. Den Tee wird es nicht vor Viertel nach fünf geben, also machen Sie sich keine Sorgen. Ich bin froh, Sie endlich einmal kennengelernt zu haben, nachdem ich von Simon und meinem Schwiegervater schon so viel von Ihnen gehört habe.« Hastig sagte sie Mr. Quin Lebewohl und eilte hinaus.

»Ein bißchen arg eilig war sie, nicht wahr?« bemerkte die Verkäuferin. »Aber so ist sie immer. Schafft eine ganze Menge am Tag, würde ich sagen.« Von draußen hörte man, wie das Motorrad davonpreschte.

»Eine interessante Persönlichkeit«, sagte Mr. Sattersway.

»Es scheint so«, entgegnete Mr. Quin.

»Und ich kann Sie nicht überreden?«

»Ich bin nur auf der Durchreise«, sagte Mr. Quin.

»Und wann sehen wir uns wieder? Das würde ich gern wissen.«

»Oh, das wird schon bald sein«, sagte Mr. Quin. »Ich nehme an, Sie werden mich wiedererkennen, wenn Sie mich sehen.«

»Haben Sie mir nichts ... nichts weiter zu sagen? Nichts zu erklären?«

»Was zu erklären?«

»Zu erklären, weshalb ich Sie hier traf.«

»Sie sind ein Mann von beachtlichem Wissen«, sagte Mr. Quin. »Ein Wort könnte Ihnen etwas bedeuten. Ja, ich glaube, daß es Ihnen von Nutzen sein könnte.«

»Welches Wort?«

»Daltonismus«, sagte Mr. Quin und lächelte.

»Ich weiß nicht ...« Mr. Sattersway dachte einen Augenblick nach. »Ja, ich glaube, ich weiß, was es bedeutet, nur kann ich mich im Moment nicht erinnern ...«

»Leben Sie wohl für heute«, sagte Mr. Quin. »Da kommt Ihr Wagen.«

Tatsächlich hielt in diesem Moment der Wagen vor dem Postamt. Mr. Sattersway ging hinaus. Er wollte nicht noch mehr Zeit verlieren und seine Gastgeber nicht länger als nötig warten lassen. Trotzdem war er traurig, seinem Freund Lebewohl sagen zu müssen.

»Kann ich irgend etwas für Sie tun?« fragte er, und sein Ton war fast flehend.

»Für mich können Sie nichts tun.«

»Für jemand anderen?«

»Ich glaube, ja. Höchstwahrscheinlich.«

»Ich hoffe, ich verstehe, was Sie meinen.«

»Ich habe äußerstes Vertrauen zu Ihnen«, erklärte Mr. Quin. »Sie wissen immer Bescheid. Sie können sehr schnell etwas bemerken, und Sie wissen, was bestimmte Dinge bedeuten. Ich versichere Ihnen, Sie haben sich nicht verändert.«

Seine Hand ruhte einen Augenblick auf Mr. Satterways Schulter, dann ging er hinaus und eilte die Dorfstraße hinunter, in der entgegengesetzten Richtung von »Doverton Kingsbourne«. Mr. Sattersway stieg in seinen Wagen.

»Ich hoffe, daß wir keinen weiteren Ärger haben werden«,

sagte er. Der Chauffeur beruhigte ihn. »Es ist keine Entfernung von hier, Sir, nur drei oder vier Meilen, und der Wagen läuft jetzt ausgezeichnet.«

Mr. Sattersway murmelte nachdenklich: »Daltonismus.« Er wußte noch immer nicht, was das Wort bedeutete, hatte aber das Gefühl, daß er es wissen müßte. Es war ein Wort, das er schon mal gehört hatte.

Leise sagte er vor sich hin: »Doverton Kingsbourne.« Diese zwei Wörter hatten noch die gleiche Bedeutung für ihn, die sie immer gehabt hatten. Ein Ort frohen Wiedersehens, ein Ort, an den er nicht schnell genug gelangen konnte. Ein Ort, zu dem er voller Freude ging, obwohl er so viele, die er einmal gekannt hatte, dort nicht mehr vorfinden würde. Aber Tom würde dasein, sein alter Freund Tom. Und wieder dachte er an das Gras und den See und den Fluß und an all die Dinge, die sie als Jungen zusammen unternommen hatten.

Der Tee war auf dem Rasen vor dem Haus vorbereitet. Von den großen Terrassentüren des Salons führten Stufen nach unten, wo eine hohe Blutbuche auf der einen und eine Libanonzeder auf der anderen Seite den Rahmen für die nachmittägliche Szene abgaben. Zwischen ihnen standen zwei weißgestrichene, geschnitzte Tische und verschiedene Gartenstühle; solche mit geraden Lehnen und bunten Kissen und Liegestühle, in denen man sich zurücklehnen, die Füße ausstrecken und schlafen konnte, sofern einem danach war. Einige trugen Dächer zum Schutz gegen die Sonne.

Es war ein herrlicher Spätnachmittag. Der Rasen zeigte eine saftige, tiefgrüne Farbe. Das Sonnenlicht schien golden durch die Blutbuche, und die Silhouette der Zeder hob sich wunderschön gegen den rosagoldenen Himmel ab.

Tom Addison erwartete seinen Gast in einem bequemen Korbstuhl, die Füße hochgelegt. Mit einem gewissen Vergnügen bemerkte Mr. Sattersway, was ihm schon bei vielen anderen Gelegenheiten an seinem Freund aufgefallen war: Die bequemen Hausschuhe, die er an seinen leicht geschwollenen, gichtigen Füßen trug, stammten von verschiedenen Paaren. Der eine war rot, der andere grün. Guter alter Tom, dachte er, du hast dich nicht verändert. Immer noch der gleiche. Und dann dachte er: Was für ein Dummkopf ich doch bin! Natürlich weiß ich, was das Wort bedeutet. Warum bin ich nur nicht gleich darauf gekommen?

»Hab schon geglaubt, du würdest niemals hier aufkreuzen, alter Schurke«, sagte Tom Addison. Er war noch immer ein ansehnlicher alter Mann, mit tiefliegenden, zwinkernden grünen Augen in dem breiten Gesicht. Seine Schultern waren ungebeugt und ließen ihn kräftig aussehen. Jeder Zug seines Gesichtes strahlte gutmütigen Humor und große Wiedersehensfreude aus. Er wird sich nie ändern, dachte Mr. Sattersway.

»Kann nicht aufstehen, um dich zu begrüßen«, erklärte Tom Addison. »Brauche zwei kräftige Männer und einen Stock, um auf die Füße zu kommen. Also, kennst du unseren kleinen Haufen hier oder nicht? Simon kennst du natürlich.«

»Natürlich kenne ich ihn. Es ist zwar einige Jahre her, seit ich Sie das letzte Mal traf, aber Sie haben sich nicht sehr verändert.«

Major Simon Gilliatt war ein schlanker, gutaussehender Mann mit einem buschigen roten Haarschopf. »Schade, daß Sie uns nie besucht haben, als wir noch in Kenia lebten«, sagte er. »Es hätte Ihnen gewiß Spaß gemacht. Viele sehenswerte Dinge, die wir Ihnen hätten zeigen können. Na ja, man weiß vorher nie, was einem die Zukunft bringt. Ich hatte angenommen, ich würde dort einmal begraben werden.«

»Wir haben auch hier einen sehr schönen Friedhof«, sagte Tom Addison. »Niemand hat bisher versucht, unsere Kirche durch Restaurierung zu verschandeln, und viele Neuansiedlungen gibt es ringsherum auch nicht, so daß der Platz auf dem Friedhof noch immer ausreicht. Gott sei Dank hatten wir keine von diesen schrecklichen Friedhofserweiterungen nötig.«

»Was für ein düsteres Gesprächsthema ihr habt«, warf Beryl Gilliatt lächelnd ein. »Das hier sind unsere Söhne«, sagte sie, »aber die kennen Sie ja bereits, nicht war, Mr. Sattersway?«

»Ich glaube nicht, daß ich sie wiedererkannt hätte«, erwiderte Mr. Sattersway.

In der Tat, das letzte Mal, daß er die zwei Jungen gesehen hatte, war an jenem Tag gewesen, als er sie von der Grundschule abgeholt hatte. Obwohl sie nicht miteinander verwandt waren – sie hatten ja verschiedene Väter und Mütter –, konnte man sie sehr gut für Brüder halten, und das geschah auch oft. Sie waren fast gleich groß und beide rothaarig. Roland hatte seinen Rotschopf vermutlich von seinem Vater geerbt, Timothy von seiner kastanienbraunen Mutter. Sie schienen einander auch brüderlich verbunden zu sein.

Und doch, dachte Mr. Sattersway, waren sie sehr verschieden. Der Unterschied trat nun, wo sie, wie er schätzte, zwischen zweiundzwanzig und fünfundzwanzig Jahre alt waren, deutlicher hervor. Er konnte keine Ähnlichkeit zwischen Roland und seinem Großvater entdecken; auch nicht mit seinem Vater, abgesehen von den roten Haaren.

Mr. Sattersway hatte sich manchmal gefragt, ob der Junge wohl seiner verstorbenen Mutter Lily ähnlich sehen würde. Aber dies war auch nicht der Fall. Wenn überhaupt, dann sah eher noch Timothy wie ein Sohn von Lily aus, mit seiner hellen Haut, der hohen Stirn und dem feinen Knochenbau.

Neben ihm erklang jetzt eine weiche, dunkle Stimme: »Ich bin Inez. Ich weiß nicht, ob Sie sich noch an mich erinnern können. Es ist ja schon ziemlich lange her, daß wir uns zuletzt gesehen haben.«

Ein schönes Mädchen, dachte Mr. Sattersway sofort. Ein dunkler Typ. Er ging weit in seiner Erinnerung zurück, bis zu dem Tag, an dem er Trauzeuge bei Tom Addisons Hochzeit mit Pilar gewesen war. Die stolze Haltung ihres Kopfes und ihre dunkle aristokratische Schönheit konnten das spanische Blut in Inez nicht verleugnen.

Ihr Vater, Dr. Horton, stand gleich hinter ihr. Er sah sehr viel älter aus als das letzte Mal, als Mr. Sattersway ihn gesehen hatte. Ein netter, freundlicher Mann. Ein guter praktizierender Arzt, bescheiden und verläßlich und seiner Tochter offensichtlich von Herzen zugetan. Er war unverkennbar sehr stolz auf sie.

Mr. Sattersway fühlte, wie ihn eine Welle tiefer Freude erfaßte. Alle diese Leute erschienen ihm wie gute alte Freunde, obwohl ihm einige noch fremd waren. Das schöne, schwarzhaarige Mädchen, die beiden rothaarigen jungen Männer und auch Beryl Gilliatt, die mit dem Teetablett herumwirtschaftete, die Tassen und Untertassen zurechtstellte und dann einem Mädchen einen Wink gab, die Kuchen und Platten mit belegten Broten aus dem Haus zu holen.

Eine großartige Teestunde! Man rückte die Stühle näher an die Tische heran, so daß man bequem sitzen und zugreifen konnte. Die beiden jungen Männer baten Mr. Sattersway, zwischen ihren beiden Platz zu nehmen. Er war darüber sehr erfreut, denn er hatte bereits vorgehabt, sich zuallererst mit ihnen zu unterhalten, um zu sehen, wie ähnlich sie dem Tom Addison von früher waren. Und dann dachte er: Lily. Wie sehr wünschte ich, daß Lily jetzt da wäre!

Hier war er nun, dachte Mr. Sattersway, zurückversetzt in die Tage seiner Kindheit. Hier, wo er damals ankam und von Toms Vater und Mutter herzlich begrüßt wurde. Eine Tante oder so etwas Ähnliches war auch da gewesen und ein Großonkel und Cousins und Cousinen. Und jetzt, nun ja, war die Familie nicht mehr so groß, aber es war eine Familie. Tom in seinen verschiedenfarbenen Hausschuhen, der eine rot, der andere grün, alt war er geworden, aber noch immer fröhlich und glücklich. Glücklich angesichts derer, die ihn umgaben.

Und dann war hier »Doverton« genauso – oder fast genauso –, wie es gewesen war. Vielleicht nicht mehr ganz so gut in Schuß, aber der Rasen war in gepflegtem Zustand. Und dort unten konnte man den Fluß zwischen den Bäumen durchschimmern sehen. Mehr Bäume, als früher dort gestanden hatten. Und das Haus brauchte vielleicht einmal einen neuen Anstrich, aber so dringend nun auch wieder nicht.

Alles in allem war Tom Addison ein reicher Mann, bedachte man, daß er eine Menge Land besaß. Ein Mann mit einfachen Bedürfnissen, der zwar genügend Geld ausgab, um sein Haus in Ordnung zu halten, es aber nicht für andere Dinge verschwendete. Auf Reisen ging er heutzutage nur noch selten, aber er empfing gern Gäste. Keine großen Gesellschaften, nur ein paar Freunde. Freunde, die er schon seit langer Zeit kannte. Ein gastfreundliches Haus.

Mr. Sattersway verrückte seinen Stuhl, indem er ihn vom Tisch wegschob und ihn so drehte, daß er den Blick bis hinunter zum Fluß besser genießen konnte. Ja, natürlich, da unten war die Mühle, und auf der anderen Seite begannen die Felder. Lustigerweise war in einem der Felder eine Vogelscheuche zu sehen, eine dunkle Gestalt, auf deren Strohhut sich Vögel niedergelassen hatten. Einen kurzen Augenblick dachte er, daß sie aussah wie Mr. Harley Quin. Vielleicht, dachte er, ist es sogar mein Freund Mr. Quin. Es war eine absurde Idee, und doch – wenn jemand die Vogelscheuche aufgestellt und versucht hatte, sie Mr. Quin ähnlich zu machen, hatte er tatsächlich die schlanke Anmut getroffen, die so gar nicht einer normalen Vogelscheuche entsprach.

»Betrachten Sie unsere Vogelscheuche?« fragte Timothy. »Wir haben ihr einen Namen gegeben, müssen Sie wissen. Wir nennen sie Mister Harley Barley.«

»Tatsächlich?« sagte Mr. Sattersway. »Das finde ich interessant – sehr interessant sogar!«

»Warum finden Sie das interessant?« fragte Roly neugierig.

»Nun, weil es mich an jemanden erinnert, den ich kenne und dessen Vorname zufällig auch Harley ist.«

Die Brüder begannen zu singen: »Harley Barley steht auf der Wacht, Harley Barley gibt gut acht. Bewacht das Korn, bewacht das Heu; Harley Barley macht die Vögel scheu.«

»Ein Gurkensandwich, Mr. Sattersway?« fragte Beryl Gilliatt. »Oder möchten Sie lieber eins mit hausgemachter Pastete?«

Mr. Sattersway wählte die hausgemachte Pastete. Sie stellte ihm eine der rotbraunen Tassen hin, deren Farbe ihm schon im Laden so gefallen hatte. Wie lustig das Teeservice dort auf dem Tisch doch aussah! Gelb, Rot, Blau, Grün und all die anderen Farben. Er fragte sich, ob wohl jeder der Anwesenden eine Lieblingsfarbe hatte. Timothy, so stellte er fest, hatte eine rote Tasse, Roland eine gelbe. Neben Timothys Tasse lag etwas, das Mr.

Sattersway zunächst nicht genau erkennen konnte. Dann stellte er fest, daß es eine Meerschaumpfeife war. Es war Jahre her, daß Mr. Sattersway an eine Meerschaumpfeife dachte oder eine gesehen hatte.

Roland, der seinen Blick bemerkt hatte, sagte: »Tim hat die Pfeife aus Deutschland mitgebracht. Er wird noch an Krebs sterben, wenn er dauernd raucht.«

»Sie rauchen nicht, Roland?«

»Nein, ich halte nichts vom Rauchen. Ich rauche weder Zigaretten noch Marihuana.«

Inez kam zum Tisch und ließ sich ihnen gegenüber nieder. Die beiden jungen Männer aßen sichtlich mit Appetit, ohne daß ihre fröhliche Unterhaltung dadurch beeinträchtigt wurde.

Mr. Sattersway fühlte sich unter diesen jungen Leuten sehr wohl. Sie schenkten ihm zwar nicht mehr Beachtung, als die Höflichkeit gebot, aber es machte ihm Spaß, ihnen zuzuhören. Darüber hinaus machte es ihm auch Spaß, sich ein Urteil über sie zu bilden. Er nahm an, und war sich dessen fast sicher, daß beide junge Männer in Inez verliebt waren. Nun, das überraschte ihn nicht. Sie waren hierhergekommen, um bei ihrem Großvater zu leben. Ein schönes Mädchen, Rolands Cousine, lebt gleich nebenan. Mr. Sattersway wandte den Kopf. Er konnte das Haus durch die Bäume hervorlugen sehen, unten an der Straße, gleich hinter dem Parktor. Im selben Haus wohnte Dr. Horton schon, als Mr. Sattersway vor sieben oder acht Jahren hier gewesen war.

Er sah Inez an und fragte sich, welchen der beiden jungen Männer sie wohl bevorzugte oder ob sie ihre Zuneigung nicht bereits anderweitig verschenkt hatte. Es gab schließlich keinen Grund, weshalb sie sich gerade in einen dieser beiden attraktiven jungen Vertreter des männlichen Geschlechts verlieben sollte.

Nachdem er so viel gegessen hatte, wie er wollte – was nicht sehr viel war –, schob er seinen Stuhl zurück und setzte sich so, daß er alles ringsum gut überblicken konnte.

Mrs. Gilliatt war noch immer beschäftigt. Sie betont sehr die

Rolle der Hausfrau, dachte er, und macht eigentlich mehr Wind darum, als nötig wäre. Dauernd bot sie den Leuten Kuchen an, nahm ihnen die Tassen ab und füllte sie neu oder reichte irgendwelche Dinge herum. Irgendwie, dachte er, wäre es angenehmer und nicht so förmlich, wenn sie die Leute sich selbst bedienen lassen würde. Eine weniger eifrige Gastgeberin wäre ihm lieber gewesen.

Dann schaute er hinüber zu Tom Addison, der in seinem Sessel ausgestreckt dalag. Tom beobachtete Beryl Gilliatt gleichfalls. Mr. Sattersway dachte: Tom kann sie nicht leiden, nein, er schätzt sie nicht. Nun, das war vielleicht zu erwarten gewesen. Letzten Endes hatte sie den Platz seiner eigenen Tochter Lily eingenommen, Simon Gilliatts erster Frau. Meine wunderschöne Lily, dachte Mr. Sattersway wieder und wunderte sich, daß er aus irgendeinem Grund das Gefühl hatte, daß, obwohl er niemanden sehen konnte, der ihr glich, Lily auf unerklärliche Weise da war. Sie war hier bei dieser Teestunde anwesend.

»Ich nehme an, man beginnt, sich solche Dinge einzubilden, wenn man alt wird«, sagte Mr. Sattersway zu sich selbst. »Aber schließlich, warum sollte Lily nicht hiersein, um ihren Sohn zu sehen.« Dabei schaute er Timothy liebevoll an, bis ihm plötzlich einfiel, daß er ja gar nicht Lilys Sohn war. Roland war Lilys Sohn. Timothy war Beryls Sohn.

»Ich glaube, Lily weiß, daß ich hier bin. Ich glaube, sie würde sich gern mit mir unterhalten«, sagte sich Mr. Sattersway wieder. »O mein Gott, ich darf nicht anfangen, mir alberne Sachen einzubilden!«

Aus einem unerklärlichen Grund blickte er wieder zur Vogelscheuche hinüber. Sie sah jetzt gar nicht mehr wie eine Vogelscheuche aus. Sie sah aus wie Mr. Harley Quin. Irgendwelche Lichteffekte, hervorgerufen durch den Sonnenuntergang, überschütteten sie mit Farbe, und ein schwarzer Hund, der aussah wie Hermes, jagte hinter den Vögeln her.

»Farbe«, sagte Mr. Sattersway und schaute wieder auf den Tisch, das Teeservice und die teetrinkenden Leute. »Warum bin ich hier, und was habe ich zu tun? Es gibt einen Grund ...«

Er wußte nun genau, er fühlte es, daß irgend etwas im Anzug war, eine Krisis – irgend etwas, das entweder alle diese Leute betraf oder nur einige von ihnen. Beryl Gilliatt, Mrs. Gilliatt. Sie schien über irgend etwas beunruhigt zu sein, hochgradig nervös. Tom? Nein, mit Tom war alles in Ordnung. Er war nicht betroffen. Ein glücklicher Mann, dieses Schatzkästlein zu besitzen, »Doverton«, glücklich auch, einen Enkel zu haben, Roland, der all dies erben würde, wenn er starb. Alles würde Roland gehören. Hoffte Tom, daß Roland Inez heiraten würde? Oder hatte er Bedenken gegen eine Ehe zwischen Cousin und Cousine? Obwohl doch in der Geschichte der Menschheit, dachte Mr. Sattersway, immer wieder Brüder ihre Schwestern geheiratet hatten, mit keinem schlechten Ergebnis. Es darf nichts passieren, dachte Mr. Sattersway, es darf nichts passieren! Ich muß es verhindern.

Also wirklich, seine Gedanken waren die eines Irren. Eine friedliche Szenerie. Ein Teeservice. Die unterschiedlichen Farben der Harlekintassen. Er schaute auf die weiße Meerschaumpfeife, die sich vom Rot der Tasse abhob. Beryl Gilliatt sagte irgend etwas zu Timothy. Timothy nickte, stand auf und ging zum Haus. Beryl räumte einige leere Teller ab, rückte ein oder zwei Stühle zurecht und sagte leise etwas zu Roland, der hinüber zu Dr. Horton ging und ihm einen Kuchen mit Zuckerguß anbot.

Mr. Sattersway beobachtete Beryl. Er mußte sie beobachten. Den Schwung ihres Ärmels, als sie am Tisch vorbeikam. Er sah, wie eine rote Tasse heruntergefegt wurde. Sie zerbrach am gußeisernen Fuß eines Stuhles. Beryl stieß einen leisen Schrei aus, bückte sich und hob die Scherben auf. Dann ging sie zum Teetablett, kam zurück und stellte eine blaßblaue Tasse mit Untertasse auf den Tisch. Danach legte sie die Meerschaumpfeife wieder zurecht, indem sie sie an die Tasse lehnte. Zum Schluß holte sie die Teekanne, goß Tee ein und entfernte sich wieder.

Am Tisch befand sich jetzt niemand mehr. Inez war auch aufgestanden und zu ihrem Großvater gegangen, um sich mit ihm zu unterhalten. »Ich verstehe das alles nicht«, sagte Mr. Sattersway. »Irgend etwas wird passieren. Aber was?« Ein Tisch mit verschiedenfarbenen Tassen und – ja, Timothy, dessen rotes Haar in der Sonne leuchtete. Rotes Haar mit dem gleichen Ton, mit den gleichen hübschen seitlichen Wellen, wie sie Simon Gilliatts Haar immer gehabt hatte. Timothy, der zurückkam, einen Moment stutzte, leicht verwundert auf den Tisch blickte und dann dorthin ging, wo die Meerschaumpfeife an der blaßblauen Tasse lehnte.

Inez kam zurück. Sie lachte plötzlich und sagte: »Timothy, du trinkst deinen Tee aus der falschen Tasse. Die blaue gehört mir. Deine ist die rote.«

Und Timothy entgegnete: »Sei nicht albern, Inez, ich kenne doch meine eigene Tasse. Da ist Zucker drin, und du magst keinen. Natürlich ist das meine Tasse. Da liegt ja auch die Meerschaumpfeife.«

Mr. Sattersway war wie vom Schlag getroffen. War er wahnsinnig? Bildete er sich etwas ein? War dies alles überhaupt real? Er sprang auf, lief schnell zum Tisch hinüber, und als Timothy die blaue Tasse an den Mund führte, rief er: »Nicht trinken, um Gottes willen, nicht trinken!«

Timothy machte ein erstauntes Gesicht. Mr. Sattersway wandte den Kopf. Dr. Horton sprang ziemlich überrascht auf und kam näher. »Was gibt es, Sattersway?«

»Die Tasse. Irgend etwas stimmt nicht mit ihr«, sagte Mr. Sattersway. »Lassen Sie den Jungen nicht daraus trinken!«

Horton starrte die Tasse an. »Mein lieber Freund . . .«

»Ich weiß, was ich sage. Er hatte die rote Tasse«, erklärte Mr. Sattersway, »und die rote Tasse ist zerbrochen. Sie wurde durch eine blaue ersetzt. Er kann Rot von Blau nicht unterscheiden, nicht wahr?« Dr. Horton blickte verwundert. »Meinen Sie . . . meinen Sie . . . genau wie Tom?«

»Tom Addison. Er ist farbenblind. Das wissen Sie doch, nicht wahr?«

»O ja, natürlich. Das wissen wir alle. Deswegen hat er heute ja auch wieder zweierlei Schuhe an. Er konnte nie Rot von Grün unterscheiden.«

»Der Junge schlägt ihm nach.«

»Aber ... aber gewiß nicht. Jedenfalls hat es nie ein Anzeichen dafür gegeben – bei Roland.«

»Es könnte trotzdem sein, nicht wahr?« sagte Mr. Sattersway. »Habe ich recht – Daltonismus. So wird es doch genannt?«

»Ja, das ist die medizinische Bezeichnung.«

»Er tritt bei weiblichen Nachkommen nicht auf, wird aber durch sie weitergegeben. Lily war nicht farbenblind, aber Lilys Sohn könnte es sehr gut sein.«

»Aber, mein lieber Sattersway, Timothy ist nicht Lilys Sohn! Lilys Sohn ist Roly. Ich weiß, daß sie sich sehr ähneln – gleiches Alter, gleiche Haarfarbe und so weiter – aber ... nun, vielleicht erinnern Sie sich nicht mehr.«

»Nein«, sagte Mr. Sattersway, »ich hätte mich nicht erinnern sollen. Aber nun weiß ich es. Ich sehe die Ähnlichkeit auch. Roland ist Beryls Sohn! Sie waren doch beide noch Babys, als Simon wieder heiratete. Für eine Frau, die zwei Babys versorgt, ist das ganz einfach, besonders, wenn sie beide rote Haare haben. Timothy ist Lilys Sohn, und Roland ist Beryls Sohn, der Sohn von Beryl und Christopher Eden. Deswegen gibt es auch keinen Grund, warum er farbenblind sein sollte. Ich weiß das ganz genau. Glauben Sie mir, ich weiß es!«

Er sah, wie Dr. Hortons Blick vom einem zum anderen wanderte. Timothy, der ihr Gespräch nicht mitbekommen hatte, stand noch immer da mit der blauen Tasse in der Hand und blickte verwundert.

»Ich sah, wie sie sie kaufte«, sagte Mr. Sattersway. »Hören Sie auf mich, Mann! Sie müssen auf mich hören! Sie kennen mich seit vielen Jahren. Sie wissen, daß ich keinen Fehler mache, wenn ich etwas so bestimmt sage.«

»Das stimmt. Ich habe Sie noch nie einen Fehler machen sehen.«

»Nehmen Sie ihm die Tasse ab«, forderte Mr. Sattersway. »Nehmen Sie sie mit in Ihre Praxis, oder bringen Sie sie in ein chemisches Labor, und finden Sie heraus, was darin ist. Ich sah, wie diese Frau die Tasse kaufte, drüben im Dorfladen. Sie wußte dabei schon genau, daß sie eine rote Tasse zerbrechen und durch eine blaue ersetzen würde und daß Timothy nicht in der Lage ist, die unterschiedlichen Farben zu erkennen.«

»Ich glaube, daß Sie verrückt sind, Sattersway. Trotzdem werde ich tun, was Sie sagen.« Er ging zum Tisch und streckte seine Hand nach der blauen Tasse aus. »Darf ich mir die einmal ansehen?« sagte er.

»Natürlich«, erwiderte Timothy.

»Ich glaube, da ist ein Sprung im Porzellan, siehst du, hier. Sehr interessant.«

Beryl kam eilig über den Rasen gelaufen und fragte aufgeregt: »Was machst du da? Was gibt es? Was geht hier vor?«

»Nichts Besonderes«, entgegnete Dr. Horton munter. »Ich wollte den Jungs nur ein kleines Experiment vorführen, das ich mit einer Tasse Tee anstelle.« Dabei beobachtete er sie scharf und bemerkte sehr wohl den Ausdruck von Furcht, ja Entsetzen auf ihrem Gesicht. Auch Mr. Sattersway spürte, wie sie vollkommen die Fassung verlor.

»Hätten Sie Lust mitzukommen, Sattersway? Nur ein kleines Experiment, wie man heutzutage Porzellan und seine unterschiedlichen Qualitäten testet. Dazu hat man kürzlich eine sehr interessante Entdeckung gemacht.« Plaudernd setzte er sich in Bewegung, gefolgt von Mr. Sattersway und den beiden jungen Männern, die sich gleichfalls unterhielten.

»Was hat der Doktor vor, Roly?« fragte Timothy.

»Weiß ich nicht«, antwortete Roland. »Er scheint irgendeiner ausgefallenen Idee nachzujagen. Na ja, wir werden später davon hören, nehme ich an. Laß uns die Motorräder holen.«

Beryl wandte sich abrupt um. Eilig ging sie über die Wiese zurück zum Haus. Tom Addison rief ihr zu: »Gibt es irgend etwas, Beryl?«

»Ich habe nur etwas vergessen«, antwortete Beryl Gilliatt, »das ist alles.«

Tom Addison schaute Simon Gilliatt forschend an. »Irgend etwas nicht in Ordnung mit deiner Frau?« meinte er.

»Beryl? Nicht daß ich wüßte. Ich nehme an, daß es die eine

oder andere Kleinigkeit ist, die sie vergessen hat. Kann ich irgend etwas für dich tun, Beryl?« rief er ihr zu.

»Nein, nein, ich bin gleich wieder zurück.« Sie wandte den Kopf zur Seite und sah den im Sessel liegenden alten Mann an. Plötzlich sagte sie heftig: »Du dummer, alter Narr, du hast wieder die falschen Schuhe an! Sie passen überhaupt nicht zusammen. Siehst du denn gar nicht, daß der eine rot und der andere grün ist?«

»Oh, ist mir das schon wieder passiert?« entgegnete Tom Addison. »Weißt du, für mich haben sie genau die gleiche Farbe. Seltsam, nicht wahr, aber das ist nun mal so.« Sie ging an ihm vorbei und beschleunigte ihre Schritte.

Kurz darauf erreichten Sattersway und Dr. Horton das Tor, das auf die Straße führte. Sie hörten ein Motorrad vorbeirasen.

»Sie ist weg«, sagte Dr. Horton. »Sie ist deshalb weggelaufen. Wir hätten sie aufhalten müssen, nehme ich an. Glauben Sie, daß sie wiederkommt?«

»Nein«, sagte Mr. Sattersway, »ich glaube nicht, daß sie wiederkommt. Vielleicht«, fügte er nachdenklich hinzu, »ist es am besten so.«

»Wie meinen Sie das?«

»Es ist ein altes Haus«, sagte Mr. Sattersway. »Eine alte Familie. Eine gute Familie, mit einer Menge guter Leute. Die kann keine Aufregung brauchen, keinen Skandal. Es ist das beste, sie gehenzulassen.«

»Tom Addison konnte sie nie leiden«, sagte Dr. Horton. »Nie. Er war immer nett und höflich zu ihr, aber leiden konnte er sie nicht.«

»Und man muß auch an den Jungen denken«, sagte Mr. Sattersway.

»Den Jungen? Welchen meinen Sie?«

»Den anderen Jungen, Roland. Auf diese Art sollte er nicht erfahren, was seine Mutter im Schilde führte.«

»Warum tat sie das? Warum um Himmels willen hat sie das getan?«

»Sie bezweifeln also nicht mehr, daß sie es tat?« fragte Mr. Sattersway.

»Nein. Ich sah ihr Gesicht, Sattersway, als sie mich anschaute. Da wußte ich, daß Sie die Wahrheit gesagt haben. Aber warum nur?«

»Habsucht, nehme ich an. Sie hatte kein eigenes Vermögen, glaube ich. Ihr erster Mann, Christopher Eden, war zwar ein netter Kerl, besaß aber keinen Penny. Doch auf Tom Addisons Enkel wartet viel Geld. Sehr viel Geld sogar. Der Landbesitz hier in der Umgebung ist im Wert außerordentlich gestiegen. Ich habe keinen Zweifel, daß Tom Addison den Großteil seines Vermögens seinen Enkeln hinterlassen wird. Sie wollte es für ihren eigenen Sohn und dadurch natürlich auch für sich selbst. Sie ist ein habgieriges Weib.«

Mr. Sattersway blickte sich plötzlich um. »Irgend etwas brennt dort drüben«, bemerkte er.

»Großer Gott, das stimmt. Oh, es ist nur die Vogelscheuche drüben auf dem Feld. Irgend jemand hat sie in Brand gesteckt, nehme ich an. Aber da brauchen wir uns keine Sorgen zu machen. Es gibt keinen Heuschober oder etwas dergleichen in der Nähe. Sie wird einfach nur herunterbrennen.«

»Ja«, sagte Mr. Sattersway. »Also, Sie machen weiter, Doktor. Benötigen Sie bei Ihren Untersuchungen meine Hilfe?«

»Ich bezweifle nicht, daß ich etwas finden werde. Ich meine, ich kenne die genaue Substanz noch nicht, aber grundsätzlich stimme ich mit Ihnen überein, daß diese blaue Tasse den Tod enthält.«

Mr. Sattersway war durch das Tor zurückgegangen und schritt nun in Richtung Vogelscheuche, hinter der die Sonne unterging. An diesem Abend war es ein ganz besonderer Sonnenuntergang. Seine Farben überstrahlten den ganzen Himmel und illuminierten auch die brennende Vogelscheuche.

»Das ist also der Weg, den Sie gewählt haben, um zu verschwinden«, sagte Mr. Sattersway. Dann sah er leicht erschrokken genauer hin, denn neben den Flammen erblickte er die zarte, schlanke Gestalt einer Frau – einer Frau in einem perlmuttfarbenen Gewand. Langsam kam sie auf Mr. Sattersway zu. Er blieb wie gebannt stehen und wartete.

»Lily«, flüsterte er. »Lily.«

Er konnte sie nun ganz genau erkennen. Es war Lily, die auf ihn zukam. Zwar war er zu weit weg, um ihr Gesicht zu erkennen, aber er wußte genau, daß sie es war. Ein oder zwei Sekunden lang fragte er sich, ob jemand anderes sie wohl auch sehen könnte oder ob die Erscheinung nur für ihn sichtbar war. Dann sagte er, nein, flüsterte er: »Es ist alles in Ordnung, Lily. Dein Sohn ist in Sicherheit.«

Da blieb sie stehen, hob eine Hand an die Lippen. Er konnte ihr Lächeln nicht sehen, aber er wußte, daß sie lächelte. Sie warf ihm eine Kußhand zu, dann wandte sie sich um und ging dorthin zurück, wo die Vogelscheuche zu einem Haufen Asche zusammenfiel.

»Sie geht wieder weg«, sagte Mr. Sattersway. »Sie geht mit ihm weg. Sie gehen zusammen weg. Natürlich gehören sie beide derselben Welt an. Diese Art von Leuten erscheint nur, wenn es sich um einen Fall von Liebe handelt – oder Tod – oder beides.«

Er nahm an, daß er Lily niemals wiedersehen würde. Aber wie bald würde er Mr. Quin wiedertreffen? Langsam wandte er sich um und ging über den Rasen zurück zu den Tischen mit dem Harlekin-Teeservice und zu seinem alten Freund Tom Addison. Beryl würde nicht mehr zurückkommen, dessen war er sicher. Und »Doverton Kingsbourne« war wieder sicher.

Über die Wiese kam mit langen Sätzen der kleine schwarze Hund angesprungen. Er ließ sich vor Mr. Sattersway nieder, ein bißchen hechelnd, und wedelte mit dem Schwanz. Um sein Halsband war ein Blatt Papier gewickelt. Mr. Sattersway bückte sich, wickelte es ab und glättete es. Eine Mitteilung stand darauf, in bunten Buchstaben:

HERZLICHEN GLÜCKWUNSCH!
BIS ZU UNSEREM NÄCHSTEN TREFFEN.

H. Q.

»Danke schön, Hermes«, sagte Mr. Sattersway und beobachtete den schwarzen Hund, wie er über die Wiese davonjagte, um die beiden Gestalten zu erreichen, von denen er selbst wußte, daß sie dort waren, ohne sie noch länger sehen zu können.

Paradies Pollensa

Das Schiff von Barcelona nach Mallorca brachte Mr. Parker Pyne in den frühen Morgenstunden nach Palma – und schon begannen die Enttäuschungen. Alle Hotels waren voll! Das Beste, was man ihm anbieten konnte, war eine muffige Kammer zum Innenhof eines Hotels in der Stadtmitte – und das wollte Mr. Parker Pyne auf keinen Fall. Der Hotelbesitzer zeigte sich ungerührt.

»Was wollen Sie?« meinte er mit einem Achselzucken.

Palma war gerade ausgesprochen in Mode! Der Wechselkurs war sehr günstig. Die ganze Welt – Engländer, Amerikaner – kam im Winter nach Mallorca. Alles war überfüllt. Es war kaum anzunehmen, daß der Engländer woanders noch etwas bekäme – außer vielleicht in Formentor, wo die Preise so gigantisch waren, daß sogar die Fremden dagegen protestierten.

Mr. Parker Pyne trank einen Kaffee und aß ein Brötchen und wollte dann die Kathedrale besichtigen, aber er war nicht in der Stimmung, architektonische Schönheiten zu genießen.

Als nächstes hatte er eine Unterhaltung mit einem freundlichen Taxifahrer in schlechtem Französisch und Insel-Spanisch. Man sprach über Vor- und Nachteile von Soller, Alcudia, Pollensa und Formentor – wo es schöne, aber sehr teure Hotels gebe.

Mr. Parker Pyne wollte unbedingt wissen, wie teuer.

Man verlange dort einen Betrag, der geradezu absurd sei, sagte der Taxifahrer. War es nicht so, daß die Engländer vor allem wegen der vernünftigen Preise hierherkamen?

Mr. Parker Pyne sagte, das stimme natürlich, aber trotzdem: Wieviel wurde in Formentor tatsächlich verlangt?

Eine unglaubliche Summe!

Also gut – aber wieviel genau?

Der Fahrer entschloß sich endlich, mit Zahlen herauszurücken.

Da er gerade frisch geschröpft aus Hotels in Jerusalem und Ägypten kam, beeindruckte die Zahl Mr. Parker Pyne nicht allzusehr.

Man wurde handelseinig. Mr. Parker Pynes Koffer wurden nachlässig auf das Taxi geladen, und los ging die Inselrundfahrt, um unterwegs eventuell ein billiges Hotel zu finden – mit dem Endziel Formentor.

Aber sie erreichten nie dieses Eldorado der Plutokratie, denn nach der Fahrt durch die engen Straßen von Pollensa kamen sie über die kurvenreiche Küstenstrecke zum Hotel *Pino d'Oro* – einem kleinen Haus am Meer, dessen Anblick im nebligen Dunst dieses schönen Morgens an die exquisite Verschwommenheit eines japanischen Drucks erinnerte. Sofort wußte Mr. Parker Pyne, daß es das war, was er suchte. Er ließ anhalten und ging durch das bemalte Tor in der Hoffnung, hier eine Unterkunft zu finden.

Das ältere Paar, dem das Hotel gehörte, konnte weder Englisch noch Französisch. Trotzdem ließ sich alles zufriedenstellend regeln. Mr. Parker Pyne bekam ein Zimmer mit Blick aufs Meer, die Koffer wurden ausgeladen, der Fahrer gratulierte ihm, weil er die absurden Preise »dieser neuen Hotels« umgangen hatte, erhielt sein Trinkgeld und fuhr mit einem fröhlichen spanischen Gruß von dannen.

Mr. Parker Pyne sah auf die Uhr und stellte fest, daß es erst Viertel vor zehn war, ging hinaus auf die kleine Terrasse, die jetzt in der strahlenden Morgensonne lag, und bestellte heute zum zweiten Mal Kaffee und Brötchen.

Da standen vier Tische, sein eigener, einer, von dem gerade das Geschirr abgetragen wurde, und zwei, an denen noch Gäste saßen. An dem einen in seiner Nähe frühstückte eine deutsche Familie – Vater, Mutter und zwei ältere Töchter. Hinter ihnen, in der Ecke der Terrasse, saß eine unverkennbar englische Mutter mit ihrem Sohn.

Die Dame war etwa fünfundfünfzig. Sie hatte gepflegtes, graues Haar, war geschmackvoll, aber nicht modisch gekleidet in Tweedmantel und -rock – und zeigte jenes ausgeprägte Selbstbewußtsein einer Engländerin, die gewohnt ist, viel im Ausland zu reisen.

Der junge Mann, der ihr gegenübersaß, mochte vielleicht fünfundzwanzig sein und war ebenfalls typisch für seine Klasse und sein Alter. Er sah weder gut noch schlecht aus, war weder groß noch klein. Er stand offensichtlich in bestem Einvernehmen mit seiner Mutter – sie scherzten miteinander, und er umsorgte sie in zuvorkommendster Weise.

Als sie sprachen, fiel ihr Blick auf Mr. Parker Pyne. Sie sah gekonnt über ihn hinweg, aber er wußte, daß er registriert und etikettiert worden war.

Er war treffsicher als Engländer eingestuft worden, und zweifellos würde nach Verstreichen einer Anstandsfrist eine unverbindliche Bemerkung an ihn gerichtet werden.

Mr. Parker Pyne hatte weiter nichts dagegen. Im Ausland neigten seine Landsleute dazu, ihn schnell zu langweilen, aber er war durchaus willens, diese Tageszeit leutselig zu verbringen. In einem kleinen Hotel konnte man sich schlecht völlig isolieren. Diese Dame hatte gewiß zumindest ausgezeichnete »Hotel-Manieren«, wie er es nannte.

Der junge Engländer erhob sich, machte eine scherzhafte Bemerkung und ging ins Hotel. Die Dame nahm ihre Briefe und ihre Tasche und ließ sich auf einem Stuhl mit Blick zum Meer nieder. Sie schlug die *Continental Daily Mail* auf und wandte Mr. Parker Pyne den Rücken zu.

Als er den letzten Tropfen seines Kaffees trank, sah Mr. Parker Pyne in ihre Richtung und erstarrte augenblicklich. Er war alarmiert – seine friedlichen Ferien waren gefährdet! Dieser Rücken war entsetzlich ausdrucksvoll. In letzter Zeit hatte er viele solche Rücken kennengelernt. Diese Starre – die angespannte Körperhaltung! Ohne ihr Gesicht zu sehen, wußte er nur zu gut, daß die Augen von ungeweinten Tränen glänzten – daß die Frau jedoch mit äußerster Anstrengung Haltung bewahrte.

Mr. Parker Pyne erhob sich vorsichtig und zog sich wie ein verwundetes Tier ins Hotel zurück. Erst vor einer halben Stunde war er aufgefordert worden, seinen Namen in das Buch auf dem Pult einzutragen. Da stand fein säuberlich: C. Parker Pyne, London.

Ein paar Zeilen weiter oben entdeckte Mr. Parker Pyne die Eintragung: Mrs. R. Chester, Mr. Basil Chester – Holm Park, Devon.

Er nahm eine Feder und korrigierte schnell seine Unterschrift. Da stand jetzt – schlecht leserlich: Christopher Pyne. Falls Mrs. R. Chester in Pollensa Bay unglücklich war, sollte es ihr jedenfalls nicht leichtgemacht werden, Mr. Parker Pyne zu konsultieren.

Immer wieder war er erstaunt, daß so viele Leute, die er im Ausland traf, seinen Namen aus Zeitungsannoncen kannten. In England lasen jeden Tag viele tausend Menschen die Times und hätten ganz ehrlich geantwortet, diesen Namen noch nie in ihrem Leben gehört zu haben. Im Ausland las man die Zeitung wohl gründlicher, dachte er. Keine Kleinigkeit, nicht einmal die Anzeigenseiten, wurde übersehen.

Seine Ferien waren bereits wiederholt gestört worden. Er war schon mit einer ganzen Reihe von Problemen – von Mord bis Erpressung – konfrontiert worden. Aber auf Mallorca wollte er unbedingt seinen Frieden haben. Instinktiv spürte er, daß eine traurige Mutter diesen Frieden empfindlich stören könnte.

Mr. Parker Pyne ließ sich glücklich und zufrieden im *Pino d'Oro* nieder. Ein größeres Hotel lag in der Nähe, das *Mariposa,* wo ziemlich viele Engländer abgestiegen waren. Und es gab auch eine Künstlerkolonie in der Umgebung. Man konnte am Meer entlang bis zum nächsten Fischerdorf gehen, wo man sich in einer Cocktailbar traf und wo es ein paar Läden gab. Es war alles ganz friedlich und angenehm. Die Mädchen gingen in Hosen und hatten sich leuchtendbunte Tücher um den Oberkörper geschlungen. Junge Männer mit Baskenmützen auf ziemlich langem Haar diskutierten in *Mac's Bar* über Wert und Unwert abstrakter Kunst.

Am Tag nach Mr. Parker Pynes Ankunft richtete Mrs. Chester höflich das Wort an ihn – einige konventionelle Bemerkungen über die Aussicht und das Wetter. Dann plauderte sie ein wenig mit der deutschen Dame über das Stricken, wechselte ein paar freundliche Sätze über die Traurigkeit der politischen Lage mit zwei dänischen Herren, die ihre Zeit vor allem mit Wandern verbrachten.

Mr. Parker Pyne hielt Basil Chester für einen sehr angenehmen jungen Mann. Er nannte Mr. Parker Pyne »Sir« und hörte sich höflich alles an, was der Ältere sagte. Manchmal nahmen die drei Engländer nach dem Abendessen zusammen den Kaffee. Nach dem dritten Tag verließ Basil die anderen stets nach etwa zehn Minuten, und Mr. Parker Pyne blieb mit Mrs. Chester allein zurück.

Sie sprachen über das Blumenzüchten, über den bedauerlichen Stand des englischen Pfunds, wie teuer Frankreich geworden war und über die Schwierigkeit, guten Nachmittagstee zu bekommen.

Jeden Abend, nachdem ihr Sohn verschwunden war, bemerkte Mr. Parker Pyne ein rasch unterdrücktes Zittern ihrer Lippen, von dem sie sich aber sofort erholte, und danach unterhielt man sich, freundlich plaudernd, über allgemeine Themen.

Aber nach und nach begann sie auch über Basil zu sprechen – wie gut er sich in der Schule gemacht hatte, wie ihn jedermann mochte und wie stolz sein Vater auf ihn wäre, wenn er noch lebte, wie dankbar sie sei, daß Basil nie »wild« gewesen war.

»Natürlich dränge ich ihn immer, mit jungen Menschen zusammenzukommen, aber offenbar ist er lieber bei mir.«

Sie sagte es mit hübsch bescheidener Selbstgefälligkeit. Aber diesmal gab Mr. Parker Pyne nicht die übliche taktvolle Antwort, die ihm sonst so leicht fiel, sondern er sagte:

»Oh! Es scheinen ja viele junge Leute hier zu sein – nicht im Hotel, aber in der Umgebung.«

Er bemerkte, daß Mrs. Chester erstarrte. Natürlich seien hier eine Menge sogenannter Künstler, erwiderte sie. Vielleicht sei sie sehr altmodisch – aber *richtige* Kunst sei doch wohl etwas ganz anderes. Viele junge Leute machten jetzt dergleichen als Ausrede für ihr Herumlungern und Nichtstun – und die Mädchen tränken viel zuviel.

Am folgenden Tag sagte Basil zu Mr. Parker Pyne:

»Ich bin schrecklich froh, daß Sie hier aufgetaucht sind, Sir – vor allem wegen meiner Mutter. Sie spricht gerne mit Ihnen am Abend.«

»Was haben Sie denn am Anfang gemacht?«

»Eigentlich spielten wir immer Pikett.«

»Ach so.«

»Man kriegt das Pikett natürlich ziemlich rasch über. Ich habe hier einige Freunde – ein sehr fröhlicher Haufen. Ich glaube nicht, daß meine Mutter das schätzt –« Er lachte, als halte er es für amüsant. »Meine Mutter ist sehr altmodisch ... sogar Mädchen in Hosen schockieren sie!«

»Offenbar«, antwortete Mr. Parker Pyne.

»Ich sage ihr immer, daß man mit der Zeit gehen muß ... Die Mädchen zu Hause sind schrecklich langweilig ...«

»Ach so«, meinte Mr. Parker Pyne.

Das war ja interessant. Er war Zuschauer eines Mini-Dramas, war aber nicht aufgerufen, darin mitzuspielen.

Aber dann geschah das Schlimmste – von Mr. Parker Pynes Standpunkt aus. Eine überschwengliche Dame aus seinem Londoner Bekanntenkreis zog in das *Mariposa* ein. Sie trafen sich in einem Tea-Room in Anwesenheit von Mrs. Chester.

Die Neuangekommene rief:

»Was – ist das nicht Mr. Parker Pyne – der einzigartige Mr. Parker Pyne! Und Adela Chester! Kennt ihr euch? Ja, tatsächlich? Ihr wohnt im gleichen Hotel? Er ist der einzige wirkliche Zauberer, Adela – das Wunder des Jahrhunderts. Deine ganzen Schwierigkeiten lösen sich in nichts auf, während du still dasitzt und wartest. Was? Das hast du nicht gewußt? Du mußt doch bestimmt von ihm gehört haben. Hast du nie seine Anzeigen gelesen? ›Sind Sie in Schwierigkeiten? Fragen Sie Mr. Parker Pyne.‹ Es gibt nichts, was er nicht könnte. Eheleute springen sich an die Gurgel, und er macht sie wieder sanft – wenn du die Lust am

Leben verloren hast, sorgt er für die aufregendsten Abenteuer. Wie gesagt, der Mann ist einfach ein Zauberer!«

So ging es noch eine gute Weile weiter – Mr. Parker Pyne versuchte immer wieder durch kleine Zwischenbemerkungen seine Verdienste herunterzuspielen. Ihm gefiel der Blick nicht, mit dem Mrs. Chester ihn bedachte. Und er mochte noch weniger gern am Strand entlang zurückkehren und sich das Gerede der geschwätzigen Lobrednerin seiner Verdienste anhören.

Die Dinge spitzten sich schneller zu als erwartet. Noch am selben Abend sagte Mrs. Chester nach dem Kaffee ohne Übergang:

»Würden Sie bitte mit mir in den kleinen Salon gehen, Mr. Pyne. Ich möchte etwas mit Ihnen besprechen.«

Er konnte sich nur verbeugen und gehorchen.

Mit Mrs. Chesters Zurückhaltung war es zu Ende, als die Tür des kleinen Salons sich hinter ihnen schloß. Sie setzte sich und brach in Tränen aus.

»Mein Sohn, Mr. Parker Pyne. Sie müssen ihn retten. Wir müssen ihn retten. Es bricht mir das Herz!«

»Meine Liebe, als völlig Fremde . . .«

»Nina Wycherley sagte, Ihnen sei nichts unmöglich. Sie sagte, ich könne größtes Vertrauen in Sie setzen. Sie riet mir, Ihnen alles zu sagen – dann würden Sie alles wieder in Ordnung bringen.«

Mr. Parker Pyne verfluchte innerlich die lästige Mrs. Wycherley.

Schicksalsergeben sagte er:

»Nun, sehen wir uns die Sache genauer an. Es handelt sich wohl um ein Mädchen?«

»Hat er Ihnen das erzählt?«

»Nur indirekt.«

Die Worte stürzten nur so aus Mrs. Chesters Mund. »Das Mädchen ist schrecklich. Es trinkt, redet ordinär, ist immer halbnackt. Seine Schwester wohnt da draußen – verheiratet mit einem Künstler, einem Holländer. Die ganze Atmosphäre dort ist unmöglich. Viele leben miteinander, ohne verheiratet zu sein. Basil hat sich völlig verändert. Er ist immer so ruhig gewesen, so interessiert an ernsten Themen. Er wollte sogar Archäologie studieren . . .«

»Nun ja«, sagte Mr. Parker Pyne, »die Natur fordert ihr Recht.«

»Was soll das heißen?«

»Es ist nicht gesund für einen jungen Mann, nur an ernsten Themen interessiert zu sein. Er sollte sich schon ein wenig austoben.«

»Sie scherzen, Mr. Pyne!«

»Ich scherze überhaupt nicht. Ist die junge Dame zufällig jene, mit der Sie gestern Tee tranken?«

Sie war ihm aufgefallen in ihrer grauen Flanellhose, dem leuchtendroten, lose um die Brust geschlungenen Tuch und dem grellrot geschminkten Mund. Außerdem hatte sie sich einen Cocktail bestellt statt Tee.

»Sie sahen sie? Schrecklich! Nicht die Art Mädchen, die Basil früher bewunderte.«

»Sie haben ihm nicht viel Gelegenheit gegeben, ein Mädchen zu bewundern, nicht wahr?«

»Ich?«

»Er ist immer lieber mit Ihnen zusammen gewesen. Das ist schlecht! Jedenfalls würde ich sagen, er wird es sich noch überlegen – falls Sie nicht dazwischenpfuschen.«

»Sie verstehen nicht: Er will das Mädchen heiraten – Betty Gregg –, sie sind verlobt.«

»Ist es schon so weit?«

»Ja. Mr. Parker Pyne, Sie müssen etwas tun. Sie müssen meinen Sohn vor dieser verheerenden Ehe bewahren. Sein ganzes Leben wäre ruiniert.«

»Niemand außer man selbst kann das eigene Leben ruinieren.«

»Bei Basil aber schon . . .«, sagte Mrs. Chester mit Nachdruck.

»Ich mache mir keine Sorgen um Basil.«

»Machen Sie sich etwa Sorgen um das Mädchen?«

»Nein, sondern um Sie. Sie haben aber etwas vergessen.«

Mrs. Chester sah ihn leicht indigniert an.

»Was bedeuten die Jahre zwischen zwanzig und vierzig? Man ist beschäftigt mit seinen Gefühlen, mit sich selbst. Das muß so sein. Das ist das Leben. Aber später verschieben sich die Akzente. Man denkt klarer, lernt beobachten, andere Menschen verstehen und erhält Einsichten in viele Zusammenhänge. Das Leben wird wirklich – bedeutungsvoll. Man sieht es als ein Ganzes. Nicht nur eine einzelne Szene, in der man gerade als Schauspieler agiert. Kein Mensch ist wirklich er selbst vor fünfundvierzig. Dann erst hat seine Individualität eine Chance.«

Mrs. Chester entgegnete: »Ich habe mich für Basil aufgeopfert. Er war *alles* für mich.«

»Nun, das ist bedauerlich. Dafür müssen Sie jetzt bezahlen. Lieben Sie ihn, so viel Sie wollen – aber Sie sind Adela Chester, denken Sie daran, eine eigenständige Persönlichkeit, nicht nur Basils Mutter.«

Er betrachtete ihre feinen Gesichtszüge, bemerkte den traurigen Ausdruck um ihren Mund. Sie war irgendwie eine liebenswerte Frau. Er wollte nicht, daß sie litt. Darum sagte er:

»Ich will sehen, was ich tun kann.«

Basil Chester war nicht nur bereit zu reden, er war geradezu begierig, seinen Standpunkt darzulegen.

»Diese Angelegenheit ist einfach höllisch. Mutter ist hoffnungslos – voller Vorurteile, engstirnig. Wenn sie es nur versuchte, dann würde sie bald merken, was für ein feiner Kerl Betty ist.«

»Und Betty?«

Er seufzte.

»Betty ist verdammt schwierig! Wenn sie sich nur ein wenig anpassen würde – ich meine, zum Beispiel den Lippenstift mal einen Tag lang weglassen –, würde das schon viel ausmachen. Sie muß aber alles übertreiben, um – modern – zu sein, wenn Mutter in der Nähe ist.«

Mr. Parker Pyne lächelte.

»Betty und Mutter sind die liebsten Menschen auf der Welt. Ich dachte, sie müßten einander wunderbar verstehen.«

»Sie haben noch viel zu lernen, junger Mann«, sagte Mr. Parker Pyne.

»Ich würde mich freuen, wenn Sie Betty mal besuchten und mit ihr redeten.«

Mr. Parker Pyne nahm die Einladung bereitwillig an.

Betty und ihre Schwester samt Gatten wohnten in einer kleinen, vernachlässigten Villa etwas landeinwärts. Ihr Leben war von erfrischender Einfachheit. Das Mobiliar bestand aus drei Sesseln, einem Tisch, Betten und einem Wandschrank fürs Geschirr. Hans war ein nervöser junger Mann mit wildem blondem Haar, das ihm vom ganzen Kopf abstand. Er sprach sehr schlecht Englisch, das aber mit unglaublicher Geschwindigkeit, und ging dabei auf und ab. Stella, seine Frau, war klein und blond. Betty Gregg hatte rotes Haar, Sommersprossen und schelmische Augen. Es fiel sofort auf, daß sie heute nicht annähernd so aufgemacht war wie neulich im *Pino d'Oro*.

Sie schenkte ihm einen Cocktail ein und sagte mit einem Augenzwinkern:

»Sind Sie an der Verschwörung beteiligt?«

Mr. Parker Pyne nickte.

»Und auf wessen Seite stehen Sie, Big Boy? Auf der der jungen Liebenden – oder auf jener der mißbilligenden alten Dame?«

»Darf ich Sie etwas fragen?«

»Natürlich.«

»Waren Sie immer sehr taktvoll in dieser Sache?«

»Überhaupt nicht«, gab Miss Gregg offen zu. »Aber die alte Katze hat mich kratzbürstig gemacht.« (Sie sah sich um, um sicherzugehen, daß Basil außer Hörweite war.) »Diese Frau macht mich ganz verrückt. Sie hat Basil jahrelang am Schürzenband geführt, dabei ist er wirklich nicht auf den Kopf gefallen. Sie ist so schrecklich *pukka sahib*.«

»Das ist ja nicht so schlimm. Es ist im Augenblick nur nicht gefragt.«

Betty Gregg zwinkerte plötzlich.

»Sie meinen, es ist etwa so wie Chippendale-Stühle auf den

Boden zu stellen, weil jetzt Viktorianisch Mode ist? Daß man sie später wieder herunterholt und sagt: ›Sind die nicht reizend?‹«

»Etwa so.«

Betty Gregg überlegte.

»Vielleicht haben Sie recht. Ich will ehrlich sein. Es war Basil, der mich gereizt hat – weil er so besorgt war, daß ich auch ja einen guten Eindruck auf seine Mutter mache. Das brachte mich auf die Palme. Sogar jetzt noch glaube ich, er könnte mich aufgeben – wenn seine Mutter nicht aufhört, ihn zu bearbeiten.«

»Das wäre möglich«, stimmte Mr. Parker Pyne ihr zu. »Wenn sie es richtig anpackt.«

»Werden Sie ihr sagen, wie sie es anpacken soll? Von allein kommt sie nämlich nicht drauf, das wissen Sie ganz genau. Sie wird sich nur weiter abfällig äußern, und das zieht nicht. Aber wenn Sie sie instruieren ...«

Sie biß sich auf die Lippe und sah ihn mit großen blauen Augen an.

»Ich habe von Ihnen gehört, Mr. Parker Pyne. Sie besitzen den Ruf, etwas von der menschlichen Seele zu verstehen. Glauben Sie, daß Basil und ich zueinander passen – oder nicht?«

»Ich hätte gern Antwort auf drei Fragen.«

»Eignungstest? Also gut, schießen Sie los!«

»Schlafen Sie bei offenem oder geschlossenem Fenster?«

»Offenem. Ich liebe frische Luft.«

»Essen Basil und Sie dasselbe gern?«

»Ja.«

»Gehen Sie lieber früh oder spät schlafen?«

»Eigentlich lieber früh. Um halb elf fange ich an zu gähnen, und in Wahrheit fühle ich mich sehr unternehmungslustig am frühen Morgen – aber natürlich gebe ich das nicht zu.«

»Sie könnten ganz gut zueinander passen«, sagte Mr. Parker Pyne.

»Ein sehr oberflächlicher Test.«

»Überhaupt nicht. Ich kenne mindestens sieben Ehen, die völlig kaputt sind, weil der Gatte bis Mitternacht hellwach und die Gattin um halb zehn todmüde ist bzw. umgekehrt.«

»Es ist zu schade, daß wir nicht alle glücklich sein können«, sagte Betty. »Basil und ich und seine Mutter, die uns ihren Segen gibt.«

Mr. Parker Pyne räusperte sich.

»Es könnte sein, daß sich das einrichten läßt.«

Sie sah ihn zweifelnd an.

»Da bin ich aber wirklich neugierig.«

Mr. Parker Pynes Gesicht verriet nichts.

Mrs. Chester gegenüber äußerte er sich besänftigend, aber unbestimmt. Eine Verlobung war noch keine Heirat. Er reiste für eine Woche nach Soller und schlug ihr vor, eine unverbindliche Haltung einzunehmen und alles scheinbar ruhig mit anzusehen.

Er verbrachte eine sehr amüsante Woche in Soller.

Bei seiner Rückkehr fand er eine total unerwartete Situation vor.

Als er ins *Pino d'Oro* kam, sah er als erstes Mrs. Chester und Betty Gregg miteinander beim Tee sitzen. Basil war nicht da. Mrs. Chester sah mitgenommen aus. Auch Betty wirkte bleich. Sie war kaum zurechtgemacht, und ihre Augenlider sahen aus, als ob sie geweint hätte.

Sie grüßten ihn freundlich, aber keine von beiden erwähnte Basil.

Plötzlich spürte er, wie Betty den Atem anhielt, als habe etwas sie verletzt. Mr. Parker Pyne wandte den Kopf.

Basil Chester kam die Treppe vom Meer herauf und mit ihm ein Mädchen von derart exotischer Schönheit, daß es einem wirklich den Atem verschlug. Sie war dunkel und hatte eine makellose Figur. Niemand konnte übersehen, daß sie unter ihrem Kleid aus blaßblauem Krepp nichts trug. Sie war dunkel gepudert und hatte einen leuchtendorange geschminkten Mund – aber die Schminke betonte nur noch ihre außergewöhnliche Schönheit. Der junge Basil schien die Augen nicht mehr von ihr wenden zu können.

»Du bist sehr spät, Basil«, sagte seine Mutter. »Du wolltest mit Betty zu *Mac* gehen.«

»Mein Fehler«, sagte die unbekannte Schöne affektiert. »Wir

sind vom Weg abgekommen.« Sie wandte sich an Basil. »Darling – bring mir etwas Starkes.«

Sie schleuderte ihre Schuhe von den Füßen und bewegte ihre manikürten Zehen, deren leuchtendes Grün zur Farbe der Fingernägel paßte.

Die beiden Frauen beachteten sie nicht, wandten sich aber Mr. Parker Pyne zu.

»Schreckliche Insel«, sagte sie. »Ich bin fast gestorben vor Langeweile, bevor ich Basil traf. Er ist wirklich reizend.«

»Mr. Parker Pyne – Miss Ramona«, sagte Mrs. Chester.

Das Mädchen nahm die Vorstellung mit müdem Lächeln zur Kenntnis. »Vermutlich werde ich Sie sehr bald Parker nennen«, flüsterte sie. »Ich heiße Dolores.«

Basil kam mit den Drinks zurück. Miss Ramona teilte ihre Konversation (oder genauer gesagt: ihr Lächeln und ihre Blicke) zwischen Basil und Mr. Parker Pyne. Von den beiden Frauen nahm sie überhaupt nicht Notiz. Betty versuchte einoder zweimal, sich am Gespräch zu beteiligen, aber die andere starrte sie einfach an und gähnte.

Plötzlich erhob sich Dolores.

»Ich glaube, ich muß jetzt gehen. Ich wohne im anderen Hotel. Kommt jemand mit?«

Basil sprang auf.

»Ich begleite Sie.«

Mrs. Chester sagte: »Mein lieber Basil ...«

»Ich bin sofort zurück, Mutter.«

»Ist er nicht ein Muttersöhnchen?« fragte Miss Ramona ganz offen in die Runde. »Springt immer um Sie herum, nicht wahr?«

Basil wurde rot. Miss Ramona nickte in Mrs. Chesters Richtung, warf Mr. Parker Pyne einen aufreizenden Blick zu und verließ dann mit Basil das Haus.

Nachdem sie fort waren, herrschte eine ungute Stille.

Mr. Parker Pyne wollte nicht als erster sprechen. Betty Gregg knetete ihre Hände und blickte aufs Meer. Mrs. Chesters Gesicht hatte sich vor Wut gerötet.

Betty sagte: »Nun, was halten Sie von unserer neuen Eroberung in Pollensa Bay?« Ihre Stimme klang etwas brüchig.

Mr. Parker Pyne bemerkte vorsichtig:

»Ein wenig – eh – exotisch.«

»Exotisch?« Betty lachte kurz und bitter auf.

Mrs. Chester meinte: »Sie ist schrecklich – schrecklich! Basil muß völlig verrückt sein.«

Betty sagte scharf: »Basil ist schon in Ordnung.«

»Ihre Zehennägel«, sagte Mrs. Chester etwas hilflos.

Betty erhob sich plötzlich.

»Mrs. Chester, ich glaube, ich gehe jetzt nach Hause und bleibe zum Essen nicht hier.«

»Ach, meine Liebe – Basil wird so enttäuscht sein.«

»Glauben Sie?« fragte Betty kurz auflachend. »Ich gehe trotzdem. Ich habe ziemlich Kopfweh.«

Sie lächelte ihnen beiden zu und ging. Mrs. Chester wandte sich an Mr. Parker Pyne.

»Ich wollte, wir wären nie hierhergekommen – nie!«

Mr. Parker Pyne schüttelte nur traurig den Kopf.

»Sie hätten nicht weggehen sollen. Wenn Sie hiergewesen wären, wäre das nicht geschehen.«

Mr. Parker Pyne mußte antworten.

»Meine Liebe, ich kann Ihnen versichern, daß ich – wenn es um schöne Frauen geht – sowieso keinen Einfluß auf Ihren Sohn hätte. Er – eh – scheint dafür sehr empfänglich zu sein.«

»Das war früher nicht so«, klagte Mrs. Chester unter Tränen.

»Immerhin«, sagte Mr. Parker Pyne mit einem Anflug von Heiterkeit. »Diese neue Attraktion scheint ja seine Vorliebe für Miss Gregg gedämpft zu haben. Das muß doch eine Genugtuung sein.«

»Ich weiß nicht, wovon Sie reden«, antwortete Mrs. Chester. »Betty ist ein liebes Kind und liebt Basil sehr. Sie benimmt sich ganz fabelhaft. Ich glaube, mein Sohn ist verrückt.«

Mr. Parker Pyne nahm diesen auffallenden Wechsel in ihren Ansichten ohne Wimpernzucken zur Kenntnis. Schon des öfteren war er weiblichem Wankelmut begegnet. Daher sagte er nur:

»Nicht direkt verrückt – nur verhext.«

»Diese Person ist ein Drachen. Sie ist unmöglich.«

»Sieht aber fabelhaft aus.«

Mrs. Chester schnaubte.

Basil kam die Treppe vom Meer heraufgerannt.

»Hallo, Mutter, da bin ich. Wo ist Betty?«

»Betty ist mit Kopfweh nach Hause gegangen. Es wundert mich nicht.«

»Beleidigt, willst du sagen.«

»Basil, ich finde, daß du außerordentlich unfreundlich zu Betty bist.«

»Um Himmels willen, Mutter, übertreib nicht. Wenn Betty jedesmal ein solches Theater macht, wenn ich mit einer anderen spreche, dann werden wir ja einem heiteren Leben entgegengehen!«

»Du bist verlobt.«

»Ja gut, wir sind verlobt. Das heißt aber doch nicht, daß nicht auch jeder seine eigenen Freunde haben darf. Heutzutage muß jeder sein eigenes Leben führen können und versuchen, sich die Eifersucht abzugewöhnen.«

Er hielt inne.

»Schau, wenn Betty nicht mit uns essen will, gehe ich lieber ins *Mariposa*. Man hat mich gebeten, zum Abendessen zu bleiben . . .«

»O Basil!«

Der Junge warf ihr einen verzweifelten Blick zu und rannte dann die Stufen hinunter.

Mrs. Chester sah Mr. Parker Pyne beredt an.

»Da sehen Sie es.«

Er sah.

Ein paar Tage später trieb die Krise ihrem Höhepunkt entgegen. Betty und Basil hatten sich zu einem längeren Spaziergang verabredet und wollten den Lunch mitnehmen. Betty kam ins *Pino d'Oro* und sah, daß Basil das gemeinsame Vorhaben vergessen hatte und für den ganzen Tag mit Dolores Ramonas Clique nach Formentor gefahren war.

Ihre Lippen waren fest zusammengepreßt, aber sonst war dem Mädchen nichts anzusehen. Plötzlich stand Betty auf und trat neben Mrs. Chester (die beiden Frauen waren allein auf der Terrasse).

Sie streifte den Siegelring vom Finger, den Basil ihr gegeben hatte – den richtigen Verlobungsring hatte er erst später kaufen wollen.

»Würden Sie ihm diesen Ring bitte zurückgeben, Mrs. Chester, und ihm sagen, es sei schon in Ordnung – er brauche sich keine Gedanken zu machen . . .«

»Meine liebe Betty, bitte nicht! Er liebt Sie wirklich.«

»Das sieht man ja, nicht wahr?« sagte das Mädchen. »Nein – ich habe auch meinen Stolz. Sagen Sie ihm, es sei schon recht so und daß ich ihm – Glück wünsche.«

Als Basil abends zurückkehrte, erwartete ihn ein Sturm.

Er wurde ein wenig rot beim Anblick seines Rings.

»So sieht sie die Sache also an? Na gut, vielleicht ist es am besten so.«

»Basil!«

»Nun, offen gestanden, Mutter, wir haben uns in letzter Zeit nicht mehr so besonders gut verstanden.«

»Wessen Fehler war das?«

»Meiner gewiß nicht. Eifersucht ist gräßlich, und ich sehe wirklich nicht ein, warum du dich darüber so aufregst. Du hast mich selbst gebeten, Betty nicht zu heiraten.«

»Das war, bevor ich sie kannte. Basil – mein Lieber –, du denkst doch nicht etwa daran, diese . . . diese . . . Kreatur zu heiraten?«

Basil Chester sagte trocken:

»Ich würde sie auf der Stelle heiraten, wenn sie mich haben wollte – aber ich fürchte, sie wird mich nicht nehmen.«

Kalte Schauer glitten Mrs. Chester über den Rücken. Sie suchte und fand Mr. Parker Pyne, der friedlich in einer geschützten Ecke saß und in einem Buch las.

»Sie müssen etwas unternehmen. Sie müssen etwas tun! Das Leben meines Jungen wird ruiniert.«

Mr. Parker Pyne hatte Basil Chesters ruiniertes Leben allmählich satt.

»Was kann ich tun?«

»Bitte sprechen Sie mit dieser schrecklichen Kreatur. Falls notwendig, bieten Sie ihr Geld an.«

»Das könnte aber teuer werden.«

»Ist mir egal.«

»Das ist schade. Es gibt aber vielleicht noch einen anderen Weg.«

Sie sah ihn fragend an. Er schüttelte den Kopf.

»Ich verspreche nichts – aber ich will sehen, was sich tun läßt. Ich hatte schon ähnliche Fälle. Übrigens – kein Wort zu Basil, das wäre fatal.«

»Natürlich nicht.«

Mr. Parker Pyne kehrte um Mitternacht vom *Mariposa* zurück. Mrs. Chester wartete auf ihn.

»Nun?« fragte sie atemlos.

Seine Augen zwinkerten.

»Die Señorita Dolores Ramona wird die Insel morgen verlassen.«

»Oh, Mr. Parker Pyne! Wie ist Ihnen das nur gelungen?«

»Es hat keinen Penny gekostet«, sagte Mr. Parker Pyne. Er blinzelte wieder. »Ich habe mir schon so halb und halb gedacht, daß ich Einfluß auf sie haben würde – und es stimmte.«

»Sie sind wunderbar. Nina Wycherley hatte völlig recht. Sie müssen mir sagen – eh – wieviel ...«

Mr. Parker Pyne hob abwehrend seine sorgfältig manikürte Hand.

»Keinen Penny. Es war mir ein Vergnügen. Ich hoffe, alles geht gut. Natürlich wird der Junge zuerst außer sich sein, wenn er entdeckt, daß sie spurlos verschwunden ist. Gehen Sie in den nächsten Wochen sanft mit ihm um!«

»Wenn nur Betty ihm verzeiht.«

»Natürlich wird sie ihm verzeihen. Sie sind ein hübsches Paar. Übrigens reise ich ebenfalls morgen ab.«

»Oh, Mr. Parker Pyne, wir werden Sie vermissen.«

»Vielleicht sollte ich gehen, bevor Ihr Sohn sich in ein drittes Mädchen verliebt.«

Mr. Parker Pyne lehnte sich über die Reling des Dampfers und sah auf die Lichter von Palma. Neben ihm stand Dolores Ramona. Er sagte anerkennend:

»Das haben Sie sehr gut gemacht, Madeleine. Ich bin froh, daß ich Sie kommen ließ.«

Madeleine de Sara alias Dolores Ramona alias Maggie Sayers sagte sofort: »Und ich bin froh, daß es geklappt hat, Mr. Parker Pyne. Es war eine nette, kleine Abwechslung. Ich glaube, ich gehe jetzt in meine Kabine, bevor das Schiff ablegt. Ich werde leicht seekrank.«

Ein paar Minuten später legte sich eine Hand auf Mr. Parker Pyne Schulter. Er wandte sich um und sah Basil Chester.

»Ich möchte mich von Ihnen verabschieden, Mr. Parker Pyne, Ihnen schöne Grüße von Betty ausrichten und meinen herzlichen Dank aussprechen. Das war eine große Nummer von Ihnen! Betty und Mutter verstehen sich ausgezeichnet. Eigentlich eine Schande, die alte Dame so zu täuschen – aber sie wurde wirklich schwierig. Auf jeden Fall ist jetzt alles in Ordnung. Ich muß vorsichtig sein und das Beleidigtsein noch eine Weile aufrechthalten. Wir sind Ihnen unendlich dankbar, Betty und ich.«

»Ich wünsche Ihnen alles Glück der Erde«, sagte Mr. Parker Pyne.

»Danke.«

Nach einer Pause sagte Basil mit etwas zu betonter Beiläufigkeit:

»Ist Miss – Miss de Sara – irgendwo in der Nähe? Ich möchte ihr auch noch danken.«

Mr. Parker Pyne warf ihm einen neugierigen Blick zu. »Nein, ich glaube, Miss de Sara ist zu Bett gegangen.«

»Oh, schade – nun, vielleicht sehe ich sie mal in London.«

»Kaum. Sie geht gleich anschließend für mich geschäftlich nach Amerika.«

Nachdem er solchermaßen dem kleinen Hafen von Dartmouth seine Anerkennung gezollt hatte, schob er die Zigarre wieder in den Mund und blickte mit der Miene eines Mannes um sich, der mit sich selbst, seiner Erscheinung, seiner Umgebung und dem Leben im allgemeinen sehr zufrieden ist.

Was den ersten Punkt betraf, so war Mr. Isaac Pointz ein Mann von achtundfünfzig Jahren, von guter Gesundheit und Kondition, jedoch mit einer etwas schwachen Leber. Er war nicht eigentlich korpulent, aber doch recht stattlich, und ein Bootsanzug, wie er ihn im Moment trug, ist nicht die passendste Kleidung für einen Mann mittleren Alters mit Bauchansatz.

Mr. Pointz war sehr sorgfältig gekleidet, korrekt vom Scheitel bis zur Sohle. Sein dunkles Gesicht mit den leicht orientalischen Zügen strahlte freundlich unter dem Schirm seiner Bootsmütze hervor. Was seine Umgebung betraf, so bestand sie aus seinem Geschäftspartner Mr. Leo Stein, Sir George und Lady Marroway, einem amerikanischen Geschäftsfreund namens Samuel Leathern mit seiner Tochter Eve, die noch zur Schule ging, Mrs. Rustington und Evan Llewellyn.

Die Gesellschaft war gerade von Mr. Pointz' Jacht, der *Merrimaid*, an Land gekommen. Man hatte am Vormittag der Regatta zugesehen und wollte nun für eine Weile die Vergnügungen des Volksfestes genießen: Büchsenwerfen, die tätowierte Dame, die menschliche Spinne, die Karussells. Am meisten Spaß an diesen Attraktionen hatte natürlich Eve Leathern. Sie war die einzige, die protestierte, als Mr. Pointz schließlich

»Oh!« Basil klang enttäuscht. »Nun, ich werde darüber hinwegkommen.«

Mr. Parker Pyne lächelte. Auf dem Weg zu seiner Kabine klopfte er an Madeleines Tür.

»Wie geht es Ihnen, meine Liebe? Gut? Unser junger Freund war hier. Der übliche leichte Anfall von Madeleinitis. Er wird es in ein oder zwei Tagen überstanden haben, aber Sie sind auch wirklich zu verführerisch.«

daran erinnerte, daß es Zelt für das Dinner im *Royal George* war.

»Oh, Mr. Pointz, Ich würde mir so gerne noch von der echten Zigeunerin im Wohnwagen meine Zukunft deuten lassen!«

Mr. Pointz hegte zwar einige Zweifel an der Echtheit der fraglichen Zigeunerin, gab aber bereitwillig nach.

»Eve ist so begeistert von dem Volksfest«, sagte ihr Vater entschuldigend. »Bitte, lassen Sie sich aber durch sie nicht aufhalten.«

»Wir haben genügend Zeit«, antwortete Mr. Pointz zuvorkommend. »Lassen wir der kleinen Dame ihren Spaß. Ich fordere Sie bei den Wurfpfeilen heraus, Leo.«

»Fünfundzwanzig und mehr gewinnt einen Preis«, leierte der Mann an der Wurfbude mit hoher nasaler Stimme herunter.

»Ich wette einen Fünfer, daß ich auf ein höheres Gesamtergebnis als Sie komme«, sagte Pointz.

»Angenommen«, erklärte Leo Stein bereitwillig.

Kurz darauf waren die beiden Männer völlig in ihren Wettkampf vertieft.

Lady Marroway sagte leise zu Evan Llewellyn: »Eve ist nicht das einzige Kind in dieser Gesellschaft.«

Llewellyn lächelte zustimmend, jedoch ein wenig zerstreut. Er war schon den ganzen Tag zerstreut gewesen. Ein- oder zweimal hatte er vollkommen falsche Antworten gegeben.

Pamela Marroway zog sich von ihm zurück und trat zu ihrem Mann. »Der junge Llewellyn hat irgendwas im Sinn«, meinte sie.

»Oder irgend jemanden«, entgegnete Sir George und warf einen schnellen Seitenblick auf Janet Rustington.

Lady Marroway runzelte leicht die Stirn. Sie war eine große, sehr gepflegte Frau. Die Farbe ihres Nagellacks stimmte genau mit dem Dunkelrot der Korallen in ihren Ohren überein. Ihre Augen waren dunkel und wachsam. Sir George gebärdete sich wie ein nachlässiger, freundlicher Gentleman alter englischer Schule, aber seine hellen blauen Augen hatten den gleichen wachsamen Blick.

Isaac Pointz und Leo Stein waren Diamantenhändler aus *Hat-*

ton Garden. Sir George und Lady Marroway kamen aus einer ganz anderen Welt – der Welt von Antibes und Juan les Pins, des Golfspielens in St.-Jean-de-Luz, des Badens an der Felsenküste von Madeira im Winter.

Oberflächlich betrachtet waren sie wie die Vögel am Himmel, die nicht säen und nicht ernten. Aber das stimmte vielleicht nicht ganz, denn es gibt sehr unterschiedliche Wege zu säen und zu ernten.

»Da ist die Kleine wieder«, sagte Evan Llewellyn zu Mrs. Rustington. Er war ein dunkelhaariger junger Mann mit leicht wölfischem, hungrigem Aussehen, das einige Frauen so anziehend fanden.

Allerdings war es schwer zu sagen, ob auch Mrs. Rustington ihn so anziehend fand, denn sie trug ihr Herz nicht auf der Zunge. Sie hatte jung geheiratet, und die Ehe hatte schon nach weniger als einem Jahr in einer Katastrophe geendet. Seit dieser Zeit war es schwierig, genau herauszufinden, was Janet Rustington von einer Person oder einer Sache dachte. Ihr Benehmen war gleichbleibend charmant, aber sehr zurückhaltend.

Eve Leathern kam herangetanzt. Ihre glatten blonden Haare wehten hinter ihr her. Sie war fünfzehn, ein etwas unbeholfenes Kind, aber äußerst lebendig.

Atemlos verkündete sie: »Ich werde mit siebzehn heiraten, einen sehr reichen Mann, und wir werden sechs Kinder haben, und Dienstag und Donnerstag sind meine Glückstage, und ich sollte immer Grün oder Blau tragen, und ein Smaragd ist mein Glücksstein und ...«

»Hör mal, mein Liebling«, unterbrach sie ihr Vater, »es wird Zeit, daß wir weitergehen.«

Mr. Leathern war ein großer blonder, magenkrank aussehender Mann mit einem leicht kummervollen Gesichtsausdruck. Mr. Pointz und Mr. Stein kamen von der Wurfbude zurück. Pointz kicherte, und Stein sah ein bißchen bekümmert aus. »Es ist alles eine Frage des Glücks«, sagte er.

Mr. Pointz schlug gutgelaunt auf seine Jackentasche. »Den Fünfer habe ich mir zu Recht verdient. Geschicklichkeit, mein

Junge, reine Geschicklichkeit. Mein Alter Herr war ein erstklassiger Pfeilwerfer. Aber nun wird es Zeit, Leute. Hat man dir die Zukunft gedeutet, Eve? Sicher hat man dir geraten, dich vor einem dunklen Mann in acht zu nehmen.«

»Vor einer dunklen Frau«, berichtigte ihn Eve. »Sie hat einen bösen Blick und wird ganz gemein zu mir sein, wenn ich nicht aufpasse. Und mit siebzehn werde ich heiraten ...«

Fröhlich lief sie der Gesellschaft auf dem Weg zum *Royal George* voraus.

Das Dinner war von dem umsichtigen Mr. Pointz im voraus bestellt worden. Nun wurden sie von einem dienernden Ober in ein separates Speisezimmer im ersten Stock des Hotels geführt, wo bereits ein runder Tisch gedeckt war. Das große vorspringende Erkerfenster, das auf den Hafenplatz hinausging, stand offen. Von draußen drang der Lärm des Volksfestes herein. Drei Karussells quäkten ihre verschiedenen Weisen durcheinander.

»Wenn wir unser eigenes Wort verstehen wollen, machen wir es am besten zu«, bemerkte Mr. Pointz trocken und ließ seinen Worten die Tat folgen.

Die Gesellschaft nahm ihre Plätze an der Tafel ein. Mr. Pointz strahlte seine Gäste an. Er war der Meinung, daß er ihnen ein guter Gastgeber war, und er liebte es, ein guter Gastgeber zu sein. Seine Augen wanderten von einem zum andern. Lady Marroway – interessante Frau, nicht ganz einwandfrei, natürlich, das wußte er. Ihm war sehr wohl klar, daß das, was er zeit seines Lebens die *Crème de la crème* genannt hatte, sehr wenig mit den Marroways zu tun hatte, aber diese *Crème de la crème* nahm auch von seiner Existenz keine Notiz. Jedenfalls, Lady Marroway war eine verdammt elegant aussehende Frau, und es machte ihm gar nichts aus, wenn sie beim Bridge ein bißchen mogelte. Bei Sir George schätzte er das allerdings nicht so sehr. Kalte Augen hatte der Bursche. Wirklich hartgesotten. Aber bei Isaac Pointz würde der nicht viel ausrichten können. Da paßte er schon auf.

Der alte Leathern war kein übler Kerl, nur ein bißchen langatmig wie die meisten Amerikaner. Liebte es, endlose Geschichten zu erzählen, und hatte die unangenehme Eigenschaft, immer präzise Informationen zu verlangen. Wieviel Einwohner hat Dartmouth? In welchem Jahr wurde die Marineakademie gebaut? Und so weiter. Erwartete, daß sein Gastgeber ein wandelnder Baedeker war. Eve war ein nettes, fröhliches Kind. Es machte ihm Spaß, sich mit ihr zu necken. Ihre Stimme erinnerte ihn zwar an ein Sumpfhuhn, aber sie hatte ihre fünf Sinne beisammen. Ein aufgewecktes Kind.

Der junge Llewellyn – der schien ein bißchen zu ruhig. Sah aus, als ob er sich über irgend etwas Sorgen machte. Vermutlich knapp bei Kasse. Das waren diese Schreiber ja immer. Schien auch so, als hätte er Gefallen an Janet Rustington gefunden. Eine nette Frau, attraktiv und klug dazu. Zwang einen nicht zu lesen, was sie schrieb. Hochintellektuelles Zeug, aber Gott sei Dank sprach sie niemals darüber. Und der gute alte Leo! Er wurde auch nicht jünger oder schlanker. Ohne glücklicherweise zu ahnen, daß sein Partner im selben Moment genau das gleiche von ihm dachte, berichtigte er Mr. Leathern, daß Sardinen nichts mit Cornwall, sondern mit Devon zu tun hätten, und war im übrigen fest entschlossen, das Essen zu genießen.

»Mr. Pointz«, sagte Eve, als die Kellner die Teller mit heißen Makrelen serviert und das Zimmer wieder verlassen hatten.

»Was gibt's, junge Dame?«

»Haben Sie den großen Diamanten dabei? Den, den Sie uns gestern abend zeigten und von dem Sie sagten, daß Sie ihn immer bei sich tragen.«

Mr. Pointz kicherte. »Das stimmt. Er ist mein Talisman, sage ich immer. Ja, ich habe ihn selbstverständlich bei mir.«

»Ich glaube, daß das schrecklich gefährlich ist. Jemand hätte ihn doch in dem Gedränge auf dem Volksfest stehlen können.«

»Darauf passe ich schon auf«, entgegnete Mr. Pointz.

»Aber es könnte doch sein«, beharrte Eve. »In England gibt es doch auch Gangster, genau wie bei uns, nicht wahr?«

»Die werden den *Morning Star* nicht erwischen«, meinte Mr. Pointz. »Zunächst einmal steckt er in einer Geheimtasche. Und überhaupt – der alte Pointz weiß, was er tut. Niemand wird ihm den *Morning Star* stehlen.«

»Huh, huh, ich wette, ich könnte es!«

»Ich wette, du kannst es nicht«, erwiderte Mr. Pointz und zwinkerte.

»Doch, ich wette, ich kann's. Ich habe letzte Nacht im Bett darüber nachgedacht, nachdem Sie den Stein beim Abendessen herumgezeigt hatten. Ich habe mir eine gute Methode ausgedacht, ihn zu stehlen.«

»Und wie wäre die?«

Eve legte den Kopf zur Seite. Ihre blonden Haare flogen.

»Das verrate ich Ihnen nicht ... noch nicht. Was wetten Sie, daß ich den Stein nicht stehlen kann?«

Erinnerungen an seine Jugendzeit tauchten in Mr. Pointz' Gedächtnis auf. »Sechs Paar Handschuhe«, schlug er vor.

»Handschuhe!« rief Eve enttäuscht. »Wer trägt denn noch Handschuhe?«

»Nun, trägst du Seidenstrümpfe?«

»Selbstverständlich. Mein bestes Paar hat heute morgen Laufmaschen bekommen.«

»Gut, abgemacht. Sechs Paar schönster Seidenstrümpfe ...«

»Oh, fein«, sagte Eve glückstrahlend. »Und was ist mit Ihnen?«

»Ich könnte einen neuen Tabaksbeutel brauchen.«

»Die Wette gilt! Glauben Sie nur nicht, daß Sie Ihren Tabaksbeutel bekommen ... Aber nun sage ich Ihnen, was Sie zu tun haben. Sie müssen den Diamanten genau wie gestern abend herumreichen ...«

Sie unterbrach sich, weil zwei Kellner hereinkamen, um den nächsten Gang zu servieren. Während man begann, sich mit den Hühnchen zu beschäftigen, sagte Mr. Pointz: »Eins muß klar sein, junge Dame: Solltest du wirklich einen Diebstahl planen, würde ich die Polizei holen und dich durchsuchen lassen.«

»Damit bin ich vollkommen einverstanden. Sie müssen aber nicht gleich so realistisch sein und die Polizei rufen. Lady Marroway oder Mrs. Rustington könnten mich notfalls auch durchsuchen.«

»Gut, das wär's dann«, sagte Mr. Pointz. »Was willst du eigentlich später einmal werden? Ein erstklassiger Juwelendieb?«

»Vielleicht schlage ich diese Karriere ein – falls es sich lohnt.«

»Wenn du mit dem *Morning Star* Erfolg hättest, würde es sich schon lohnen. Selbst nach dem Umschleifen wäre der Stein noch immer mehr als dreißigtausend Pfund wert.«

»Was?« rief Eve beeindruckt. »Wieviel ist das in Dollar?«

Lady Marroway gab die gewünschte Erklärung und sagte dann vorwurfsvoll: »Und einen solch wertvollen Stein tragen Sie immer mit sich herum? Dreißigtausend Pfund!« Ihre getuschten Wimpern bebten.

Mrs. Rustington sagte leise: »Das ist eine Menge Geld ... Und dann die Faszination, die der Stein selbst ausübt ... Er ist wunderschön.«

»Nur ein Stück Kohlenstoff«, warf Evan Llewellyn ein.

»Soviel ich weiß, ist die größte Schwierigkeit die, einen Hehler für gestohlene Juwelen zu finden«, sagte Sir George. »Er bekommt den Löwenanteil, nicht wahr?«

»Los!« rief Eve aufgeregt. »Laßt uns beginnen! Zeigen Sie uns den Diamanten, und wiederholen Sie, was Sie gestern abend gesagt haben!«

Mr. Leathern sagte mit seiner tiefen, melancholischen Stimme: »Ich muß mich für meine Tochter entschuldigen. Sie steigert sich gern in etwas hinein ...«

»Ist schon gut, Vater«, sagte Eve. »Also los, Mr. Pointz ...«

Lächelnd griff Mr. Pointz in eine Innentasche und zog etwas heraus. Blitzend und funkelnd lag es auf seiner flachen Hand.

Ein Diamant ...

Etwas gezwungen wiederholte Mr. Pointz seine kleine Ansprache vom vergangenen Abend auf der *Merrimaid*, soweit er sich an sie erinnern konnte.

»Vielleicht möchten Sie gern einen Blick darauf werfen? Es ist ein ungewöhnlich schöner Stein. Ich nenne ihn den *Morning Star*. Er ist so eine Art Talisman für mich. Ich nehme ihn überallhin mit. Möchten Sie ihn sich ansehen?«

Damit reichte er ihn Lady Marroway, die ihn nahm, sich begeistert über seine Schönheit äußerte und ihn dann an Mr. Leathern weitergab. Dieser erklärte in einem etwas gekünstelt klingenden Ton: »Sehr schön, wirklich, sehr schön.« Dann reichte er ihn an Llewellyn weiter.

Da in diesem Moment die Kellner wieder hereinkamen, gab es dabei eine kurze Unterbrechung. Als sie gegangen waren, sagte Llewellyn: »Ein herrlicher Diamant!« Er übergab ihn Leo Stein, der sich nicht der Mühe unterzog, eine Bemerkung zu machen, sondern ihn sofort an Eve weiterreichte.

»Wie makellos schön er ist!« rief Eve mit hoher gekünstelter Stimme. »Oh!« Sie schrie bestürzt auf, als er ihr aus der Hand fiel. »Ich habe ihn fallen lassen!«

Sie schob den Stuhl zurück und begann unter dem Tisch zu suchen. Sir George auf ihrer rechten Seite beugte sich gleichfalls hinunter. In der beginnenden Verwirrung wurde ein Glas vom Tisch gefegt. Stein, Llewellyn und Mrs. Rustington beteiligten sich gleichfalls an der Suche, schließlich auch noch Lady Marroway.

Nur Mr. Pointz beteiligte sich nicht daran. Er blieb ruhig sitzen, trank seinen Wein und lächelte sardonisch.

»O mein Gott«, sagte Eve, noch immer in jenem gekünstelten Ton. »Wie schrecklich! Wo ist er nur hingerollt? Ich kann ihn nirgends finden.«

Einer nach dem anderen tauchten ihre Helfer wieder auf.

»Er ist tatsächlich verschwunden, Pointz«, sagte Sir George lächelnd.

Mr. Pointz nickte beifällig. »Sehr gut gemacht, Eve. Du würdest eine glänzende Schauspielerin abgeben. Die Frage ist nun: Hast du den Diamanten irgendwo versteckt, oder trägst du ihn bei dir?«

»Lassen Sie mich durchsuchen!« verlangte Eve in dramatischem Ton.

Mr. Pointz' suchendes Auge entdeckte in einer Ecke des Zimmers eine spanische Wand. Er nickte in ihre Richtung und wandte sich dann an Lady Marroway und Mrs. Rustington: »Würden die Damen vielleicht so nett sein . . .«

»Aber gerne«, entgegnete Lady Marroway lächelnd.

Die beiden Damen standen auf. Lady Marroway sagte:

»Haben Sie keine Angst, Mr. Pointz. Wir werden sie gründlich durchsuchen.« Dann verschwanden die drei hinter der Wand.

Es war heiß im Zimmer. Evan Llewellyn öffnete das Fenster. Unten ging ein Zeitungsverkäufer vorbei. Llewellyn warf ihm eine Münze zu, und der Mann warf eine Zeitung hinauf. Llewellyn schlug sie auf.

»Die Lage in Ungarn ist nicht sehr rosig«, bemerkte er.

»Ist das das Lokalblättchen?« fragte Sir George.

»Ein Pferd, an dem ich interessiert bin, ist heute in Haldon gelaufen – *Natty Boy.*«

»Leo«, sagte Mr. Pointz, »verriegeln Sie die Tür. Solange wir mit der Sache beschäftigt sind, ist es besser, wenn keine Kellner raus und rein laufen.«

»*Natty Boy* hat drei zu eins gebracht«, sagte Llewellyn.

»Miese Quoten«, meinte Sir George.

»Hauptsächlich Nachrichten über die Regatta«, sagte Llewellyn, in den Seiten blätternd.

Die drei kamen hinter dem Wandschirm hervor.

»Keine Spur von dem Stein«, sagte Janet Rustington.

»Sie können mir glauben, daß sie ihn nicht bei sich hat«, bekräftigte Lady Marroway.

Mr. Pointz war gern bereit, ihr das zu glauben, denn er hörte den grimmigen Ton in ihrer Stimme. Zweifellos war die Durchsuchung sehr gründlich gewesen.

»Sag, Eve, du hast ihn doch nicht etwa verschluckt?« fragte Mr. Leathern ängstlich. »Das könnte dir möglicherweise nicht gut bekommen.«

»So etwas würde ich bemerkt haben«, sagte Leo Stein gelassen. »Ich habe sie nämlich beobachtet. Sie hat nichts in den Mund gesteckt.«

»Ich könnte einen so großen Stein gar nicht hinunterkriegen«, entgegnete Eve. Sie stemmte die Hände in die Hüften und schaute Mr. Pointz an. »Nun, was ist?«

»Du bleibst stehen, wo du bist, und rührst dich nicht von der Stelle!« befahl Pointz.

Gemeinsam räumten die Männer den Tisch ab und drehten

ihn um. Mr. Pointz untersuchte ihn genau. Dann wandte er seine Aufmerksamkeit dem Stuhl zu, auf dem Eve gesessen hatte, danach den Stühlen auf beiden Seiten.

Die Gründlichkeit der Suche ließ nichts zu wünschen übrig. Die anderen Männer und auch die Frauen beteiligten sich daran. Eve Leathern stand in der Ecke vor dem Wandschirm und lachte vergnügt.

Fünf Minuten später erhob sich Mr. Pointz mit leichtem Ächzen von den Knien und klopfte sich resigniert die Hosenbeine ab. Seine ursprüngliche Gelassenheit war leicht beeinträchtigt.

»Eve«, sagte er, »ich muß den Hut vor dir ziehen. Du bist der beste Juwelendieb, der mir je begegnet ist. Ich weiß wirklich nicht, was du mit dem Stein gemacht hast. So wie ich es sehe, müßte er hier im Zimmer versteckt sein, da du ihn nicht am Körper verborgen hast. Ich gebe mich geschlagen.«

»Gehören die Strümpfe mir?« fragte Eve.

»Sie gehören dir, junge Dame.«

»Eve, mein Kind, wo hast du ihn denn nun versteckt?« fragte Mr. Rustington neugierig.

Eve stolzierte näher. »Das werde ich Ihnen zeigen. Sie werden sich ganz schön ärgern.«

Sie ging zu dem Seitentisch, auf den man die Sachen vom Eßtisch gestellt hatte, griff nach ihrer kleinen schwarzen Abendtasche und sagte: »Genau vor Ihren Augen! Genau . . .«

Ihre Stimme, gerade noch stolz und triumphierend, klang plötzlich sehr verloren. »Oh«, sagte sie, »oh . . .«

»Was gibt's denn?« fragte ihr Vater.

Eve flüsterte: »Er ist verschw . . . er ist verschwunden!«

»Was bedeutet das alles?« fragte Pointz und trat auf sie zu.

Eve drehte sich ungestüm zu ihm um.

»Es war so: Dieses Täschchen hat einen großen Glasstein auf der Schließe. Er fiel gestern abend heraus. Als Sie Ihren Diamanten herumzeigten, bemerkte ich, daß beide Steine fast die gleiche Größe haben. Und so dachte ich mir in der Nacht aus, daß man Ihren Stein stehlen könnte, wenn man ihn mit etwas Knetmasse im Loch der Schließe befestigte. Ich war sicher, daß niemand ihn dort entdecken würde. So habe ich es heute abend auch gemacht. Erst ließ ich den Stein fallen, dann kroch ich mit der Tasche in der Hand unter den Tisch. Dort drückte ich ihn mit etwas Knetmasse, die ich dabeihatte, in die Lücke, legte die Tasche wieder auf den Tisch und tat so, als würde ich weiter mit den anderen suchen. Ich dachte, es würde ähnlich wie bei dem *gestohlenen Brief* sein – Sie wissen schon . . . Der Stein liegt genau vor Ihrer Nase, aber Sie beachten ihn nicht, weil er wie ein Rheinkiesel aussieht. Und es war tatsächlich ein guter Plan – niemand von Ihnen hat etwas gemerkt.«

»Das frage ich mich«, murmelte Mr. Stein.

»Was sagten Sie?«

Mr. Pointz nahm die Tasche, betrachtete die leere Fassung, in der noch etwas Knetmasse klebte, und sagte dann langsam: »Er kann herausgefallen sein. Wir sehen besser noch einmal nach.«

Die Suche wurde wiederholt, aber diesmal in einer ungewöhnlichen Stille. Es herrschte eine gespannte Stimmung.

Einer nach dem anderen gab die Suche auf. Alle standen herum und schauten sich gegenseitig an.

»Er ist nicht in diesem Zimmer«, sagte Stein.

»Und niemand hat diesen Raum verlassen«, fügte Sir George nachdrücklich hinzu.

Einen Augenblick herrschte Schweigen. Eve brach in Tränen aus. Ihr Vater tätschelte ihr tröstend die Schulter.

»Nun, nun«, sagte er unbeholfen.

Sir George wandte sich an Leo Stein.

»Mr. Stein«, sagte er. »Sie haben eben eine Bemerkung gemacht. Als ich Sie bat, sie zu wiederholen, meinten Sie, es sei nichts Wichtiges. Tatsächlich habe ich aber verstanden, was Sie sagten. Als Miss Eve nämlich behauptete, daß niemand bemerkt habe, wie sie den Stein versteckte, murmelten Sie: ›Das frage ich mich.‹ Wir müssen also die Möglichkeit in Betracht ziehen, daß jemand es *doch* beobachtete – und daß dieser Jemand sich in diesem Zimmer befindet. Ich schlage als faire und ehrenhafte Lösung vor, daß jeder von uns sich bereit erklärt, sich einer Durchsuchung zu unterziehen. Der Diamant kann aus diesem Zimmer nicht hinausgelangt sein.« Wenn Sir George die Rolle des ehrenhaften englischen Gentlemans spielte, war er unübertrefflich. Seine Stimme bebte vor Aufrichtigkeit und Entrüstung.

»Ein bißchen unangenehm, das alles«, sagte Mr. Pointz unglücklich.

»Das ist nur meine Schuld«, schluchzte Eve. »Ich wollte nicht . . .«

»Beruhige dich, Kind«, sagte Mr. Stein freundlich. »Niemand macht dir Vorwürfe.«

Mr. Leathern erklärte in seiner langsamen, pedantischen Art: »Nun, ich glaube, daß jeder von uns Sir Georges Vorschlag voll unterstützen kann. Ich tue es.«

»Ich auch«, pflichtete ihm Evan Llewellyn bei.

Mrs. Rustington sah Lady Marroway an, die kurz nickte. Beide Damen verschwanden wieder hinter dem Wandschirm, gefolgt von der schluchzenden Eve.

Ein Kellner klopfte an die Tür und wurde wieder weggeschickt.

Fünf Minuten später schauten sich acht Personen ungläubig an. Der *Morning Star* hatte sich in nichts aufgelöst . . .

Mr. Parker Pyne blickte nachdenklich in das dunkle, aufgeregte Gesicht des jungen Mannes vor ihm.

»Natürlich«, sagte er, »Sie stammen aus Wales, Mr. Llewellyn.«

»Was hat das damit zu tun?«

Mr. Parker Pyne wedelte mit seiner großen, gutgepflegten Hand. »Überhaupt nichts, muß ich gestehen. Ich interessiere mich nur für die Klassifizierung gefühlsmäßiger Reaktionen bestimmter Volksstämme. Das ist alles. Aber lassen Sie uns auf die Erwägungen Ihres speziellen Problems zurückkommen.«

»Ich weiß eigentlich gar nicht, weshalb ich Sie aufgesucht habe«, sagte Evan Llewellyn. Seine Hände zitterten vor Nervosität, und sein dunkles Gesicht trug einen verstörten Ausdruck. Er sah Mr. Parker Pyne nicht an. Pynes prüfender Blick machte ihn augenscheinlich verlegen. »Ich weiß gar nicht, weshalb ich Sie aufsuchte«, wiederholte er. »Aber wohin zum Teufel *soll* ich gehen? Und was zum Teufel kann ich überhaupt unternehmen? Es ist diese Ohnmacht, nichts tun zu können, die mich fertigmacht ... Ich sah Ihre Anzeige und erinnerte mich, daß irgend jemand Sie mal erwähnte und sagte, Sie hätten ihm geholfen ... Und – nun – hier bin ich! Vermutlich bin ich ein Narr, denn in meiner Lage kann mir niemand mehr helfen.«

»Aber nicht doch«, entgegnete Mr. Parker Pyne. »Ich bin genau der Richtige für Sie. Ich bin Spezialist für unglückliche Fälle. Diese Angelegenheit hat Ihnen offensichtlich schon eine Menge Kummer bereitet. Sind Sie sicher, daß die Fakten genau so sind, wie Sie sie mir berichtet haben?«

»Ich glaube nicht, daß ich irgend etwas ausgelassen habe. Pointz nahm den Diamanten aus der Tasche und reichte ihn herum. Diese unmögliche kleine Amerikanerin steckte ihn an ihre lächerliche Tasche, und als wir diese schließlich in Augenschein nahmen, war er verschwunden. Niemand hatte ihn – selbst der alte Pointz wurde durchsucht, was er selber vorschlug. Ich schwöre – daß der Stein nicht im Zimmer war. *Und niemand verließ das Zimmer ...*«

»Auch keine Kellner, zum Beispiel?« fragte Mr. Parker Pyne. Llewellyn schüttelte den Kopf. »Sie gingen hinaus, bevor das Mädchen mit dem Diamanten herumspielte, und dann bat Pointz, die Tür abzuschließen, damit sie draußen blieben. Nein, es muß einer von uns gewesen sein.«

»Das scheint mir auch so«, sagte Mr. Parker Pyne nachdenklich.

»Diese verdammte Abendzeitung!« rief Evan Llewellyn bitter. »Ich merkte, wie ihnen der Verdacht kam – daß dies die einzige Möglichkeit war ...«

»Bitte, schildern Sie mir noch einmal genau den Hergang.«

»Das war ganz einfach. Ich öffnete das Fenster, pfiff dem Zeitungsjungen, warf eine Münze hinunter, und er warf die Zeitung herauf. Und genau das ist sie, verstehen Sie – die einzige Möglichkeit, wie der Diamant aus dem Zimmer verschwinden konnte – ich warf ihn einem Komplizen zu, der unten wartete.«

»Nicht die einzige Möglichkeit«, bemerkte Mr. Parker Pyne.

»Welche schlagen Sie dann vor?«

»Wenn Sie ihn nicht hinunterwarfen, muß es einfach eine andere Lösung geben!«

»Ich verstehe. Ich hoffte, Sie hätten etwas Bestimmtes im Auge. Also, ich kann nur wiederholen, daß ich den Stein nicht hinunterwarf, aber ich kann nicht erwarten, daß Sie mir glauben – oder irgend jemandem sonst.«

»Doch, ich glaube Ihnen«, sagte Mr. Parker Pyne.

»Sie glauben mir? Warum?«

»Sie sind kein krimineller Typ«, sagte Mr. Parker Pyne. »Das heißt, Sie sind nicht der Typ, der Juwelen stiehlt. Es gibt natürlich Verbrechen, die Sie verüben könnten – aber mit diesem Thema wollen wir uns jetzt nicht befassen. Jedenfalls sehe ich in Ihnen nicht den Dieb des *Morning Star.*«

»Jeder andere tut es aber«, antwortete Llewellyn bitter.

»Aha!« sagte Mr. Parker Pyne.

»Sie sahen mich alle so komisch an. Marroway nahm die Zeitung in die Hand und warf einen Blick zum Fenster hinaus. Dabei sagte er kein Wort. Aber Pointz begriff sofort. Ich konnte ihnen ansehen, was sie dachten. Doch niemand beschuldigte mich offen, das ist das Teuflische daran.«

Mr. Parker Pyne nickte mitfühlend. »So was ist viel schlimmer«, sagte er.

»Ja. Sie haben nicht mehr als einen Verdacht. Kürzlich war ein Polizeibeamter bei mir, der eine Menge Fragen stellte – Routinefragen, wie er es nannte. Einer von der neuen studierten Sorte. Sehr taktvoll – überhaupt keine Andeutungen. Interessierte sich nur für die Tatsache, daß ich knapp bei Kasse gewesen war und plötzlich über ein bißchen Geld verfügte.«

»Stimmt das?«

»Ja, ich hatte Glück mit ein oder zwei Pferden. Leider schloß ich die Wetten auf der Rennbahn ab und verfüge über keinerlei Beweise, daß ich das Geld auf diese Art bekommen habe. Das Gegenteil kann man mir natürlich auch nicht beweisen – aber das ist gerade die Art bequemer Lüge, die jemand erfinden würde, der nicht verraten will, woher das Geld tatsächlich stammt.«

»Da stimme ich Ihnen zu. Trotzdem müßten sie schon eine Menge mehr in der Hand haben, um die Sache weiterzuverfolgen.«

»Ach, wissen Sie, ich habe keine Angst davor, eingesperrt und des Diebstahls angeklagt zu werden. In gewisser Weise würde das die Sache sogar vereinfachen: Man wüßte, wie man dran ist. Doch so bleibt die gräßliche Tatsache bestehen, daß alle diese Leute glauben, ich hätte den Diamanten gestohlen.«

»Meinen Sie jemand bestimmten?«

»Was wollen Sie damit andeuten?«

»Eine Vermutung, weiter nichts.« Wieder schwenkte Mr. Parker Pyne die wohlgepflegte Hand. »Aber es gibt eine bestimmte Person, nicht wahr? Vielleicht Mrs. Rustington?«

Llewellyn errötete. »Wieso gerade sie?«

»Oh, mein Bester, da gibt es eindeutig jemanden, auf dessen Meinung Sie besonders großen Wert legen – vermutlich eine Dame. Welche Damen waren anwesend? Ein amerikanischer Teenager? Lady Marroway? In Lady Marroways Achtung würden Sie vermutlich steigen, nicht sinken, wenn Sie solch einen Coup gelandet hätten. Ich weiß nämlich einiges über diese Dame. Also bleibt nur Mrs. Rustington.«

Llewellyn entgegnete mit einiger Anstrengung: »Sie . . . sie hat ein ziemlich unglückliches Erlebnis hinter sich. Ihr Mann war ein gemeiner Kerl. Deshalb traut sie keinem Menschen mehr. Wenn . . . wenn sie glaubt . . .« Er wußte nicht mehr weiter.

»Ganz recht!« sagte Mr. Parker Pyne. »Wie ich sehe, ist die Angelegenheit wirklich sehr wichtig. Sie muß aufgeklärt werden.«

Llewellyn lachte auf. »Das ist leicht gesagt.«

»Und ganz leicht getan«, erwiderte Mr. Parker Pyne.

»Glauben Sie?«

»Aber ja, das Problem liegt klar auf der Hand. Viele Lösungsmöglichkeiten scheiden deshalb aus. Die Antwort dürfte äußerst einfach sein. Tatsächlich habe ich bereits einen gewissen Verdacht . . .«

Evan starrte ihn ungläubig an.

Mr. Parker Pyne zog einen Notizblock heraus und nahm einen Stift zur Hand.

»Bitte, geben Sie mir eine kurze Beschreibung der anwesenden Personen.«

»Habe ich das nicht bereits getan?«

»Ich benötige persönliche Merkmale: Haarfarbe und so weiter.«

»Aber Mr. Pyne, was soll das mit dem Fall zu tun haben?«

»Sehr viel, junger Mann, sehr viel, Klassifizierung und so weiter.«

Immer noch ziemlich ungläubig, beschrieb Evan die persönliche Erscheinung der Gäste des Bootsausfluges.

Mr. Parker Pyne machte sich ein oder zwei Notizen, dann schob er den Block weg und sagte: »Ausgezeichnet. Nebenbei, erzählten Sie nicht, daß ein Weinglas zerbrach?«

Evan starrte ihn wieder an. »Ja, es wurde vom Tisch gestoßen, und dann trat jemand darauf.«

»Unangenehme Sache, solche Glassplitter«, bemerkte Mr. Parker Pyne. »Wessen Weinglas war es?«

»Ich glaube, das von dem Kind – Eve.«

»Aha. Und wer saß auf dieser Seite neben ihr?«

»Sir George Marroway.«

»Sie haben nicht beobachtet, wer das Glas umstieß?«

»Leider nein. Ist das wichtig?«

»Nicht unbedingt. Nein. Das war eine überflüssige Frage.« Er stand auf. »Nun, Mr. Llewellyn, können Sie in drei Tagen wiederkommen? Ich nehme an, daß der Fall bis dahin restlos geklärt ist.«

»Machen Sie Witze, Mr. Pyne?«

»In beruflichen Angelegenheiten spaße ich nie, mein Lieber. Das könnte bei meinen Klienten Mißtrauen erwecken. Wie wäre es am Freitag um halb zwölf? Danke schön.«

Llewellyn betrat Parkers Büro am Freitag vormittag in einem beträchtlichen Gemütsaufruhr. Zweifel und Hoffnung kämpften in ihm.

Mr. Parker Pyne erhob sich mit einem strahlenden Lächeln und begrüßte ihn. »Guten Morgen, Mr. Llewellyn. Bitte, nehmen Sie Platz! Zigarette gefällig?«

Llewellyn schob die angebotene Schachtel beiseite.

»Nun?« fragte er.

»Alles in bester Ordnung«, entgegnete Mr. Parker Pyne. »Die Polizei hat die Bande gestern abend verhaftet.«

»Die Bande? Welche Bande?«

»Die Amalfi-Bande. Ich habe gleich an sie gedacht, als ich Ihren Bericht hörte. Ich erkannte ihre Arbeitsmethoden, und als Sie mir dann die Gäste beschrieben, nun, da gab es keinen Zweifel mehr.«

»Wer ist die Amalfi-Bande?«

»Vater, Sohn und Schwiegertochter – das heißt, wenn Pietro und Maria tatsächlich verheiratet sind, woran einige Leute zweifeln.«

»Ich verstehe nicht.«

»Es ist ziemlich einfach. Der Name ist italienisch, und ohne Zweifel stammt die Familie auch aus Italien, aber der alte Amalfi wurde schon in Amerika geboren. Seine Methoden sind für gewöhnlich immer dieselben. Er gibt sich als Geschäftsmann aus, sucht die Bekanntschaft eines prominenten Mannes aus dem Juwelenhandel irgendeines europäischen Landes und spielt dann seinen kleinen Trick. In diesem Fall war er ganz bewußt hinter dem *Morning Star* her. Pointz' Spleen ist in der Branche wohlbekannnt. Maria Amalfi spielte die Rolle seiner Tochter. Sie ist eine erstaunliche Person, mindestens siebenundzwanzig Jahre alt und verkörpert fast immer die Rolle einer Sechzehnjährigen.«

»Aber doch nicht Eve!« rief Llewellyn verblüfft.

»O ja! Das dritte Mitglied der Bande verschaffte sich im *Royal George* Arbeit als Aushilfskellner – bedenken Sie, es war Ferienzeit, und man brauchte sicherlich zusätzliches Personal. Vielleicht hat er sogar einen der festangestellten Kellner bestochen, wegzubleiben. Damit ist die Szene vorbereitet. Eve fordert den alten Pointz heraus, und der nimmt die Wette an. Wie am Abend zuvor reicht er den Diamanten herum. Die Kellner betreten das

Zimmer, und Leathern behält den Stein zurück, bis sie wieder gehen. Aber mit ihnen verläßt auch der Diamant das Zimmer, sauber mit einem Stück Kaugummi unter einem Teller befestigt, den Pietro hinausträgt. So einfach war das!«

»Aber ich habe den Stein danach noch gesehen.«

»Nein, nein, Sie sahen eine Nachbildung aus Glas, die auf den ersten Blick durchaus echt wirkt. Stein, so erzählten Sie mir, sah den ›Diamanten‹ kaum an. Eve läßt die Imitation fallen, fegt auch das Glas hinunter und tritt fest auf Glas und Stein. Wundersames Verschwinden des Diamanten! Beide, Eve und Leathern, können sich nach Lust und Laune durchsuchen lassen.«

»Nun ... ich ...« Llewellyn schüttelte sprachlos den Kopf. »Sie sagten, daß Sie die Bande an meiner Beschreibung wiedererkannten. Hat sie den Trick schon vorher einmal benutzt?«

»Nicht genau so, aber es war ihre Arbeitsweise. Natürlich wurde meine Aufmerksamkeit sofort auf Eve gelenkt.«

»Warum? Ich habe sie nicht verdächtigt, niemand tat es. Sie schien so ... so ein unschuldiges Kind zu sein.«

»Das ist Maria Amalfis besondere Begabung. Sie ist einem Kind ähnlicher, als es ein Kind selbst überhaupt sein kann. Und dann die Knetmasse! Die Wette wirkte ganz spontan – und doch hatte die junge Dame etwas Knetmasse griffbereit. Das sprach für einen genauen Plan und lenkte meinen Verdacht sofort auf sie.«

Llewellyn stand auf. »Mr. Pyne, ich bin Ihnen zu unendlichem Dank verpflichtet.«

»Klassifizierung«, murmelte Mr. Parker Pyne, »die Klassifizierung der kriminellen Typen, das ist es, was mich interessiert.«

»Sie lassen mich bitte wissen, wieviel ... hm ...«

»Mein Honorar wird ziemlich bescheiden sein«, sagte Mr. Parker Pyne, »und dürfte kein allzu großes Loch in Ihre – hm – Wettgewinne reißen. Trotzdem, junger Mann, würde ich an Ihrer Stelle die Pferde in Zukunft in Ruhe lassen. Ein sehr unzuverlässiges Tier, das Pferd.«

»Das geht in Ordnung«, sagte Llewellyn.

Er schüttelte Mr. Parker Pyne die Hand und verließ das Büro. Draußen winkte er einem Taxi und gab als Ziel Janet Rustingtons Adresse an. Er hatte das Gefühl, daß er auf der ganzen Linie siegen würde.

Laßt Blumen sprechen

Hercule Poirot streckte die Füße dem in der Wand eingelassenen elektrischen Heizofen entgegen. Die gleichmäßige Anordnung der rotglühenden Stäbe behagte seinem methodischen Geist.

Ein Kohlefeuer, dachte er, hatte immer so etwas Formloses und Zufälliges! Nie erreicht es Symmetrie.

Das Telefon klingelte. Poirot erhob sich und warf dabei einen Blick auf die Uhr. Es war kurz vor halb zwölf. Er fragte sich, wer ihn zu dieser nächtlichen Stunde noch anrief. Vielleicht hatte sich jemand nur verwählt.

»Es könnte auch ein millionenschwerer Zeitungsverleger sein«, murmelte er mit einem verschmitzten Lächeln, »den man in der Bibliothek seines Landhauses tot aufgefunden hat, mit einer gesprenkelten Orchidee in der linken Hand und einer aus einem Kochbuch gerissenen Seite auf der Brust.«

Von seinem geistreichen Einfall angetan, nahm er den Hörer ab.

Sofort meldete sich eine Stimme – eine leise, heisere Frauenstimme, in der so etwas wie ein verzweifeltes Drängen lag.

»Ist dort Monsieur Hercule Poirot? Ist dort Monsieur Poirot?«

»Hercule Poirot am Apparat.«

»Monsieur Poirot – können Sie sofort kommen? Sofort! Ich schwebe in Gefahr – ich weiß es . . .«

»Wer sind Sie? Von wo aus sprechen Sie?« unterbrach sie Poirot schroff.

Die Stimme wurde schwächer, aber gleichzeitig klang sie noch flehender.

»Sofort . . . es geht um Leben und Tod . . . im *Jardin des Cygnes* . . . sofort . . . der Tisch mit den gelben Iris . . .«

Es folgte eine Pause – ein seltsames heftiges Luftholen –, und dann war die Leitung tot.

Hercule Poirot legte auf. Sein Gesicht verriet Verwirrung. »Etwas ist hier doch sehr merkwürdig!« murmelte er zwischen den Zähnen.

Der dicke Luigi eilte ihm am Eingang vom *Jardin des Cygnes* entgegen.

»*Buona sera,* Monsieur Poirot. Sie wünschen einen Tisch?«

»Nein, nein, mein guter Luigi. Ich suche ein paar Freunde. Ich will mich umsehen – vielleicht sind sie noch gar nicht da. Ah, dieser Tisch dort in der Ecke mit den gelben Iris – eine kleine Frage dazu, wenn es nicht indiskret ist. Auf allen anderen Tischen stehen Tulpen – rosafarbene Tulpen. Warum habt ihr gerade auf diesem Tisch gelbe Iris?«

Luigi zuckte mit seinen ausladenden Schultern.

»Ein Befehl, Monsieur! Ein besonderer Auftrag! Zweifellos die Lieblingsblumen einer der Damen. Dieser Tisch ist der von Mr. Russell, Mr. Barton Russell, einem Amerikaner – ungeheuer reich.«

»Aha, man muß die Launen der Damen kennen, was, Luigi?«

»Monsieur sagen es.«

»Ich sehe an dem Tisch einen Bekannten. Ich werde mal hingehen und mich mit ihm unterhalten.«

Poirot bahnte sich vorsichtig seinen Weg entlang der Tanzfläche, auf der sich Paare drehten. Der besagte Tisch war für sechs Personen gedeckt, aber im Augenblick saß nur ein junger, Champagner trinkender Mann dort, der pessimistischen Gedanken nachzuhängen schien.

Er war ganz und gar nicht die Person, die Poirot hier anzutreffen erwartet hatte. Wie ließ sich der Gedanke an Gefahr oder Melodrama mit einer Gesellschaft in Verbindung bringen, bei der Tony Chapell mit von der Partie war?

Poirot blieb wie beiläufig am Tisch stehen.

»Ah, ist das nicht – ja, ist das nicht mein Freund Anthony Chapell?«

»Meine Güte, was für eine Überraschung – Poirot, der Polizeihund!« rief der junge Mann. »Übrigens nicht Anthony, mein Lieber, für Freunde bin ich Tony!«

Er zog einen Stuhl heran.

»Kommen Sie, setzen Sie sich zu mir. Unterhalten wir uns über das Verbrechen! Ja, gehen wir noch einen Schritt weiter, und trinken wir auf das Verbrechen.« Er goß Champagner in eines der noch unbenutzten Gläser. »Was führt Sie denn in diesen Tempel des Gesanges, des Tanzes und Vergnügens, mein lieber Poirot? Wir können Ihnen hier keine Leichen bieten, nicht einmal eine einzige!«

Poirot nippte an seinem Champagner.

»Sie scheinen ja sehr fröhlich zu sein, *mon cher*!«

»Fröhlich? Ich bin erfüllt von Kummer – schwelge in Trübsinn. Hören Sie die Melodie, die gerade gespielt wird? Kennen Sie sie?«

Poirot tastete sich behutsam vor. »Hat es vielleicht etwas mit Ihrem Schatz zu tun, der Sie verlassen hat?«

»Nicht schlecht geraten«, sagte der junge Mann, »aber in diesem Fall falsch. ›Nichts macht einen so traurig wie die Liebe.‹ So heißt der Schlager.«

»Aha?«

»Meine Lieblingsmelodie«, ergänzte Tony Chapell düster. »Und mein Lieblingsrestaurant und meine Lieblingsband – und mein Lieblingsmädchen ist hier und tanzt mit einem andern.«

»Deshalb also diese Melancholie?« fragte Poirot.

»Genau. Pauline und ich, verstehen Sie, wir hatten, wie man so schön sagt, einen Wortwechsel. Was heißt, daß sie von hundert Worten fünfundneunzig anbrachte und ich fünf. Meine fünf waren: ›Liebling – ich kann es erklären.‹ Darauf fing sie wieder mit ihren fünfundneunzig an, und wir kamen nicht weiter. Ich denke«, fügte Tony betrübt hinzu, »ich sollte mich vergiften.«

»Pauline?« murmelte Poirot.

»Pauline Weatherby. Barton Russells Schwägerin. Jung,

hübsch, ekelhaft reich. Heute abend gibt Russell eine Party. Kennen Sie ihn? Glattrasierter Amerikaner, Großindustrieller. Seine Frau war Paulines Schwester.«

»Und wer gehört noch zu der Gesellschaft?«

»Sie werden sie in einer Minute kennenlernen, wenn die Musik zu Ende ist. Lola Valdez, Sie wissen, die südamerikanische Tänzerin von der neuen Show im *Metropole,* ist dabei und Stephen Carter. Sie kennen doch Carter – er ist Diplomat. Ein Geheimniskrämer. Bekannt als der ›schweigsame Stephen‹. Der Typ, der immer sagt: ›Ich bin nicht befugt, mich darüber zu äußern.‹ Hallo, da kommen sie ja!«

Poirot stand auf. Er wurde Barton Russell, Stephen Carter, Señora Lola Valdez, einem dunkelhaarigen, sinnlichen Geschöpf, und Pauline Weatherby vorgestellt, sehr jung, sehr blond und mit Augen wie Kornblumen.

»Was, das ist der große Monsieur Hercule Poirot?« rief Russell. »Ich freue mich sehr, Ihre Bekanntschaft zu machen. Wollen Sie sich nicht zu uns setzen? Das heißt, wenn Sie . . .«

»Er hat eine Verabredung mit einer Leiche«, unterbrach ihn Tony Chapell. »Oder ist es ein durchgebrannter Finanzmakler? Oder handelt es sich um den dicken Rubin des Radschas von Borrioboolagah?«

»Ach, mein Lieber, glauben Sie, ich sei immer im Dienst? Kann ich nicht einmal ausgehen, um mich zu amüsieren?«

»Vielleicht haben Sie mit Carter hier ein Treffen vereinbart. Das Neueste aus Genf: internationale Lage jetzt besonders gespannt. Die gestohlenen Pläne *müssen* gefunden werden, oder es kommt zum Krieg!«

»Mußt du dich so idiotisch aufführen, Tony?« sagte Pauline Weatherby schneidend.

»Entschuldige, Pauline.« Tony Chapell fiel in zerknirschtes Schweigen.

»Wie streng Sie sind, Mademoiselle.«

»Ich hasse Leute, die ständig den Hanswurst spielen.«

»Ich sehe schon, ich muß mich in acht nehmen. Ich darf nur über ernsthafte Themen sprechen.«

»O nein, Monsieur Poirot. *Sie* meine ich doch nicht.« Sie wandte ihm ihr lächelndes Gesicht zu und fragte: »Sind Sie wirklich so eine Art Sherlock Holmes und ziehen die unglaublichsten Schlüsse aus den geringsten Kleinigkeiten?«

»Ach, das mit dem Schlüsseziehen – das ist in Wirklichkeit nicht so einfach. Aber soll ich es versuchen? Also, ich schließe, daß gelbe Iris Ihre Lieblingsblumen sind.«

»Ganz falsch, Monsieur Poirot. Maiglöckchen oder Rosen.«

Poirot seufzte. »Ein Fehltreffer. Ich will es noch einmal versuchen. Heute abend, es ist noch nicht lange her, riefen Sie jemanden an.«

Pauline lachte und klatschte in die Hände. »Ganz richtig.«

»Es war kurz nachdem Sie hierherkamen?«

»Wieder richtig. Ich telefonierte in der Minute, als ich durch die Tür war.«

»Ah, das ist nicht so gut. Sie telefonierten, *bevor* Sie zu Ihrem Tisch hier kamen?«

»Ja.«

»Wirklich sehr schlecht.«

»O nein, ich finde, das war sehr gescheit von Ihnen. Woher wußten Sie, daß ich telefonierte?«

»Das, Mademoiselle, ist das Geheimnis eines großen Detektivs. Und die Person, die Sie anriefen – beginnt ihr Name mit einem P oder vielleicht mit einem H?«

»Falsch! Ich telefonierte mit meinem Mädchen, damit sie einige schrecklich wichtige Briefe zur Post bringt, die ich nicht mehr abschicken konnte. Ihr Name ist Louise.«

»Peinlich – sehr peinlich.«

Die Musik setzte wieder ein.

»Wie wäre es, Pauline?« fragte Tony.

»Ich glaube nicht, daß ich schon wieder tanzen möchte, Tony.«

»Ist das nicht schlimm?« sagte Tony verbittert in die Runde.

Poirot flüsterte dem südamerikanischen Mädchen auf seiner anderen Seite zu: »Señora, ich kann es nicht wagen, Sie aufzufordern, mit mir zu tanzen. Ich bin zu sehr aus grauer Vorzeit.«

»Ach, das ist doch Unsinn, was Sie da reden!« entgegnete Lola Valdez. »Sie sind noch jung. Ihr Haar ist noch ganz schwarz!«

Poirot zuckte leicht zusammen.

»Pauline«, sagte Russell mit Nachdruck, »als dein Schwager und Vormund werde ich dich jetzt einfach auf die Tanzfläche verschleppen. Es ist ein Walzer, und Walzer ist so ungefähr das einzige, was ich wirklich zustande bringe.«

»Ja, natürlich, Barton, dann wollen wir uns gleich auf die Beine machen.«

»Nett von dir, Pauline, du bist großartig.«

Sie zogen zusammen los. Tony kippte mit seinem Stuhl. Dann sah er Stephen Carter an.

»Sie reden gern, nicht wahr, Carter?« bemerkte er. »Bringen eine Party so richtig in Schwung mit Ihrem Geschwätz, was?«

»Wirklich, Chapell, ich weiß nicht, was Sie meinen.«

»Oh, Sie wissen das nicht – tatsächlich nicht?« äffte Tony ihn nach.

»Mein lieber Freund!«

»Trinken Sie, Mann, wenn Sie schon nicht den Mund aufmachen wollen!«

»Nein, danke.«

»Dann tu ich es.«

Stephen Carter zuckte mit den Schultern. »Entschuldigen Sie mich, muß mit einem Bekannten dort drüben reden. Studienkamerad von mir, war mit ihm in Eton.« Er stand auf und ging zu einem nicht weit entfernten Tisch.

»Man sollte alle alten Etonianer schon bei der Geburt ertränken!« stieß Tony finster hervor.

Hercule Poirot spielte bei der dunkelhaarigen Schönheit an seiner Seite immer noch den Kavalier alter Schule. »Ich würde zu gern erfahren, was die Lieblingsblumen von Mademoiselle sind?« flüsterte er.

»Ah ja, und warum wollen Sie das wissen?« fragte Lola schelmisch.

»Mademoiselle, wenn ich einer Dame Blumen schicke, lege ich größten Wert darauf, daß es solche sind, die ihr gefallen.«

»Das ist sehr charmant von Ihnen, Monsieur Poirot. Ich will es Ihnen verraten. Ich schwärme für große dunkelrote Nelken – oder dunkelrote Rosen.«

»Wundervoll – ja, wundervoll! Und Sie mögen nicht vielleicht gelbe Blumen – gelbe Iris?«

»Gelbe Blumen – nein! Sie passen nicht zu meinem Temperament.«

»Wie richtig ... Sagen Sie, Mademoiselle, haben Sie heute abend, nach Ihrem Eintreffen hier im Lokal, einen Freund angerufen?«

»Ich? Einen Freund angerufen? Nein, was für eine neugierige Frage!«

»Nun ja, ich bin auch ein sehr neugieriger Mensch.«

»Davon bin ich überzeugt.« Sie rollte die dunklen Augen. »Und ein sehr gefährlicher Mann dazu.«

»Nein, nein, nicht gefährlich, eher ein Mann, der nützlich sein kann – wenn Gefahr droht. Sie verstehen?«

Lola kicherte. Sie zeigte dabei ihre ebenmäßigen, weißen Zähne. »Doch, doch«, sagte sie lachend. »Sie sind gefährlich.«

Hercule Poirot seufzte. »Ich merke, Sie verstehen mich nicht. All das ist sehr seltsam.«

Tony tauchte auf einmal aus einer Phase geistiger Abwesenheit auf und sagte: »Lola, wie wär's mit ein bißchen Gehüpfe? Kommen Sie!«

»Ja, gut. Da Monsieur Poirot nicht mutig genug ist!«

Tony legte den Arm um sie und bemerkte beim Weggehen über die Schulter: »Inzwischen können Sie über Verbrechen nachdenken, die noch passieren werden, alter Junge!«

»Das ist bedeutungsvoll, was Sie da sagen!« meinte Poirot. »Ja, sehr bedeutungsvoll ...«

Nachdenklich saß er ein, zwei Minuten da, dann streckte er einen Finger in die Höhe. Luigi eilte auf der Stelle herbei, ein Lächeln auf seinem breiten italienischen Gesicht.

»*Mon vieux*«, begann Poirot, »ich brauche einige Informationen.«

»Immer zu Ihren Diensten, Monsieur.«

»Ich möchte gern wissen, wie viele Leute an diesem Tisch heute abend das Telefon benutzten.«

»Das kann ich Ihnen sagen, Monsieur. Die junge Dame, die in Weiß, telefonierte gleich nachdem sie hereingekommen war. Dann ging sie wieder hinaus, um ihren Mantel abzugeben, und während sie das tat, erschien die andere Dame aus der Garderobe und verschwand sofort in der Telefonkabine.«

»Also hat die Señora doch telefoniert! War das, *bevor* sie ins Restaurant kam?«

»Ja, Monsieur.«

»Sonst noch jemand?«

»Nein, Monsieur.«

»Das alles, Luigi, gibt mir heftig zu denken.«

»In der Tat, Monsieur.«

»Ja. Ich denke, Luigi, daß ich meinen Verstand heute abend *besonders* zusammennehmen muß. Es scheint sich etwas anzubahnen, und ich habe keine Ahnung, was es ist.«

»Monsieur, wenn ich etwas tun kann ...«

Poirot machte eine abwehrende Geste, und Luigi entfernte sich diskret.

Stephen Carter kehrte zum Tisch zurück.

»Wir sind noch immer verlassen, Mr. Carter«, sagte Poirot.

»O – ja – richtig.«

»Kennen Sie Mr. Russell gut?«

»Ja, ich kenne ihn schon ziemlich lange.«

»Seine Schwägerin, die kleine Miss Weatherby, ist ganz bezaubernd.«

»Ja, hübsches Mädchen.«

»Sie kennen Sie auch gut?«

»Ziemlich.«

»Aha, ziemlich«, meinte Poirot ironisch.

Carter starrte ihn fragend an.

Die Musik endete, und die anderen kamen an den Tisch zurück. Barton Russell rief einen Ober heran. »Noch eine Flasche Champagner – rasch!«

Nachdem eingeschenkt worden war, hob er sein Glas. »Mal

herhören, Leute! Ich möchte Sie bitten, mit mir anzustoßen. Um die Wahrheit zu sagen, diese kleine Feier heute abend findet nicht ohne Hintergedanken statt. Wie Sie sehen, habe ich einen Tisch für sechs Personen bestellt. Dabei sind wir nur fünf. Ein Platz blieb frei. Durch einen merkwürdigen Zufall tauchte Monsieur Hercule Poirot auf, und ich lud ihn ein, uns bei unserer Feier Gesellschaft zu leisten.

Sie können nicht ahnen, welch günstiger Zufall das war. Dieser leere Platz heute abend steht nämlich für eine Dame – für die Dame, zu deren Erinnerung wir dieses Fest begehen. Diese Feier, meine Damen und Herren, findet in Erinnerung an meine verehrte Frau Iris statt, die genau heute vor vier Jahren starb!«

Bestürzung zeigte sich in der Runde.

Russells Gesicht blieb unbewegt. Er schwenkte sein Glas. »Ich möchte Sie bitten, mit mir auf die Tote zu trinken. Auf *Iris*!«

»Iris?« fragte Poirot verblüfft. Er sah zu den Blumen. Russell fing seinen Blick auf und nickte leicht. Ein leises Murmeln erhob sich am Tisch. »Iris – Iris . . .«

Alle sahen erschrocken und betreten aus.

Barton Russell sprach in seinem langsamen, monotonen amerikanischen Tonfall weiter, und jedes Wort klang gewichtig.

»Es mag Ihnen seltsam erscheinen, daß ich einen Todestag auf diese Weise begehe – mit einem festlichen Essen in einem eleganten Restaurant. Doch ich habe einen Grund dafür – jawohl, einen Grund! Im Interesse von Monsieur Poirot möchte ich es näher erklären.«

Er wandte sich Poirot zu.

»Heute abend vor vier Jahren, Monsieur Poirot, fand in New York ein Abendessen statt. Anwesend waren meine Frau und ich, Mr. Stephen Carter, der bei der Botschaft in Washington Dienst tat, Mr. Anthony Chapell, der in unserem Haus einige Wochen zu Gast war, und Señora Valdez, die damals mit ihrer Tanzkunst New York bezauberte. Die kleine Pauline hier . . .«, er tätschelte ihr die Schulter, »war erst sechzehn, aber sie durfte als besondere Überraschung mitkommen. Erinnerst du dich noch, Pauline?«

»Ich erinnere mich – ja.« Paulines Stimme bebte ein wenig.

»Monsieur Poirot, an jenem Abend ereignete sich eine Tragödie. Es ertönte ein Trommelwirbel, und das Kabarett begann. Die Lichter erloschen – bis auf einen Scheinwerfer mitten auf der Tanzfläche ... Als sie wieder angingen, Monsieur Poirot, entdeckte man, daß meine Frau über dem Tisch zusammengesunken war. Sie war tot – wirklich tot! Man fand Zyankali im Weinrest ihres Glases und in einem Briefchen in ihrer Handtasche.«

»Sie beging Selbstmord?« erkundigte sich Poirot.

»Das war die offizielle Version ... Es brach mir das Herz, Monsieur Poirot. Vielleicht gab es einen Grund für diese Tat – die Polizei glaubte es jedenfalls. Ich mußte mich ihrem Urteil fügen.«

Er schlug plötzlich mit der Faust auf dem Tisch.

»Aber ich war nicht überzeugt ... Nein, vier Jahre lang habe ich nachgedacht, gebrütet – und ich bin immer noch nicht überzeugt! Ich glaube nicht, daß Iris sich tötete. Ich glaube, Monsieur Poirot, daß sie ermordet wurde – und zwar von einem meiner Gäste hier am Tisch!«

»Hören Sie mal, Sir ...« Tony Chapell sprang halb vom Stuhl auf.

»Seien Sie still, Tony!« unterbrach ihn Russell. »Ich bin noch nicht fertig. Einer von Ihnen hat es getan – da bin ich mir inzwischen sicher. Im Schutz der Dunkelheit ließ jemand das halbgeleerte Briefchen mit Zyankali in ihre Handtasche gleiten. Ich glaube, ich weiß, wer von den Anwesenden es war. Ich glaube, ich kenne die Wahrheit ...«

Lola fuhr mit scharfer Stimme dazwischen. »Sie sind verrückt – wahnsinnig! Wer hätte ihr etwas antun wollen? Nein, Sie sind verrückt. Ich bleibe hier nicht länger ...« Sie brach ab. Ein Trommelwirbel setzte ein.

»Die Show beginnt«, erklärte Russell. »Anschließend reden wir weiter. Bleiben Sie bitte sitzen, alle. Ich muß kurz weg und mit der Tanzkapelle sprechen. Ich habe ein kleines Arrangement mit den Leuten getroffen.« Er stand auf und verließ den Tisch.

»Sonderbare Geschichte«, bemerkte Carter. »Der Mann ist übergeschnappt.«

»Ja, er ist wahnsinnig!« rief Lola.

Das Licht wurde schwächer.

»Am liebsten würde ich abhauen«, sagte Tony.

»Nein!« widersprach Pauline in scharfem Ton. Dann murmelte sie: »O mein Gott – o mein Gott . . .«

»Was ist, Mademoiselle?« fragte Poirot leise.

Ihre Antwort war fast nur noch ein Flüstern. »Es ist entsetzlich . . . Genau wie an dem Abend damals . . .«

»Ein kleines Trostwort in Ihr Ohr.« Poirot beugte sich vor und tätschelte ihr die Schulter. »Alles wird gutgehen«, versicherte er.

»Du meine Güte, hören Sie doch!« rief Lola aufgeregt.

»Pst! Pst!« kam es vom Nachbartisch.

»Was ist, Señora?«

»*Es ist dieselbe Melodie* – genau das Lied, das an jenem Abend damals in New York gespielt wurde. Russell muß es veranlaßt haben. Mir gefällt das nicht.«

»Nur Mut! – Nur Mut!«

Wieder mahnte jemand zur Ruhe.

Eine junge Frau schritt zur Mitte der Tanzfläche, eine pechschwarze Frau mit rollenden Augen und strahlendweißen Zähnen.

Sie begann mit tiefer, heiserer Stimme zu singen – einer Stimme, die einen merkwürdig berührte.

»Ich habe dich vergessen,
Nie denk ich mehr an dich,
Weiß nicht mehr deinen Gang,
Weiß nicht mehr deine Stimme,
Vergessen deine Worte,
Nie denk ich mehr an dich.

Kann heute nicht mehr sagen,
Sind deine Augen blau,
Sind deine Augen grau,

Ich habe dich vergessen,
Nie denk ich mehr an dich.

Ich schwör es dir,
Ich brauch nicht mehr an dich zu denken,
Ich bin geheilt,
An dich nur immer zu denken ...
An dich ... an dich ... an dich ...«

Die schluchzende Melodie und die tiefe samtene Stimme hatten eine große Wirkung. Die Sängerin hypnotisierte die Gäste, verzauberte sie. Alle im Raum starrten auf sie, gepackt von der Faszination, die von ihr ausstrahlte.

Ein Ober ging leise um den Tisch mit den gelben Iris und schenkte nach, wobei er mit gedämpfter Stimme »Champagner« sagte, aber die Aufmerksamkeit der Gäste blieb auf den einen Lichtfleck gerichtet, in dem die schwarze Frau stand und sang:

»Ich habe dich vergessen,
Nie denk ich mehr an dich.
Oh, was für eine Lüge!
Ich werde ständig an dich denken, an dich denken,
An dich bis in den Tod ...«

Frenetischer Beifall brach los. Die Lichter gingen wieder an. Russell kam zurück und nahm Platz.

»Das Mädchen ist wundervoll! So etwas ...«, rief Tony. Seine Worte wurden von Lolas leisem Aufschrei unterbrochen. »Da ... da ...!«

Und dann sahen sie es alle. Pauline Weatherby sank nach vorn auf den Tisch.

»Sie ist tot!« rief Lola entsetzt. »Genau wie Iris – wie Iris damals in New York!«

Poirot sprang auf und bedeutete den anderen, sich zurückzuhalten. Er beugte sich zu der zusammengesunkenen Gestalt hinab, ergriff eine schlaffe Hand und fühlte nach dem Puls.

Sein Gesicht war blaß und besorgt. Die anderen beobachteten ihn. Sie waren wie gelähmt, wie in Trance.

Poirot nickte kummervoll. »Ja, sie ist tot – *la pauvre petite*. Und ich saß neben ihr! Aber diesmal wird der Mörder nicht entkommen!«

Russell, aschgrau im Gesicht, murmelte: »Genau wie Iris ... Sie sah etwas – Pauline hatte an jenem Abend etwas bemerkt. Sie war sich nur nicht sicher – sie sagte mir, sie wüßte es nicht genau ... Wir müssen die Polizei holen ... O Gott, die kleine Pauline ...«

»Wo ist ihr Glas?« fragte Poirot. Er hob es an die Nase. »Ja, ich kann das Zyankali riechen. Ein Geruch nach Bittermandel ... Dieselbe Methode, das gleiche Gift ...« Er nahm ihre Handtasche.

»Werfen wir doch einen Blick hinein.«

»Glauben Sie etwa, daß es auch Selbstmord ist?« rief Russell. »Niemals!«

»Warten wir ab«, meinte Poirot. »Nein, es ist nichts drin. Das Licht ist zu rasch angegangen, verstehen Sie, so daß dem Mörder keine Zeit blieb. Deshalb hat er das Gift noch bei sich.«

»Oder sie«, sagte Carter. Er blickte zu Lola Valdez.

Sie fauchte sofort los: »Was meinen Sie damit? Was wollen Sie damit sagen? Etwa, daß ich sie getötet habe? Das ist nicht wahr – einfach nicht wahr! Warum sollte ich so etwas tun?«

»Sie hatten in New York eine ziemliche Schwäche für Russell. Jedenfalls kam mir das Gerücht zu Ohren. Argentinische Schönheiten sind notorisch eifersüchtig.«

»Das ist ein Haufen Lügen. Außerdem bin ich nicht aus Argentinien, sondern aus Peru. Ah – ich spucke auf Sie! Ich ...« Sie verfiel in Spanisch.

»Ich bitte um Ruhe«, rief Poirot. »Jetzt bin ich mit Sprechen an der Reihe.«

Russell sagte mit energischer Stimme: »Jeder muß durchsucht werden.«

»*Non, non,* das ist nicht nötig«, entgegnete Poirot ruhig.

»Was meinen Sie damit: nicht nötig?«

»Ich, Hercule Poirot, weiß Bescheid. Ich sehe mit den Augen des Verstandes. Und ich will es Ihnen verraten. Mr. Carter, würden Sie uns das Briefchen in Ihrer Brusttasche zeigen?«

»In meiner Tasche ist nichts. Was zum Teufel ...«

»Tony, mein werter Freund, wenn Sie so nett wären ...«

»Verdammt!« schrie Carter.

Tony zog das Briefchen blitzschnell heraus, bevor Carter sich wehren konnte.

»Da ist es, Monsieur Poirot. Genau wie Sie sagten.«

»Das ist ein gottverdammter Trick!« brüllte Carter. Poirot nahm das Briefchen und las das Etikett. »Zyankali. Der Fall ist gelöst.«

»Carter, Sie sind es also doch!« sagte Barton Russell mit rauher Stimme. »Das dachte ich mir. Iris war in Sie verliebt und wollte mit Ihnen durchbrennen. Sie fürchteten sich wegen Ihrer kostbaren Karriere vor einem Skandal und haben sie deshalb vergiftet. Dafür werden Sie hängen, Sie Schwein!«

»Ruhe!« unterbrach ihn Poirot gebieterisch. »Die Angelegenheit ist noch nicht zu Ende. Ich, Hercule Poirot, habe noch etwas zu sagen. Mein Freund hier, Tony Chapell, machte vorhin die Bemerkung, ich sei auf der Suche nach einem Verbrechen. Das stimmte in gewisser Weise. Ja, ich dachte an Verbrechen, aber ich kam her, um eines zu verhindern. Der Mörder hatte gut geplant. Nur – Hercule Poirot war ihm einen Zug voraus. Er mußte nur blitzschnell denken und sofort, als die Lichter ausgingen, Mademoiselle etwas ins Ohr flüstern. Oh, sie ist sehr schnell von Begriff, unsere Mademoiselle Pauline. Sie hat ihre Rolle hervorragend gespielt. Mademoiselle, wären Sie jetzt bitte so freundlich und würden uns vorführen, daß Sie noch nicht tot sind?«

Pauline richtete sich auf und gab ein kleines unsicheres Lachen von sich. »Paulines Auferstehung«, sagte sie.

»Pauline – Liebling!«

»Tony!«

»Mein Schatz!«

»Engel!«

Russell schnappte nach Luft. »Ich – ich verstehe nicht ...«

»Ich will Ihnen gern behilflich sein, Mr. Russell. Ihr Plan ist mißlungen.«

»Mein Plan?«

»Ja, sehr richtig. Wer war der einzige, der für die Zeit der Dunkelheit ein Alibi hatte? Der Mann, der den Tisch verließ, also Sie, Mr. Russell. Aber Sie kehrten im Schutz der Dunkelheit zurück, machten mit einer Flasche Champagner die Runde um den Tisch und schenkten nach, wobei Sie Zyankali in Paulines Glas schütteten und dann das Briefchen mit dem Rest des Gifts in Carters Tasche gleiten ließen, während Sie sich vorbeugten, um ein Glas wegzunehmen. Ja, es war nicht schwer, im Dunkeln und während sich die Aufmerksamkeit aller Gäste auf etwas anderes konzentrierte, in die Rolle des Obers zu schlüpfen. Das war der wahre Grund für Ihre Feier heute abend. Die sicherste Methode, einen Mord zu begehen, ist mitten in einer Menschenmenge.«

»Was zum ... warum zum Teufel hätte ich Pauline töten sollen?«

»Vielleicht aus finanziellen Gründen. Ihre Frau bestimmte Sie zum Vormund ihrer Schwester. Sie erwähnten dies bereits heute abend. Pauline ist zwanzig. An ihrem einundzwanzigsten Geburtstag oder bei ihrer Heirat müssen Sie eine Aufstellung über das verwaltete Erbe machen. Ich nehme an, daß Sie es nicht können. Sie haben mit dem Vermögen spekuliert. Ich weiß nicht, Mr. Russell, ob Sie Ihre Frau auf dieselbe Weise töteten oder ob ihr Selbstmord Sie auf die Idee zu diesem Verbrechen brachte, aber ich weiß mit Sicherheit, daß Sie sich heute abend eines Mordversuchs schuldig machten. Es bleibt Miss Pauline überlassen, ob Sie dafür zur Rechenschaft gezogen werden sollen oder nicht.«

»Nein«, sagte Pauline. »Er soll mir nur nicht mehr unter die Augen kommen und aus England verschwinden. Ich will keinen Skandal.«

»Verschwinden Sie lieber gleich, Mr. Russell. Und ich rate Ihnen, in Zukunft vorsichtiger zu sein!«

Barton Russell stand auf. In seinem Gesicht zuckte es. »Zum Teufel mit Ihnen, Sie neugieriger kleiner belgischer Affe!« Wütend ging er davon.

Pauline seufzte. »Monsieur Poirot, Sie waren einfach phantastisch!«

»O Mademoiselle, *Sie* waren wundervoll! Den Champagner so geschickt wegzugießen und so hübsch die Leiche zu spielen.«

»Huh!« rief sie erschauernd. »Sie verursachen mir eine Gänsehaut.«

»Sie waren es doch, die mich angerufen hat, nicht wahr?« erkundigte er sich behutsam.

»Ja.«

»Warum?«

»Ich weiß es nicht. Ich war beunruhigt und – ja, ich hatte schreckliche Angst, ohne genau zu wissen, was mich so in Panik versetzte. Barton sagte, er gäbe dieses Fest zum Andenken an Iris' Tod. Mir war klar, daß er etwas damit bezweckte, aber er verriet mir nicht, was. Er sah so seltsam aus, so aufgeregt, daß ich das Gefühl hatte, etwas Fürchterliches könne geschehen. Ich habe natürlich nicht im Traum daran gedacht, daß er plante, mich – mich loszuwerden.«

»Und weiter, Mademoiselle?«

»Ich hatte von Ihnen gehört. Ich dachte, wenn ich Sie nur irgendwie herholen könnte. Vielleicht würden Sie verhindern, daß etwas passierte. Ich hoffte, daß Sie als – als Ausländer ... wenn ich anriefe und behauptete, in Gefahr zu sein und – und geheimnisvoll tat ...«

»Sie meinten, etwas Dramatisches würde mich herlocken? Gerade das gab mir Rätsel auf. Ihre Worte schienen mir eine Finte zu sein, wie man so schön sagt. Sie klangen unecht. Aber die Angst in Ihrer Stimme – die schien mir wiederum echt zu sein. Also kam ich her – und Sie verneinten sehr bestimmt, sich mit mir in Verbindung gesetzt zu haben.«

»Ich mußte es. Außerdem wollte ich nicht, daß Sie erfuhren, daß ich es war.«

»Ich war mir ziemlich sicher. Nicht gleich zu Anfang. Doch ich wußte bald, daß die einzigen, die etwas über die gelben Iris auf dem Tisch wissen konnten, Sie und Mr. Russell waren.«

Pauline nickte.

»Ich hörte, wie er den Auftrag gab, sie hinzustellen«, erklärte sie. »Das und die Reservierung eines Tisches für sechs Personen, wo ich doch wußte, daß nur fünf kommen würden, machten mich argwöhnisch ...« Sie brach ab und biß sich auf die Unterlippe.

»Was befürchteten Sie denn, Mademoiselle?«

Sie zögerte. »Ich hatte Angst – daß Mr. Carter etwas zustoßen könnte.«

Stephen Carter räusperte sich. Er stand ohne Hast, aber sehr entschlossen auf.

»Hm ... ja, Monsieur Poirot, ich möchte Ihnen danken. Ich stehe tief in Ihrer Schuld. Ich bin sicher, Sie werden mir verzeihen, wenn ich Sie jetzt verlasse. Die Ereignisse heute abend waren doch recht verwirrend.«

Pauline sah ihm nach und sagte dann voller Heftigkeit: »Ich hasse ihn! Ich habe immer vermutet, daß sich Iris wegen ihm umbrachte. Oder daß Barton sie ermordete. Es ist alles so häßlich ...«

»Vergessen Sie, Mademoiselle«, versuchte Poirot sie zu beruhigen. »Vergessen Sie ... Begraben Sie die Vergangenheit ... Denken Sie nur an die Gegenwart ...«

»Sie haben recht«, entgegnete Pauline leise.

Poirot wandte sich Lola Valdez zu.

»Señora, mit fortschreitendem Abend werde ich tapferer. Wenn Sie jetzt mit mir tanzen würden ...«

»Ja, natürlich. Sie sind – Sie sind ein schlauer Fuchs, Monsieur Poirot. Ich bestehe darauf, mit Ihnen zu tanzen.«

»Das ist sehr liebenswürdig von Ihnen, Señora.«

Tony und Pauline blieben allein zurück. Sie beugten sich über den Tisch.

»Pauline, Liebling.«

»O Tony! Ich war den ganzen Tag lang so eine gehässige, Gift und Galle spuckende Katze. Kannst du mir noch einmal verzeihen?«

»Engel! Sie spielen wieder unser Lied! Laß uns tanzen.« Sie tanzten, lächelten sich an und summten leise das Lied mit:

»Nichts macht so elend wie die Liebe,
Nichts macht so traurig wie die Liebe,
So bedrückt, so besessen,
So sentimental, so temperamentvoll,
Nur die Liebe macht dich fertig.

Nur die Liebe macht so verrückt,
Nur die Liebe macht so verdreht,
So böse und so spöttisch,
So selbstzerstörerisch und so mörderisch,
Nur die Liebe, nur die Liebe . . .«

Die Uhr war Zeuge

Gedankenvoll blickte der zierliche Mr. Sattersway seinen Gastgeber an. Zwischen den beiden Männern herrschte eine merkwürdige Freundschaft. Der Oberst entstammte dem Landadel und hatte eine einzige Leidenschaft: den Sport. Die wenigen Wochen des Jahres, die er aus geschäftlichen Gründen in London verbringen mußte, machten ihm nie solche Freude. Mr. Sattersway hingegen war ein Stadtmensch, der alles über französische Küche, die neueste Mode und die letzten Skandale wußte. Das Studium der menschlichen Natur war seine Leidenschaft. Darin hatte er es zur Meisterschaft gebracht.

Deshalb schien es so, als hätten er und Oberst Melrose wenig Gemeinsames, denn der Oberst zeigte kaum Interesse für die Angelegenheiten seiner Mitmenschen und verabscheute Emotionen. Hauptsächlich waren die Männer Freunde, weil schon ihre Väter befreundet gewesen waren. Außerdem hatten sie denselben Bekanntenkreis und die gleichen reaktionären Ansichten über die *noueaux riches*.

Es war gegen halb acht Uhr abends. Die beiden Männer saßen in dem gemütlichen Arbeitszimmer von Melrose. Der Oberst berichtete mit dem Enthusiasmus des begeisterten Reiters von einer Jagd im letzten Winter. Mr. Sattersway, dessen Kenntnisse über Pferde hauptsächlich aus gelegentlichen Besuchen in den Reitställen seiner ländlichen Gastgeber herrührten, hörte ihm mit unerschütterlicher Höflichkeit zu.

Das schrille Läuten des Telefons unterbrach Melrose. Er ging zum Schreibtisch und nahm den Hörer ab.

»Hallo, ja? Oberst Melrose am Apparat. Was gibt's?«

Seine Haltung änderte sich, wurde offiziell und steif. Jetzt sprach der Amtsträger, nicht mehr der Sportsmann. Er hörte einige Augenblicke gespannt zu, dann antwortete er knapp: »In Ordnung, Curtis, ich komme sofort.« Während er den Hörer auflegte, sagte er zu seinem Gast: »Man hat Sir James Dwighton in seiner Bibliothek aufgefunden – ermordet.«

»Um Gottes willen!« entfuhr es Mr. Sattersway überrascht.

»Ich muß sofort nach *Alderway*. Möchten Sie mitkommen?«

Jetzt fiel Mr. Sattersway ein, daß der Oberst Polizeichef der Grafschaft war. Er zögerte. »Wenn ich nicht störe . . .«

»Aber überhaupt nicht. Inspektor Curtis war am Apparat. Er ist ein gutmütiger, ehrlicher Bursche, aber nicht gerade der intelligenteste. Ich wäre froh, wenn Sie mitkämen, Sattersway. Mein Gefühl sagt mir, daß dies eine häßliche Sache wird.«

»Hat man den Täter schon gefaßt?«

»Nein«, antwortete Melrose kurz.

Mr. Satterswavs geübtes Ohr spürte eine winzige Zurückhaltung hinter dieser knappen Verneinung. Er begann, in seinem Gedächtnis zu kramen, was er über die Dwightons wußte.

Ein hochmütiger alter Knabe war Sir James gewesen, immer barsch und kurz angebunden. Ein solcher Mann schafft sich leicht Feinde. Er ging auf die Sechzig zu, hatte graues Haar und eine rosige Gesichtsfarbe und stand in dem Ruf, äußerst geizig zu sein.

Vor Satterswavs geistigem Auge erschien Lady Dwighton, jung, schlank, mit kastanienbraunem Haar. Er erinnerte sich an gewisse Gerüchte, Vermutungen, gehässigen Klatsch. Das war es also, was Melrose nicht gefiel. Doch dann riß sich Sattersway zusammen – seine Phantasie ging wieder einmal mit ihm durch.

Fünf Minuten später saß er neben seinem Gastgeber in einem kleinen Zweisitzer, und sie fuhren hinaus in die Nacht.

Der Oberst war ein wortkarger Mensch. Fast anderthalb Meilen hatten sie schon zurückgelegt, als er unvermittelt fragte: »Sie kennen sie, nehme ich an?«

»Die Dwightons? Selbstverständlich, ich weiß alles über sie.«

Wen gab es schon, über den Mr. Sattersway nicht alles wußte? »Ihn habe ich, glaube ich, einmal getroffen, sie des öfteren.«

»Hübsche Frau«, sagte Melrose.

»Eine schöne Frau!« stellte Mr. Sattersway fest.

»Glauben Sie?«

»Eine Gestalt wie aus der Renaissance«, bekräftigte Mr. Sattersway, sich an dem Thema erwärmend. »Ich habe sie in einer Theateraufführung erlebt – die Wohltätigkeitsveranstaltung, erinnern Sie sich, im letzten Frühjahr. Sie hat mich sehr beeindruckt. Es ist nichts Modernes an ihr – sie wirkt wie aus vergangenen Zeiten. Man kann sie sich gut in einem Dogenpalast vorstellen oder als Lucretia Borgia.«

Der Wagen machte einen leichten Schlenker, und Mr. Sattersway schwieg abrupt. Wie war er nur auf den peinlichen Vergleich mit Lucretia Borgia gekommen? Unter den gegebenen Umständen ... »Dwighton wurde doch nicht etwa vergiftet?« fragte er übergangslos.

Melrose warf ihm einen leicht verwunderten Blick zu. »Darf ich wissen, warum Sie das fragen?«

»Oh, ich ... ich weiß nicht«, antwortete Mr. Sattersway verwirrt. »Es ... es kam mir nur gerade so in den Sinn.«

»Nein, er wurde nicht vergiftet«, erklärte Melrose düster. »Wenn Sie es genau wissen wollen: Man hat ihm den Schädel eingeschlagen.«

»Mit einem stumpfen Gegenstand«, murmelte Mr. Sattersway und wiegte wissend den Kopf.

»Reden Sie doch nicht wie in einem verdammten Kriminalroman, Sattersway! Er wurde mit einer Bronzefigur erschlagen.«

»Aha«, sagte Sattersway und versank wieder in Schweigen.

»Haben Sie schon mal was von einem Burschen namens Paul Delangua gehört?« fragte Melrose nach einer Weile.

»Ja. Gutaussehender junger Mann.«

»Ich kann mir vorstellen, die Frauen halten ihn dafür«, knurrte der Oberst.

»Sie können ihn nicht leiden?«

»Nein.«

»Und ich war vom Gegenteil überzeugt. Er ist doch ein sehr guter Reiter.«

»Benimmt sich aber wie alle Ausländer beim Reiten. Steckt voll alberner Streiche.«

Mr. Sattersway unterdrückte ein Lächeln. Der gute alte Melrose war so typisch britisch in seinen Ansichten. Als Kosmopolit, für den Sattersway sich hielt, konnte er über die provinzielle Art, mit der seine Landsleute auf Fremde herabsahen, nur lächeln.

»Ist Delangua hier in der Gegend?« fragte er.

»Er hielt sich auf *Alderway* bei den Dwightons auf. Man munkelt, daß Sir James ihn vor einer Woche rausgeworfen hat.«

»Warum?«

»Hat ihn erwischt, als er seiner Frau den Hof machte, nehme ich an. Was zum Teufel . . .«

Der Wagen geriet durch plötzliches Bremsen ins Schleudern, dann krachte es.

»Sehr gefährliche Kreuzungen, hier in England«, meinte Melrose. »Trotzdem, der andere hätte hupen müssen. Wir sind auf der Hauptstraße und haben Vorfahrt. Ich glaube, daß er mehr abgekriegt hat als wir.«

Er stieg aus. Aus dem anderen Wagen tauchte gleichfalls eine Gestalt auf, die auf den Oberst zuging. Sattersway konnte Bruchstücke ihres Gespräches verstehen.

»Ich fürchte, das war ganz und gar mein Fehler«, sagte der Fremde. »Aber ich bin fremd hier, und es war absolut nicht zu erkennen, daß Sie sich auf einer Vorfahrtsstraße näherten.«

Der Oberst war besänftigt. Die beiden Männer beugten sich über den fremden Wagen, den ein Chauffeur bereits untersuchte. Das Gespräch verlor sich in technischen Einzelheiten.

»Eine Sache von einer halben Stunde, fürchte ich«, sagte der Fremde. »Aber lassen Sie sich bitte durch mich nicht aufhalten. Ich bin froh, daß Ihr Wagen nicht viel abbekommen hat.« Melrose wollte gerade antworten, doch er wurde durch Mr. Sattersway unterbrochen, der in freudiger Erregung aus dem Wagen gestiegen war und dem Fremden nun überschwenglich die Hand schüttelte.

»Sie sind es tatsächlich! Ich habe sofort Ihre Stimme erkannt!« rief er aufgeregt. »Was für eine Überraschung! Was für eine außerordentliche Überraschung!«

Oberst Melrose sah Sattersway verwundert an.

»Das ist Mr. Harley Quin, Melrose. Ich bin sicher, daß ich Ihnen schon oft von Mr. Quin erzählt habe.«

Der Oberst konnte sich offensichtlich nicht daran erinnern, hörte aber höflich zu, während Mr. Sattersway munter weitersprach: »Ich habe Sie nicht mehr gesehen seit ... lassen Sie mich überlegen ...«

»Seit dem Abend in den *Schellen und Narren*«, entgegnete der andere gelassen.

»*Schellen und Narren?*« warf der Oberst ein.

»Das ist ein Gasthof«, erklärte Mr. Sattersway.

»Was für ein merkwürdiger Name für einen Gasthof«, meinte der Oberst.

»Nur ein ziemlich alter Name«, entgegnete Sattersway. »Sie erinnern sich sicherlich, daß es eine Zeit in England gab, da Narren und ihre Schellen viel häufiger anzutreffen waren als heute.«

»Ja, das stimmt allerdings«, sagte Melrose und blinzelte den Fremden verwirrt an. Durch einen eigentümlichen Lichteffekt – hervorgerufen durch die Scheinwerfer des einen und die Rücklichter des anderen Wagens – sah es einen Augenblick so aus, als wäre auch Mr. Quin in ein Narrengewand gehüllt. Aber nur das Licht rief diesen Eindruck hervor.

»Wir können Sie hier nicht einfach zurücklassen«, fuhr Mr. Sattersway fort. »Sie müssen mitkommen. Es ist genügend Platz für drei, nicht wahr, Melrose?«

»Ja, vermutlich«, sagte Melrose zögernd. »Nur haben wir etwas zu erledigen. Erinnern Sie sich, Sattersway?«

Mr. Sattersway stand wie erstarrt da. Gedanken schossen ihm durch den Kopf, dann rief er aufgeregt: »Nein, ich hätte es besser wissen müssen. Es war kein Zufall, daß wir heute nacht auf der Kreuzung zusammenstießen.«

Oberst Melrose starrte seinen Freund verwundert an. Sattersway ergriff seinen Arm.

»Erinnern Sie sich, was ich Ihnen über unseren Freund Derek Capel erzählte? Das Motiv für seinen Selbstmord, das niemand herausfinden konnte? Es war Mr. Quin, der das Problem löste – und noch viele andere. Er macht die Menschen auf Dinge aufmerksam, die ihnen ohne seine Hilfe verborgen bleiben würden. Er ist einfach großartig!«

»Mein lieber Sattersway, Sie bringen mich in Verlegenheit«, sagte Mr. Quin lächelnd. »Wenn ich mich recht erinnere, wurden diese Fälle alle von Ihnen gelöst, nicht von mir.«

»Sie wurden gelöst, weil Sie dabei waren«, sagte Mr. Sattersway im Brustton der Überzeugung.

Oberst Melrose räusperte sich unbehaglich und sagte: »Wir dürfen keine Zeit mehr verlieren. Fahren wir!«

Er schwang sich auf den Fahrersitz. Offensichtlich war er nicht sehr darüber erfreut, daß Sattersway ihm in seiner Begeisterung die Gesellschaft des Fremden aufgezwungen hatte, fand aber keinen überzeugenden Ablehnungsgrund und war im übrigen nur daran interessiert, so schnell wie möglich nach *Alderway* zu kommen.

Mr. Sattersway ließ Mr. Quin als nächsten einsteigen und nahm selbst auf dem äußeren Sitz Platz. Der Wagen war so geräumig, daß die drei Männer fast bequem in ihm sitzen konnten.

»Sie interessieren sich also für Verbrechen, Mr. Quin?« fragte der Oberst, bemüht, möglichst freundlich zu sein.

»Nein, eigentlich nicht für Verbrechen.«

»Für was denn, wenn ich fragen darf?«

Mr. Quin lächelte. »Fragen wir Mr. Sattersway. Er ist ein sehr scharfer Beobachter.«

»Ich glaube«, sagte Mr. Sattersway langsam, »und vielleicht täusche ich mich auch, aber ich glaube, Mr. Quins Interesse gilt – Liebenden.«

Mr. Sattersway errötete bei dem letzten Wort, das kein Engländer ohne Befangenheit ausspricht. Es kam so zögernd über seine Lippen, daß man die Gänsefüßchen förmlich mithörte.

»Mein Gott!« entgegnete der Oberst überrascht und verstummte. Sattersway schien da einen ziemlich seltsamen Vogel aufgegabelt zu haben, dachte er. Er musterte ihn verstohlen von der Seite. Sah eigentlich ganz normal aus, der Bursche, ziemlich dunkel, aber überhaupt nicht wie ein Ausländer.

»Und nun«, sagte Mr. Sattersway in bedeutsamem Ton, »möchte ich Ihnen alles über den Fall erzählen.«

Er sprach etwa zehn Minuten. Und wie er in der Dunkelheit dasaß, während sie durch die Nacht fuhren, empfand er ein berauschendes Gefühl der Macht. Was bedeutete es schon, daß er nur ein unbeteiligter Beobachter des menschlichen Lebens war? Ihm stand die Gewalt der Sprache zur Verfügung, er konnte Worte zu einem Gemälde zusammenfügen – einem Gemälde aus der Zeit der Renaissance, mit dem schönen Abbild der rothaarigen, blaßhäutigen Laura Dwighton und der etwas zwielichtigen Figur eines Paul Delangua, den die Frauen so anziehend fanden.

Gemalt vor dem Hintergrund von *Alderway*, dem Herrensitz, der noch aus der Zeit Heinrichs VII. stammte, ja angeblich sogar noch älter war. *Alderway*, das so durch und durch englisch war, mit seinen zurechtgestutzten Eiben, der alten Fachwerkscheune und dem Fischteich, in dem einst die Mönche ihre Freitagskarpfen gezüchtet hatten. Mit einigen kräftigen Strichen fügte er Sir James Dwighton hinzu, einen echten Nachfahren der alten De Wittons, die in früheren Jahrhunderten dem Land ihr Geld abgepreßt und es in eisenbeschlagenen Truhen gehortet hatten, so daß die Herren von *Alderway* niemals verarmten, mochten die Zeiten für andere auch noch so schlecht sein.

Endlich schwieg Mr. Sattersway. Er war sich der Anteilnahme seiner Zuhörer sicher. Nun wartete er auf sein verdientes Lob. Und er bekam es.

»Sie sind ein Künstler, Mr. Sattersway!«

»Ich . . . ich tue mein Bestes.« Plötzlich wurde der kleine Mann bescheiden.

Vor ein paar Minuten waren sie durch das große Parktor gefahren. Nun hielten sie vor dem Portal des Hauses. Ein Polizist kam eilig die Treppe herunter, um sie zu begrüßen.

»Guten Abend, Sir. Inspektor Curtis ist in der Bibliothek.«

»Bis dahin haben Sie sie verdächtigt, nicht wahr?« Mr. Quins Stimme klang sanft, fast verträumt. »Genau wie in einem Roman, haben Sie gesagt, Oberst Melrose. Und daher haben die beiden ihre Idee. Genau so würden der unschuldige Held und die Heldin handeln. Das verleitete Sie zu der Annahme, daß auch sie unschuldig sind. Mr. Sattersway hat immer wieder betont, daß die ganze Geschichte wie ein Drama auf der Bühne wirkte. Sie hatten beide recht. Es war keine Wirklichkeit. Das haben Sie immer wieder betont, ohne sich bewußt zu werden, was Sie da sagten. Die beiden würden uns eine glaubwürdigere Geschichte erzählt haben, wenn wir ihnen glauben hätten sollen.«

Die zwei Männer sahen Mr. Quin hilflos an.

»Es wäre sehr schlau gewesen«, sagte Mr. Sattersway langsam, »ja, es wäre teuflisch schlau gewesen. Ich habe gerade noch an etwas anderes gedacht. Der Butler sagte aus, daß er um sieben Uhr hineinging, um die Fenstertüren zu schließen – das heißt, daß er erwartete, sie stünden offen.«

»Auf diesem Weg kam Delangua hinein«, sagte Mr. Quin. »Er tötete Sir James mit einem Schlag, und dann taten beide, was sie zu tun hatten . . .«

Ermutigend sah er Mr. Sattersway an. Dieser begann zögernd die Szene zu rekonstruieren.

»Sie zerbrachen die Schreibtischuhr und legten sie auf die Seite. Ja. Sie verstellten die Taschenuhr und zerbrachen auch sie. Dann verschwand Delangua wieder durch die Fenstertür, und Lady Dwighton riegelte hinter ihm ab. Aber eins verstehe ich nicht. Warum haben sie sich überhaupt die Mühe mit der Taschenuhr gemacht? Warum haben sie nicht einfach nur die Zeiger der Schreibtischuhr verstellt?«

»Die Schreibtischuhr war zu auffällig«, entgegnete Mr. Quin. »Dies hätte wohl jeder durchschaut.«

»Aber die Sache mit der Golfuhr war doch viel zu unsicher, denn hierauf stießen wir doch nur aus purem Zufall.«

»O nein«, sagte Mr. Quin. »Erinnern Sie sich: Der Hinweis kam von der Lady.«

Mr. Sattersway sah ihn fasziniert an.

»Und doch, wissen Sie«, fuhr Mr. Quin gedankenverloren fort, »war die einzige Person, die diese Uhr nicht übersehen haben würde, der Kammerdiener. Kammerdiener wissen besser als jeder andere, was ihr Herr in der Tasche trägt. Wenn er die Schreibtischuhr verstellt hätte, würde er die Taschenuhr auch verstellt haben. Diese beiden jungen Leute verstehen nichts von der menschlichen Natur. Sie sind nicht wie Mr. Sattersway.«

Mr. Sattersway schüttelte den Kopf. »Ich habe mich gründlich geirrt«, murmelte er zerknirscht. »Ich nahm an, Sie wären gekommen, um die zwei zu retten.«

»Das habe ich auch getan«, entgegnete Mr. Quin. »Nein, nicht diese zwei, sondern die beiden anderen. Vielleicht haben Sie keine Notiz von der Zofe genommen. Sie trug kein Gewand aus blauem Brokat und spielte keine Hauptrolle. Aber sie ist ein wirklich reizendes Mädchen, und ich glaube, daß sie diesen Jennings liebt. Ich hoffe, daß es Ihnen gelingen wird, ihren Liebhaber vor dem Galgen zu retten.«

»Wir verfügen aber über keinerlei Beweise«, sagte Melrose.

Mr. Quin lächelte. »Doch, Mr. Sattersway verfügt darüber.«

»Ich?« Mr. Sattersway war erstaunt.

»Sie haben den Beweis«, fuhr Mr. Quin fort, »daß die Golfuhr nicht in der Tasche von Sir James zerbrach. Man kann eine solche Uhr nicht zerbrechen, ohne daß man sie öffnet. Versuchen Sie's einmal! Irgend jemand nahm die Uhr heraus, öffnete sie, stellte die Zeiger zurück, zerbrach das Glas, schloß sie wieder und steckte sie in die Tasche zurück. Dabei ist ihm entgangen, daß ein Glassplitter fehlte.«

Überrascht schrie Mr. Sattersway auf. Schnell griff er in die Westentasche und zog einen gebogenen Glassplitter heraus.

Dies war sein Auftritt.

»Damit«, sagte er bedeutungsvoll, »werde ich einen Mann vor dem Tod retten.«

Auch Pünktlichkeit kann töten

Die Wohnung war modern. Die Einrichtung der Zimmer war ebenfalls modern. Die Armsessel waren quadratisch, die hohen Stühle eckig. Ein moderner Schreibtisch war rechtwinklig vor das Fenster gestellt, und an ihm saß ein kleiner ältlicher Mann. Sein Kopf war in diesem Zimmer praktisch das einzige, das nicht eckig war. Er war eierförmig. M. Hercule Poirot las gerade einen Brief.

Bahnstation: Whimperley	*Hamborough Close*
Telegrammanschrift:	Hamborough St. Mary
Hamborough St. John	Westshire

24. September 1936

M. HERCULE POIROT

Dear Sir,

es hat sich ein Fall entwickelt, zu dessen Behandlung Feinfühligkeit und Diskretion erforderlich sind. Von Ihnen habe ich verschiedentlich Gutes gehört, und so habe ich mich entschlossen, Ihnen den Fall zu übertragen. Ich habe Grund zu der Annahme, daß ich das Opfer von Betrügereien bin, aber aus familiären Gründen möchte ich nicht die Polizei hinzuziehen. Ich ergreife zwar selbst bestimmte Maßnahmen, um mit der Angelegenheit fertig zu werden, aber Sie müssen sich bereit halten, bei Empfang eines Telegramms sofort hierherzukommen. Ich wäre Ihnen dankbar, wenn Sie diesen Brief nicht beantworteten.

Hochachtungsvoll
Gervase Chevenix-Gore

Die Augenbrauen des Monsieur Poirot kletterten langsam in die Höhe.

»Und wer«, fragte er die Leere, »ist dieser Gervase Chevenix-Gore?«

Er ging zu einem Bücherregal und nahm ein großes dickes Buch heraus.

Was er suchte, fand er sehr schnell.

CHEVENIX-GORE, Sir Gervase Francis Xavier, 10. Baron s. 1694; ehemals Captain 17. Lancers; *geb.* 18. Mai 1878; *ält. Sohn* v. Sir Guy Chevenix-Gore, 9. Baron, und Lady Claudia Bretherton, 2. Tocht. d. 8. Earl of Wallingford. 1912 *Eheschl.* m. Vanda Elizabeth, ält. Tocht. v. Colonel Frederick Arbuthnot. *Ausb.* Eton, diente im europ. Krieg 1914–18. *Vorlieben*: Reisen, Großwildjagd. *Anschrift*: Hamborough St. Mary, Westshire, und 218 Lowndes Square, SW 1. *Clubs:* Cavalry, Travellers'.

Leicht enttäuscht schüttelte Poirot den Kopf. Für einen Augenblick blieb er noch in Gedanken versunken; dann ging er zu seinem Schreibtisch, zog eine Schublade auf und holte einen kleinen Stoß Einladungskarten heraus.

Sein Gesicht erhellte sich.

»*A la bonne heure!* Genau das richtige! Er wird sicher da sein.«

Eine Herzogin begrüßte Monsieur Hercule Poirot in freundlichen Worten.

»Also konnten Sie es doch noch einrichten zu kommen, Monsieur Poirot! Das finde ich wirklich großartig!«

»Das Vergnügen ist ganz meinerseits, Madame«, murmelte Poirot und verbeugte sich.

Er entkam verschiedenen wichtigen und großartigen Leuten und fand schließlich jenen Mann, den er hier gesucht hatte: den unvermeidlich »ferner anwesenden« Gast Mr. Sattersway.

Mr. Sattersway plauderte munter drauflos.

»Die liebe Herzogin – ich genieße ihre Empfänge immer sehr ... Eine derartige Persönlichkeit, wenn Sie verstehen, was ich damit sagen will. Vor einigen Jahren war ich auf Korsika sehr oft mit ihm zusammen ...«

Mr. Satterswavs Unterhaltung war in unangebrachter Weise durch die ständige Erwähnung jener seiner Bekannten belastet, die einen Titel besaßen. Mr. Sattersway als bloßen Snob und sonst nichts zu beschreiben, wäre jedoch ihm gegenüber eine Ungerechtigkeit gewesen. Er war vielmehr ein aufmerksamer Beobachter der menschlichen Natur.

»Wissen Sie, mein lieber Freund, es muß schon Jahre her sein, daß ich Sie sah. Ich empfinde es auch heute noch als großen Vorzug, Sie damals, in dem Fall *Crow's Nest,* so unmittelbar bei ihrer Arbeit beobachtet zu haben. Seitdem habe ich das Gefühl, zu den Eingeweihten zu zählen, wie man so sagt. Übrigens habe ich Lady Mary erst in der vergangenen Woche gesehen.«

Nachdem er einen Augenblick bei den gegenwärtigen Skandalen verweilte, gelang es Poirot, den Namen Gervase Chevenix-Gore zu erwähnen.

Mr. Sattersway reagierte sofort.

»Ah ja, das ist wirklich eine Persönlichkeit, wenn Sie so wollen! Der letzte der Baronets – das ist sein Spitzname.«

»Verzeihung, aber ich verstehe nicht ganz.«

Mr. Sattersway begab sich nachsichtig auf das niedrigere Begriffsvermögen eines Ausländers hinunter.

»Das ist ein Spaß, verstehen Sie – nur ein Spaß! In Wirklichkeit ist er natürlich nicht der letzte Baronet in England – er repräsentiert jedoch das Ende einer Ära. Der freche schlechte Baronet – der verrückte und leichtsinnige Baronet: Sie waren in den Romanen des vergangenen Jahrhunderts besonders beliebt – diese Leute, die wegen unmöglicher Dinge wetteten und ihre Wetten dann auch noch gewannen.«

Und er fuhr fort, das, was er meinte, noch eingehender zu beschreiben. In jüngeren Jahren war Gervase Chevenix-Gore mit einem Segelschiff um die Welt gefahren. Er hatte ferner an einer Expedition zum Nordpol teilgenommen. Einen Rennpferde züchtenden Peer hatte er zum Duell gefordert. Wegen einer Wette war er mit seiner Lieblingsstute die Treppe eines herzoglichen Hauses hinaufgeritten. Einmal war er aus seiner

Loge auf die Bühne gesprungen und hatte eine bekannte Schauspielerin mitten aus der Vorstellung entführt.

Die Anekdoten über ihn waren zahllos.

»Die Familie ist alt«, fuhr Mr. Sattersway fort. »Sir Guy de Chevenix nahm am ersten Kreuzzug teil. Und jetzt stirbt dieser Zweig aus. Der alte Gervase ist der letzte Chevenix-Gore.«

»Und das Vermögen – ist es zusammengeschmolzen?«

»Aber nicht die Spur! Gervase ist sagenhaft reich. Wertvoller Hausbesitz, Kohlengruben gehören ihm, und außerdem besitzt er noch Anteile an irgendeinem Bergwerk in Peru oder sonstwo in Südamerika, die noch aus seiner Jugendzeit stammen und ihm bisher ein Vermögen eingebracht haben. Ein erstaunlicher Mann. Bei allem, was er unternahm, hatte er Glück.«

»Aber jetzt ist er natürlich schon älter?«

»Ja, der arme alte Gervase.« Mr. Sattersway seufzte und schüttelte den Kopf. »Die meisten Leute würden ihn wahrscheinlich als völlig verrückt bezeichnen. In gewisser Weise stimmt es. Er ist tatsächlich verrückt – nicht in dem Sinne, daß er in eine Anstalt gehörte oder an Wahnvorstellungen litte, sondern verrückt in dem Sinne, daß er anomal ist. Zeit seines Lebens war er ein Mann von großer charakterlicher Originalität.«

»Und im Laufe der Jahre wird Originalität zu Exzentrizität?« erkundigte sich Poirot.

»Sehr wahr. Genau das passierte dem armen alten Gervase.«

»Hat er vielleicht eine übersteigerte Vorstellung von seiner eigenen Bedeutung?«

»Vollständig. Ich könnte mir vorstellen, daß die Welt nach Ansicht Gervases in zwei Hälften geteilt ist: in die Familie Chevenix-Gore und die übrige Menschheit!«

»Ein übertriebener Familiensinn!«

»Ja. Die Chevenix-Gores sind verteufelt arrogant – eine Rasse für sich sind sie. Da er der letzte seiner Familie ist, hat Gervase besonders verrückte Vorstellungen. Er fühlt sich – also wenn man ihn hört, glaubt man es fast selbst –, äh, wie der Allmächtige!«

Langsam und nachdenklich nickte Poirot.

»Ja, genauso habe ich es mir gedacht. Ich habe nämlich einen Brief von ihm bekommen. Es war ein etwas ungewöhnlicher Brief. Er fragte nicht an – er verlangte etwas!«

»Ein allerhöchster Befehl also«, sagte Sattersway leise kichernd.

»Genau das! Es scheint diesem Sir Gervase gar nicht in den Sinn zu kommen, daß ich, Hercule Poirot, ein Mann von Bedeutung, mit endlosen Problemen beschäftigt bin! Daß es äußerst unwahrscheinlich ist, daß ich alles andere einfach stehen- und liegenlassen würde und angerannt käme wie ein gehorsamer Hund.«

Mr. Sattersway biß sich auf die Lippe, um ein Lächeln zu unterdrücken. Vielleicht war ihm klargeworden, daß in Fragen des Egoismus zwischen Hercule Poirot und Gervase Chevenix-Gore gar kein so großer Unterschied bestand.

»Aber«, murmelte er, »wenn der Grund zu seiner Aufforderung nun sehr dringend war . . .?«

»Das war er eben nicht! Ich erhielt lediglich die Mitteilung, mich zu seiner Verfügung zu halten – allein für den Fall, daß er mich benötigte! *Enfin, je vous demande!*«

»Demnach«, sagte Mr. Sattersway, »haben Sie also abgelehnt?«

»Ich hatte noch keine Gelegenheit dazu«, erwiderte Poirot langsam.

»Aber Sie werden ablehnen?«

Ein ganz neuer Ausdruck huschte über das Gesicht des kleinen Mannes. Seine Stirn legte sich vor Verwirrung in lauter Falten.

»Wie soll ich es ausdrücken?« sagte er. »Ablehnen – ja, das war meine erste Regung. Aber ich weiß nicht . . . Man hat manchmal so ein Gefühl. Ganz leicht steigt einem eine Witterung in die Nase . . .«

»Ach?« sagte Mr. Sattersway. »Das ist interessant . . .«

»Ich habe das Gefühl«, fuhr Hercule Poirot fort, »daß ein Mensch, wie Sie ihn eben beschrieben haben, möglicherweise sehr wertvoll ist . . .«

»Wertvoll?« fragte Mr. Sattersway. Für einen Augenblick war er überrascht. Ausgerechnet dieses Wort hätte er mit Gervase Chevenix-Gore niemals in Verbindung gebracht. Aber er war ein empfindsamer Mensch und von schneller Beobachtungsgabe. Langsam sagte er: »Ich glaube – ich verstehe, was Sie meinen.«

»Solch ein Mensch steckt in einem Panzer – in einem undurchdringlichen Panzer! Die Rüstung der Kreuzfahrer war im Vergleich dazu lächerlich – gegenüber diesem Panzer aus Arroganz, Stolz und Selbstüberschätzung. In gewisser Weise ist dieser Panzer ein Schutz, von dem die Pfeile – die alltäglichen Pfeile des Lebens – einfach abprallen. Aber eine Gefahr besteht dabei: Manchmal merkt ein Mann, der in einem solchen Panzer steckt, vielleicht gar nicht, daß er überhaupt angegriffen wird! Sehr spät erst merkt er es, hört er es – und noch später spürt er es!«

Er verstummte, und dann fragte er völlig verändert: »Woraus besteht eigentlich die Familie dieses Sir Gervase?«

»Da ist einmal Vanda, seine Frau. Eine geborene Arbuthnot – früher ein ausgesprochen umgängliches Mädchen. Auch heute noch eine umgängliche Frau. Und Gervase sehr zugetan. Soviel ich weiß, neigt sie sehr zum Okkultismus. Trägt Amulette und solche Sachen und hält sich für die Inkarnation einer ägyptischen Königin ... Dann ist da noch Ruth – ihre Adoptivtochter. Eigene Kinder haben sie nämlich nicht. Ein sehr reizvolles Mädchen und ganz modern. Das ist die ganze Familie. Ausgenommen natürlich Hugo Trent. Hugo ist Gervases Neffe. Pamela Chevenix-Gore heiratete Reggie Trent, und Hugo war das einzige Kind dieser Ehe. Jetzt ist er Vollwaise. Den Titel kann er natürlich nicht erben.«

Poirot nickte nachdenklich. Dann fragte er: »Für Sir Gervase ist es wohl sehr betrüblich, daß er keinen Sohn hat, der seinen Namen erbt?«

»Ich könnte mir vorstellen, daß es ihn ziemlich getroffen hat.«

»Und der Familienname – das ist wohl eine stille Leidenschaft von ihm?«

»Ja.«

Mr. Sattersway schwieg eine Weile. Er war ausgesprochen neugierig geworden. Schließlich wagte er sich einen Schritt vor.

»Haben Sie einen ganz bestimmten Grund, nach *Hamborough Close* zu fahren?«

Langsam schüttelte Poirot den Kopf.

»Nein«, sagte er, »soweit ich es übersehen kann, besteht dazu nicht der geringste Grund. Aber trotzdem habe ich das Gefühl, daß ich hinfahre.«

Hercule Poirot saß in der Ecke eines Abteils erster Klasse, während der Zug durch die englische Landschaft raste.

Nachdenklich holte er ein säuberlich zusammengefaltetes Telegramm aus der Tasche, das er auseinanderfaltete und noch einmal las.

NEHMEN SIE ZUG VIER UHR DREISSIG ST. PANCRAS STOP BENACHRICHTIGEN SIE ZUGSCHAFFNER DAMIT EILZUG IN WHIMPERLEY HÄLT

CHEVENIX-GORE

Er faltete das Telegramm wieder zusammen und schob es in die Tasche.

Der Zugschaffner war sehr dienstbeflissen gewesen. Der Herr führe nach *Hamborough Close*? O ja, für Sir Gervases Gäste würde der Zug immer in Whimperley angehalten. »Wahrscheinlich ein besonderes Vorrecht, Sir.«

Dann war der Schaffner noch zweimal im Abteil erschienen: einmal, um dem Reisenden zu versichern, daß alles getan würde, damit er allein im Abteil bliebe, und das zweitemal, um bekanntzugeben, daß der Zug zehn Minuten Verspätung hätte.

Planmäßig sollte der Zug um 19.50 Uhr ankommen; als Hercule Poirot auf dem kleinen ländlichen Bahnhof aus dem Wagen stieg und dem Schaffner die erwartete Münze in die Hand drückte, war es jedoch genau zwei Minuten nach acht. Ein Chauffeur in dunkelgrüner Uniform näherte sich Poirot. »Mr. Poirot? Nach *Hamborough Close*?«

Er griff nach der hübschen Reisetasche des Kriminalisten und begleitete Poirot zum Ausgang. Vor dem Bahnhof stand ein großer Rolls-Royce. Der Chauffeur hielt Poirot den Schlag auf, so daß er einsteigen konnte, und legte ihm eine riesige Pelzdecke über die Beine. Dann fuhren sie los.

Nach etwa zehnminütiger Fahrt über Land bog der Wagen durch ein breites Tor, das von riesigen steinernen Jagdhunden flankiert war.

Sie fuhren durch den Park und vor dem Haus vor. Als sie hielten, wurde die Haustür geöffnet, und ein Butler von imposanter Gestalt trat auf die Treppe hinaus.

»Mr. Poirot? Wenn Sie mir bitte folgen wollen.«

Er führte den Kriminalisten durch die Halle und öffnete dann an der rechten Seite eine Tür.

»Mr. Hercule Poirot«, meldete er.

In dem Zimmer befand sich eine Reihe von Leuten in Abendkleidung, und als Poirot den Raum betrat, nahmen seine schnellen Augen sofort wahr, daß man ihn nicht erwartet hatte. Die Blicke der Anwesenden ruhten in unverhüllter Überraschung auf ihm.

Dann kam eine hochgewachsene Frau unentschlossen auf ihn zu.

Poirot beugte sich über ihre Hand.

»Ich bitte um Entschuldigung, Madame«, sagte er. »Ich fürchte, mein Zug hatte Verspätung.«

»Aber ich bitte Sie«, sagte Lady Chevenix-Gore unsicher. Ihre Augen starrten ihn immer noch leicht verwirrt an. »Aber ich bitte Sie, Mr. ... äh ... Ich habe leider Ihren ...«

»Hercule Poirot.«

Irgendwie hörte er, daß hinter ihm jemand plötzlich tief einatmete. Im gleichen Augenblick merkte er, daß sein Gastgeber sich nicht in diesem Zimmer befinden konnte. Höflich murmelte er: »Sie wußten, daß ich kommen würde, Madame?«

»Ich ... äh, ja ...« Ihre ganze Art war keineswegs überzeugend. »Ich glaube ... ich meine, ich habe es wahrscheinlich gewußt, aber ich bin so schrecklich unpraktisch, Monsieur Poirot.

Ich vergesse immer alles.« Ihr Tonfall verriet ein melancholisches Vergnügen an dieser Tatsache.

Und dann blickte sie sich in der Art, als erfüllte sie eine schon lange überfällige Pflicht, unsicher um und murmelte: »Bestimmt kennen Sie die übrigen schon.«

Obgleich dies offenkundig nicht der Fall war, wollte Lady Chevenix-Gore sich mit dieser abgedroschenen Redensart ganz deutlich die Mühe des Vorstellens und die Anstrengung ersparen, sich an die richtigen Namen der verschiedenen Anwesenden erinnern zu müssen.

Um den Schwierigkeiten dieses besonderen Falles zu entsprechen, fügte sie noch unter Anspannung aller Energien hinzu: »Meine Tochter Ruth.«

Das Mädchen, das vor ihm stand, war ebenso hochgewachsen und dunkel, davon abgesehen jedoch ein ganz anderer Typ. Anstelle der verschwommenen, unbestimmbaren Gesichtszüge der Lady Chevenix-Gore hatte sie eine feingeformte, leicht gebogene Nase und eine klare, sehr betonte Kinnpartie. Das schwarze Haar war zurückgekämmt und endete in einem Gewirr kleiner dichter Locken. Die Farbe ihres Gesichts war gesund und strahlend, obgleich sie kaum geschminkt war. In den Augen Hercule Poirots gehörte sie zu den bezauberndsten Mädchen, die er jemals gesehen hatte.

Außerdem fiel ihm auf, daß sie nicht nur schön, sondern auch gescheit war sowie ein gewisses Maß an Stolz und Temperament besaß.

»Wie aufregend«, sagte sie, »Monsieur Poirot als Gast hier zu haben! Mein Vater hat sich damit wahrscheinlich eine Überraschung für uns ausgedacht.«

»Sie wußten also nicht, daß ich kam, Mademoiselle?« fiel er ein.

»Keine Ahnung hatte ich.«

Der Klang eines Gongs drang aus der Halle herüber; dann öffnete der Butler die Tür und meldete: »Es ist serviert.«

Und noch ehe er das letzte Wort ausgesprochen hatte, passierte etwas sehr Merkwürdiges. Die priesterliche Erscheinung des Bediensteten wurde, wenn auch nur für einen kurzen Augenblick, zu einem höchst erstaunten menschlichen Wesen ...

Diese flüchtige Verwandlung erfolgte so schnell, und die Maske des guterzogenen Dieners war wieder so plötzlich zurückgekehrt, daß nur derjenige, der den Diener zufällig angesehen hatte, die Veränderung bemerkt haben konnte. Poirot allerdings hatte ihn angeblickt. Und es machte ihn stutzig.

Zögernd blieb der Butler im Türrahmen stehen. Obgleich sein Gesicht wieder von korrekter Ausdruckslosigkeit war, verriet seine ganze Gestalt eine gewisse Spannung.

Unsicher sagte Lady Chevenix-Gore: »Ach Gott – das ist aber höchst sonderbar. Wirklich – ich weiß gar nicht, was ich tun soll.«

Ruth sagte zu Poirot. »Diese ungewöhnliche Bestürzung ist der Tatsache zu verdanken, daß sich mein Vater seit mindestens zwanzig Jahren zum erstenmal verspätet hat.«

»Das ist höchst sonderbar ...« Lady Chevenix-Gore sprach mit klagender Stimme. »Gervase ist noch nie ...«

Ein älterer Mann mit aufrechter soldatischer Haltung trat zu ihr. Er lachte heiter.

»Der gute alte Gervase! Endlich kommt auch er einmal zu spät! Aber das könnt ihr mir glauben: Damit werden wir ihn noch aufziehen.«

Mit leiser, irritierter Stimme sagte Lady Chevenix-Gore: »Aber Gervase kommt doch nie zu spät!«

Beinahe lächerlich war die Bestürzung, die diese Bemerkung ausgelöst hatte. Und dennoch war sie nach Hercule Poirots Ansicht keineswegs lächerlich ... Hinter der Bestürzung spürte er eine gewisse Unruhe – vielleicht sogar gewisse Befürchtungen. Und auch er fand es seltsam, daß Gervase Chevenix-Gore nicht erschien, um seinen Gast – den er auf so geheimnisvolle Weise zu sich bestellt hatte – zu begrüßen.

Mittlerweile war klargeworden, daß niemand genau wußte, was da zu tun war. Eine beispiellose Situation war entstanden, und keiner wußte, wie er ihr begegnen sollte.

Schließlich ergriff Lady Chevenix-Gore die Initiative – wenn man es überhaupt als Initiative bezeichnen kann. Es war jedenfalls nicht zu übersehen, daß ihr ganzes Verhalten etwas unbestimmt war.

»Snell«, sagte sie, »ist der Herr ...?«

Sie beendete den Satz nicht, sondern blickte den Butler lediglich erwartungsvoll an.

Snell, der offenbar die Art kannte, in der seine Herrin Erkundigungen einzog, reagierte prompt auf diese unausgesprochene Frage.

»Sir Gervase kam um fünf vor acht herunter, M'lady, und ging direkt in das Arbeitszimmer.«

»Ach so ...« Ihr Mund blieb geöffnet, ihre Augen schienen in die Ferne zu blicken. »Glauben Sie – ich meine –, ob er den Gong wohl gehört hat?«

»Daran ist meiner Ansicht nach kein Zweifel, M'lady, da der Gong sich unmittelbar vor der Tür des Arbeitszimmers befindet. Natürlich wußte ich nicht, daß Sir Gervase sich noch im Arbeitszimmer aufhielt, weil ich sonst auch dort gemeldet hätte, daß serviert sei. Soll ich es vielleicht nachholen, M'lady?«

Mit deutlicher Erleichterung griff Lady Chevenix-Gore diesen Vorschlag auf. »Oh, vielen Dank, Snell. Ja, bitte tun Sie das – sofort.«

Hercule Poirot, der das Zimmer voller Menschen mit plötzlich geschärfter Aufmerksamkeit beobachtete, hatte den Eindruck, daß jeder einzelne sich in einem gespannten Zustand befand. Alle schwiegen. Seine Augen musterten flüchtig jeden der Anwesenden und ordnete sie ein. Zwei ältere Männer – der soldatische, der gerade eben etwas gesagt hatte, und ein hagerer grauhaariger Mann mit verkniffenem Mund. Zwei jüngere Männer, die im Typ sehr verschieden waren: der eine mit Schnurrbart und leichter Arroganz, seiner Ansicht nach wahrscheinlich Sir Gervases Neffe, sowie etwas melancholisch. Der andere mit glatt zurückgekämmtem Haar und ziemlich gut aussehend; kein Zweifel, daß er einer niedrigeren gesellschaftlichen Schicht angehörte. Außerdem befanden sich noch eine kleine Frau mittleren Alters mit Kneifer und intelligenten

Augen sowie ein Mädchen mit feuerroten Haaren im Zimmer. Snell öffnete die Tür. Sein Benehmen war vollkommen, aber wieder zeigte das äußere Bild des unpersönlichen Butlers Spuren jenes verstörten menschlichen Wesens, das darunter steckte.

»Verzeihung, M'lady, aber die Tür des Arbeitszimmers ist abgeschlossen.«

»Abgeschlossen?«

Es war die Stimme eines Mannes: jung, lebhaft und mit einem leichten Anflug von Erregung. Der junge gutaussehende Mann mit dem zurückgekämmten Haar hatte diese Frage gestellt. Mit wenigen Schritten näherte er sich der Tür und sagte: »Soll ich lieber nachsehen . . .?«

Aber sehr ruhig übernahm Poirot jetzt das Kommando. Er tat es so selbstverständlich, daß keiner es als merkwürdig empfand, daß dieser gerade eingetroffene Fremde sich anmaßte, in dieser Situation die erforderlichen Anordnungen zu treffen.

»Kommen Sie«, sagte er. »Begleiten Sie mich zum Arbeitszimmer.«

Und zu Snell gewandt sagte er: »Zeigen Sie uns bitte den Weg.«

Snell gehorchte. Poirot folgte ihm auf dem Fuß, und wie eine Schafherde kamen die übrigen hinterher.

Snell führte Poirot durch die große Halle zu einem schmalen Gang, der vor einer Tür endete.

Hier schob Poirot den Butler beiseite und drückte vorsichtig auf die Türklinke. Sie ließ sich zwar bewegen, aber die Tür öffnete sich nicht. Höflich klopfte Poirot an. Dann wurde sein Klopfen immer lauter. Plötzlich hörte er damit auf, ließ sich auf die Knie nieder und preßte sein Auge an das Schlüsselloch.

Langsam erhob er sich und sah sich um. Sein Gesicht war ernst.

»Meine Herren«, sagte er. »Wir müssen diese Tür sofort aufbrechen.«

Unter seiner Anleitung warfen sich die beiden jungen Männer, die groß und kräftig gebaut waren, gegen die Tür. Es war keine leichte Aufgabe. Die Türen von *Hamborough Close* waren solide gearbeitet.

Schließlich gab das Schloß jedoch nach; krachend und splitternd drehte sich die Tür in ihren Angeln.

Und dann blieben alle wie erstarrt stehen. Die Lampen brannten. An der linken Wand stand ein großer Schreibtisch. Nicht am, sondern mit der einen Seite zum Schreibtisch gewandt, so daß der Rücken zur Tür zeigte, saß ein großer Mann schlaff im Schreibtischsessel. Kopf und Oberkörper waren über die rechte Lehne geneigt, während die rechte Hand und der rechte Arm hinunterhingen. Unmittelbar unter der Hand lag eine kleine Pistole auf dem Teppich ...

Irgendwelche Überlegungen waren nicht nötig. Das Bild war deutlich genug. Sir Gervase Chevenix-Gore hatte sich erschossen.

Sekundenlang verharrte die im Türrahmen stehende Gruppe regungslos und starrte auf das Bild. Dann ging Poirot näher. Im gleichen Augenblick sagte Hugo Trent aufgeregt: »Mein Gott, der Alte hat sich erschossen!«

Und Lady Chevenix-Gore stieß ein langes zitterndes Stöhnen aus.

»O Gervase – Gervase!«

Ohne sich umzudrehen, sagte Poirot scharf: »Bringen Sie Lady Chevenix-Gore weg. Sie kann hier doch nichts tun.«

Der ältere soldatische Mann gehorchte. »Komm, Vanda«, sagte er. »Komm, Liebling. Ruth, kümmere dich um deine Mutter.«

Aber Ruth Chevenix-Gore hatte sich in das Zimmer gedrängt und stand dicht neben Poirot, als dieser sich über die Gestalt beugte, die so entsetzlich in dem Schreibtischsessel hing – die herkulische Gestalt eines Mannes mit dem Bart eines Wikingers.

Mit leiser gespannter Stimme, die merkwürdig verhalten und erstickt klang, sagte sie: »Glauben Sie bestimmt, daß er ... tot ist?«

Poirot blickte zu ihr hoch.

Das Gesicht des Mädchens spiegelte irgendeine Gefühlsregung wider – eine sehr beherrschte und unterdrückte Gefühlsregung, die er nicht ganz begriff. Es war nicht Kummer, sondern eher eine Art fast ängstlicher Erregung.

Die kleine Frau mit dem Kneifer murmelte: »Ihre Mutter, Kind – vielleicht sollten Sie lieber ...«

Mit heller hysterischer Stimme rief das Mädchen mit dem roten Haar plötzlich: »Dann war es also doch kein Auto und kein Sektkorken! Dann haben wir den Schuß gehört ...«

Poirot drehte sich um und blickte die andern an.

»Irgend jemand sollte der Polizei Bescheid sagen ...«

Unbeherrscht schrie Ruth Chevenix-Gore auf: »Nein!«

Der ältere Mann mit dem hageren Gesicht sagte: »Ich fürchte, das wird sich nicht umgehen lassen. Wollen Sie das vielleicht übernehmen, Burrows? Hugo ...«

»Sie sind Mr. Hugo Trent?« sagte Poirot zu dem hochgewachsenen jungen Mann mit dem Schnurrbart. »Ich fände es angebracht, wenn alle – bis auf Sie und mich – das Zimmer jetzt verließen.«

Wieder wurde seine Autorität von niemandem angezweifelt. Der hagere Mann drängte die anderen hinaus. Poirot und Hugo Trent blieben allein zurück.

Trent starrte Poirot an und sagte: »Hören Sie mal – wer sind Sie eigentlich? Ich meine, ich habe nicht die leiseste Ahnung. Was tun Sie hier?«

Poirot zog eine Visitenkartentasche hervor und entnahm ihr eine Karte.

Hugo Trent starrte sie an und sagte: »Privatdetektiv – was? Gehört habe ich natürlich schon von Ihnen ... Aber ich begreife immer noch nicht, was Sie ausgerechnet hier zu suchen haben?«

»Sie wußten also nicht, daß Ihr Onkel ... er war doch Ihr Onkel, nicht wahr?«

Sekundenlang blickten Hugos Augen auf den Toten hinunter. »Der Alte? Ja ... natürlich war er mein Onkel.«

»Sie wußten aber nicht, daß er mich hierherbestellt hatte?«

Hugo schüttelte den Kopf. Langsam sagte er: »Nicht die geringste Ahnung hatte ich.«

In seiner Stimme schwang etwas mit, das ziemlich schwer zu definieren war. Sein Gesicht wirkte hölzern und einfältig – es hatte einen Ausdruck, der nach Poirots Ansicht in Zeiten der Anspannung eine ausgezeichnete Maske bildete.

Ruhig sagte Poirot: »Wir befinden uns hier in Westshire, nicht wahr? Dann kenne ich den Chief Constable, Major Riddle, sehr gut.«

»Riddle wohnt ungefähr eine halbe Meile entfernt«, sagte Hugo. »Wahrscheinlich wird er persönlich herkommen.«

»Das wäre sehr schön.«

Vorsichtig begann Poirot das Zimmer zu durchsuchen. Er zog den Fenstervorhang zur Seite, betrachtete die bis zum Fußboden reichenden Fenster und drückte mit der Hand leicht dagegen. Sie waren geschlossen.

An der Wand hinter dem Schreibtisch hing ein runder Spiegel. Das Glas war zersplittert. Poirot bückte sich und hob einen kleinen Gegenstand auf.

»Was ist das?« fragte Hugo Trent.

»Das Geschoß.«

»Es durchschlug seinen Kopf und traf dann den Spiegel?«

»Es scheint so.« Poirot legte das Geschoß sehr sorgfältig an dieselbe Stelle zurück, an der er es gefunden hatte. Dann trat er an den Schreibtisch. Einige Papiere waren säuberlich aufgestapelt. Auf der Löschunterlage lag ein einzelner Bogen, auf dem mit großer zittriger Handschrift in Druckbuchstaben das Wort SORRY stand.

»Das muß er selbst geschrieben haben«, sagte Hugo, »kurz bevor – kurz bevor er es tat.«

Poirot nickte nachdenklich.

Wieder blickte er den zersplitterten Spiegel und dann den Toten an. Seine Stirn krauste sich, als wäre er irritiert. Er ging zur Tür hinüber, die mit ihrem herausgerissenen Schloß schief in den Angeln hing. Daß der Schlüssel nicht steckte, wußte er, denn sonst hätte er nicht durch das Schlüsselloch sehen können.

Aber auch auf dem Fußboden lag er nicht. Poirot beugte sich über den Toten und tastete ihn vorsichtig ab.

»Ja«, sagte er. »Der Schlüssel ist in seiner Tasche.«

Hugo holte sein Zigarettenetui heraus und zündete sich eine Zigarette an. Seine Stimme klang ziemlich heiser.

»Die Angelegenheit scheint völlig klar zu sein«, sagte er. »Mein Onkel hat sich hier eingeschlossen und erschossen.«

Poirot nickte grübelnd.

»Ich verstehe nur nicht, warum er Sie hat kommen lassen. Worum ging es denn?«

»Das ist ziemlich schwer zu erklären. Während wir auf die Beamten warten, damit sie den Fall übernehmen, könnten Sie, Mr. Trent, mir vielleicht genau erzählen, wer die Leute sind, die ich heute abend bei meiner Ankunft kennenlernte.«

»Wer sie sind?« Hugo schien mit seinen Gedanken ganz woanders zu sein. »Ach so, ja, natürlich. Verzeihung. Wollen wir uns nicht hinsetzen?« Er deutete auf ein kleines Sofa, das in jener Ecke des Zimmers stand, die am weitesten von dem Toten entfernt war. Dann sprach er leicht verkrampft weiter. »Da wäre einmal Vanda – meine Tante, wie Sie wissen. Und Ruth, meine Cousine. Aber die beiden kennen Sie bereits. Das zweite Mädchen ist Susan Cardwell. Sie ist gerade auf Besuch hier. Und Colonel Bury. Er ist ein alter Freund der Familie. Und Mr. Forbes, ebenfalls ein alter Freund, daneben aber auch der Familienanwalt und sonst noch einiges. Die beiden waren in Vanda verliebt, als sie noch jung waren, und auf eine nette anhängliche Weise machen sie ihr auch heute noch den Hof. An sich lächerlich, aber doch sehr rührend. Dann ist da noch Godfrey Burrows, der Sekretär des Alten – ich meine: meines Onkels –, und schließlich Miss Lingard, die ihm geholfen hat, die Geschichte der Chevenix-Gores zu schreiben. Sie sucht für Schriftsteller immer die historischen Sachen heraus. Und das wär's dann wohl, glaube ich.«

Poirot nickte. Dann sagte er: »Soviel ich verstanden habe, haben Sie also den Schuß, der Ihren Onkel tötete, tatsächlich genau gehört?«

»Ja, das haben wir. Wir dachten, es wäre ein Sektkorken – wenigstens dachte ich es. Susan und Miss Lingard glaubten, draußen wäre ein Wagen vorbeigekommen und hätte eine Fehlzündung gehabt – die Straße ist ziemlich nahe, wissen Sie!«

»Und wann war das?«

»Ach, etwa um zehn nach acht. Snell hatte gerade zum erstenmal gegongt.«

»Und wo waren Sie, als Sie den Schuß hörten?«

»In der Halle. Wir – wir lachten darüber und stritten uns, woher der Knall kam. Jeder äußerte eine andere Meinung, Susan sagte noch: ›Hat jemand noch eine weitere Theorie?‹ Und ich lachte und sagte, Mord käme überall vor! Wenn man es sich jetzt überlegt, klingt es doch ziemlich gemein.«

In seinem Gesicht zuckte es nervös.

»Ist Ihnen denn nicht der Gedanke gekommen, Sir Gervase könnte sich erschossen haben?«

»Nein – natürlich nicht!«

»Sie haben demnach keine Ahnung, warum er sich erschossen haben könnte?«

Langsam sagte Hugo: »Ach Gott – so kann man es nun auch wieder nicht ausdrücken . . .«

»Sie haben also eine gewisse Ahnung?«

»Ja – schon –, es ist so schwer zu erklären. Natürlich habe ich nicht damit gerechnet, daß er Selbstmord verüben würde, aber so fürchterlich überrascht es mich nun auch nicht. Wenn Sie es genau wissen wollen, Monsieur Poirot: Mein Onkel war völlig übergeschnappt. Das war jedem klar.«

»Und das genügt Ihnen als Erklärung?«

»Bringen sich denn nicht auch Leute um, die nur leicht blöd sind?«

»Das ist eine Erklärung von bewundernswerter Schlichtheit.«

Hugo blickte ihn verdutzt an.

Poirot stand wieder auf und wanderte ziellos durch das Zimmer. Es war behaglich eingerichtet, zumeist im wuchtigen Stil der Viktorianischen Zeit. Einige Bronzen auf dem Kaminsims lenkten Poirots Aufmerksamkeit auf sich und erregten offenbar seine Bewunderung. Nacheinander nahm er sie in die Hand und betrachtete sie prüfend, ehe er sie wieder sorgfältig an Ihren Platz stellte. Von jener Bronze, die am weitesten links stand, löste er mit dem Fingernagel irgend etwas ab.

»Was ist das?« fragte Hugo ohne allzuviel Interesse.

»Nichts von Bedeutung. Ein winziger Splitter Spiegelglas.«

»Komisch«, sagte Hugo, »daß der Spiegel durch den Schuß zersplittert ist. Ein zersplitterter Spiegel bedeutet Unglück. Armer alter Gervase . . . Wahrscheinlich hat sein Glück ein bißchen zu lange gedauert.«

»War Ihr Onkel denn ein glücklicher Mensch?«

Hugo lachte kurz auf.

»Schließlich war sein Glück schon sprichwörtlich! Was er auch anfaßte, verwandelte sich in Gold! Wenn er auf einen Außenseiter wettete, galoppierte der den Sieg nach Hause. Steckte er Geld in ein zweifelhaftes Bergwerk, stießen die Leute sofort auf neue Erzlager. Aus den aussichtslosesten Situationen ist er immer wieder ganz knapp herausgekommen. Mehr als einmal ist sein Leben durch eine Art von Wunder gerettet worden. Auf seine Weise war er wirklich ein ziemlich netter alter Knabe, verstehen Sie. Und bestimmt hat er mehr erlebt als die meisten seiner Generation.«

In leichtem Ton murmelte Poirot: »Sie hingen an Ihrem Onkel, Mr. Trent?«

Diese Frage schien Hugo Trent etwas zu verwirren. »Ich . . . äh . . . o ja, doch, natürlich«, sagte er ziemlich unsicher. »Wissen Sie, manchmal war er schon ein bißchen schwierig. Furchtbar anstrengend war es, mit ihm zusammenzusein. Glücklicherweise brauchte ich ihn nicht allzu häufig zu besuchen.«

»Er hingegen mochte Sie sehr gern?«

»So deutlich ist es mir nicht aufgefallen! Wenn Sie es genau wissen wollen: Er nahm mir meine Existenz übel, wie man so sagt.«

»Wie kommen Sie darauf, Mr. Trent?«

»Ach Gott – wissen Sie: Er hatte doch selbst keinen Sohn, und das bekümmerte ihn ziemlich. In puncto Familie und solchen

Sachen war er übergeschnappt. Ich glaube, es ging ihm ziemlich an den Nerv, daß die Chevenix-Gores mit seinem Tod aufhören würden zu bestehen. Immerhin gibt es die Familie schon seit der normannischen Eroberung, verstehen Sie? Der Alte war der letzte. Von seinem Standpunkt aus war das wahrscheinlich ziemlich übel.«

»Sie selbst sind jedoch nicht dieser Ansicht?«

Hugo zuckte die Schultern. »Derartige Dinge sind meiner Meinung nach heute doch ziemlich überholt.«

»Was wird mit dem Vermögen geschehen?«

»Das kann ich Ihnen nicht genau sagen. Vielleicht bekomme ich es. Oder er hat es Ruth hinterlassen. Wahrscheinlich behält Vanda es, solange sie lebt.«

»Ihr Onkel hat seine Ansichten also nicht unmißverständlich mitgeteilt?«

»Gott – er hatte so seine Lieblingsidee.«

»Und welche war das?«

»Er wollte, daß Ruth und ich heiraten sollten.«

»Was doch zweifellos auch sehr passend gewesen wäre!«

»Ungeheuer passend. Aber Ruth – nun ja, Ruth hat dem Leben gegenüber sehr entschiedene Ansichten. Vergessen Sie nicht, daß sie eine ungewöhnlich reizvolle junge Frau ist – und es auch genau weiß. Sie hat es nicht eilig, zu heiraten und unter die Haube zu kommen.«

Poirot beugte sich vor.

»Aber Sie selbst wären damit einverstanden gewesen, Mr. Trent?«

In gelangweiltem Tonfall erwiderte Hugo: »Meiner Ansicht nach ist es heutzutage doch ziemlich egal, wen man heiratet. Es ist doch so einfach, sich wieder scheiden zu lassen.«

Die Tür öffnete sich, und Forbes kam mit einem großgewachsenen, sehr elegant aussehenden Herrn herein. Dieser Herr nickte Trent zu.

»'n Abend, Hugo, die Geschichte tut mir unsagbar leid. Sehr schwer für euch alle.«

Hercule Poirot kam näher.

»Wie geht es Ihnen, Major Riddle? Erinnern Sie sich an mich?«

»Ja – natürlich!« Der Chief Constable gab ihm die Hand. »Ausgerechnet Sie sind also auch hier?«

Ein nachdenklicher Ton lag in seiner Stimme. Neugierig blickte er Hercule Poirot an.

»Also?« sagte Major Riddle.

Zwanzig Minuten waren inzwischen vergangen. Das fragende »Also?« des Chief Constable galt dem Polizeiarzt, einem schlanken älteren Mann mit ergrautem Haar.

Der Arzt zuckte die Schultern.

»Er ist seit mehr als einer halben Stunde tot – aber nicht länger als seit einer Stunde. Das Geschoß durchschlug den Kopf; die Pistole war nur wenige Zentimeter von der rechten Schläfe entfernt. Das Geschoß ging unmittelbar durch das Gehirn und trat auf der anderen Seite wieder heraus.«

»Mit Selbstmord demnach völlig vereinbar?«

»Völlig. Der Körper sackte dann im Sessel zusammen, und der Revolver entfiel der Hand.«

»Haben Sie das Geschoß gefunden?«

»Ja.« Der Arzt hielt es hoch.

»Gut«, sagte Major Riddle. »Wir werden es später mit der Pistole vergleichen. Ich bin froh, daß es ein klarer Fall ist, der keine Schwierigkeiten mit sich bringt.«

Höflich fragte Hercule Poirot: »Sind Sie so überzeugt, daß es keine Schwierigkeiten geben wird, Doktor?«

Bedächtig erwiderte der Arzt: »Meiner Ansicht nach könnte man eine Sache als etwas merkwürdig bezeichnen. Als er sich erschoß, muß er sich leicht nach rechts geneigt haben. Sonst hätte das Geschoß nämlich nicht den Spiegel getroffen, sondern wäre ein Stück darunter in die Wand eingeschlagen.«

»Eine unbequeme Stellung zum Selbstmord«, sagte Poirot.

Der Arzt zuckte die Schultern.

»Kann der Leichnam dann weggebracht werden?« fragte Major Riddle.

»Meinetwegen ja. Ich bin hier soweit fertig.«

»Und was ist mit Ihnen, Inspektor?« Major Riddle wandte sich an einen großen Mann mit ausdruckslosem Gesicht, der Zivil trug.

»Okay, Sir. Wir haben, was wir brauchen – bis auf die Fingerabdrücke des Toten auf der Pistole.«

»Das können Sie anschließend erledigen.«

Die sterblichen Überreste von Gervase Chevenix-Gore wurden weggetragen. Der Chief Constable und Poirot blieben allein zurück.

»Na ja«, sagte Riddle, »dann scheint also alles klar und geklärt zu sein. Tür verschlossen, Fenster zugesperrt, Türschlüssel in der Tasche des Toten. Alles, wie es im Buche steht – mit einer einzigen Ausnahme.«

»Und die wäre, mein Freund?« fragte Poirot.

»Sie!« sagte Riddle schlicht. »Was haben ausgerechnet Sie hier zu suchen?«

Statt einer Antwort reichte Poirot ihm den Brief, den er vor einer Woche von dem Toten erhalten hatte, sowie das Telegramm, das ihn schließlich hierhergebracht hatte.

»Donnerwetter«, sagte der Chief Constable. »Interessant. Dieser Sache müssen wir auf den Grund gehen. Meiner Ansicht nach könnte das direkt mit seinem Selbstmord zusammenhängen.«

»Ich bin derselben Ansicht.«

»Wir müssen sofort überprüfen, wer sich alles im Hause befindet.«

»Die Namen kann ich Ihnen nennen. Ich habe vorhin Mr. Trent darüber befragt.«

Er wiederholte die Aufzählung der Namen.

»Vielleicht wissen Sie irgend etwas über diese Leute, Major Riddle?«

»Natürlich weiß ich verschiedenes. Lady Chevenix-Gore ist auf ihre Art genauso verschroben wie der alte Sir Gervase. Sie waren sich sehr zugetan – und beide ziemlich verrückt. Sie ist das unentschlossenste Geschöpf, das jemals lebte, aber gelegentlich von einer unheimlichen Gerissenheit, die bei den überraschendsten Anlässen den Nagel haargenau auf den Kopf trifft. Die Leute lachen sehr viel über sie. Meiner Ansicht nach weiß sie es selbst, macht sich jedoch nichts daraus. Sinn für Humor hat sie jedenfalls überhaupt keinen.«

»Soweit ich orientiert bin, ist Miss Chevenix-Gore ihre Adoptivtochter?«

»Ja.«

»Eine sehr hübsche junge Dame.«

»Ein verteufelt attraktives Mädchen ist sie. Hat die meisten jungen Leute dieser Gegend schon um ihren Verstand gebracht. Ist immer vorneweg, dreht sich dann plötzlich um und lacht sie aus. Hat einen ausgezeichneten Sitz zu Pferde und eine wunderbare Hand.«

»Das dürfte im Augenblick nicht allzusehr interessieren.«

»Äh ... nein, vielleicht nicht ... Und von den anderen kenne ich natürlich den alten Bury. Die meiste Zeit ist er hier. Für Lady Chevenix-Gore ist er so eine Art Adjutant. Er ist ein alter Freund von ihr.«

»Wissen Sie etwas über Forbes?«

»Ich glaube, ich bin ihm früher schon einmal begegnet.«

»Miss Lingard?«

»Noch nie etwas von ihr gehört.«

»Miss Susan Cardwell?«

»Ein einigermaßen hübsch aussehendes Mädchen mit roten Haaren? In den letzten Tagen habe ich sie einige Male mit Ruth Chevenix-Gore zusammen gesehen.«

»Mr. Burrows?«

»Ja, den kenne ich allerdings – Chevenix-Gores Sekretär. Unter uns: Allzuviel halte ich nicht von ihm. Er sieht gut aus und weiß es leider. Nicht ganz aus der obersten Schublade.«

»Ist er schon lange bei Sir Gervase?«

»Seit ungefähr zwei Jahren, wie ich annehme.«

»Und sonst ist niemand ...?«

Poirot unterbrach sich.

Ein großer Mann mit blondem Haar und im Straßenanzug kam hereingestürzt. Er war außer Atem und machte einen verstörten Eindruck.

»Guten Abend, Major Riddle. Gerüchteweise erfuhr ich, daß Sir Gervase sich erschossen hätte, und bin sofort hergekommen. Snell erzählte mir, daß es stimmt. Das ist unvorstellbar! Ich kann es nicht fassen!«

»Trotzdem stimmt es, Lake. Darf ich bekannt machen: Das ist Captain Lake, Sir Gervases Vermögensverwalter. Monsieur Poirot, von dem Sie vielleicht schon gehört haben.«

Lakes Gesicht strahlte ein wenig auf, als wäre er erfreut und ungläubig zugleich.

»Monsieur Hercule Poirot? Ich freue mich schrecklich, Sie kennenzulernen. Wenigstens ...« Er verstummte; das flüchtige charmante Lächeln verschwand – er sah verwirrt und fassungslos aus. »Ist etwas – stimmt irgend etwas nicht mit dem Selbstmord, Sir?«

»Warum sollte etwas nicht stimmen, wie Sie es nennen?« fragte der Chief Constable scharf.

»Ich meine nur, weil Monsieur Poirot hier ist. Und weil alles so unvorstellbar zu sein scheint!«

»Nein, nein«, sagte Poirot schnell. »Wegen des Todes von Sir Gervase bin ich nicht hier. Ich war bereits im Hause – als Gast.«

»Ach so! Merkwürdig, daß er mir gegenüber mit keinem Wort erwähnte, daß Sie kämen, als ich heute nachmittag mit ihm einige Abrechnungen durchsah.«

Ruhig sagte Poirot: »Sie haben zweimal das Wort ›unvorstellbar‹ gebraucht, Captain Lake. Kommt es denn für Sie derart überraschend, daß Sir Gervase Selbstmord verübt hat?«

»Das kann ich allerdings behaupten! Es ist zwar kein Geheimnis, daß er völlig übergeschnappt war. Aber trotzdem kann ich mir einfach nicht vorstellen, daß er glaubte, die Welt könne ohne ihn auskommen.«

»Ja«, sagte Poirot. »Das ist allerdings ein Gesichtspunkt.« Und anerkennend blickte er dem jungen Mann in das offene und intelligente Gesicht.

Major Riddle räusperte sich.

»Da Sie nun schon einmal hier sind, Captain Lake, nehmen Sie vielleicht Platz und beantworten mir ein paar Fragen.«

»Gewiß, Sir.«

»Wann haben Sie Sir Gervase zum letztenmal gesehen?«

»Heute nachmittag, kurz vor drei Uhr.«

»Wie lange waren Sie bei ihm?«

»Vielleicht eine halbe Stunde.«

»Überlegen Sie genau und sagen Sie, ob Ihnen an Sir Gervases Verhalten irgend etwas Ungewöhnliches aufgefallen ist.« Der junge Mann dachte nach.

»Nein, das glaube ich eigentlich nicht. Vielleicht war er ein bißchen aufgeregt – aber das war bei ihm keineswegs ungewöhnlich.«

»Er war also nicht irgendwie deprimiert?«

»O nein! Er schien vielmehr guter Laune zu sein. Seit er an der Geschichte seiner Familie arbeitete, war dies für ihn ein großartiger Spaß.«

»Wie lange hatte er sich schon damit beschäftigt?«

»Angefangen hat er damit vor etwa sechs Monaten.«

»Und damals kam auch Miss Lingard hierher?«

»Nein. Sie kam erst vor etwa zwei Monaten, als er entdeckt hatte, daß er die erforderlichen Nachforschungen allein nicht erledigen konnte.«

»Und Sie glauben, es machte ihm viel Spaß?«

»O ja! Er kam gar nicht auf die Idee, daß es auf dieser Welt neben seiner Familie noch etwas Wesentliches gäbe.«

In der Stimme des jungen Mannes schwang vorübergehend eine leichte Verbitterung mit.

»Soweit Sie informiert sind, hatte Sir Gervase also keinen Grund zu irgendwelchen Sorgen?«

Es folgte eine kleine – ganz kleine – Pause, bevor Captain Lake antwortete.

»Nein.«

Poirot warf plötzlich eine Frage dazwischen.

»Sir Gervase machte sich Ihrer Ansicht nach auch keine Sorgen irgendwelcher Art über seine Tochter?«

»Über seine Tochter?«

»Genau das sagte ich.«

»Nicht daß ich wüßte«, erwiderte der junge Mann förmlich.

Poirot schwieg daraufhin. Statt dessen sagte Major Riddle: »Dann danke ich Ihnen, Lake. Vielleicht bleiben Sie noch eine Weile erreichbar, falls ich Sie etwas fragen möchte.«

»Gewiß, Sir.« Er erhob sich. »Kann ich sonst noch etwas tun?«

»Ja – schicken Sie den Butler her. Und vielleicht können Sie sich erkundigen, wie es Lady Chevenix-Gore geht und ob ich mich in absehbarer Zeit kurz mit Ihr unterhalten kann oder ob sie dazu noch zu aufgeregt ist.«

Der junge Mann nickte und verließ mit schnellem, entschlossenem Schritt das Zimmer.

»Ein reizender Mann«, sagte Hercule Poirot.

»Ja, ein netter Kerl – und tüchtig. Er ist überall beliebt.«

»Nehmen Sie Platz, Snell«, sagte Major Riddle in freundlichem Ton. »Ich habe Sie eine ganze Menge zu fragen, und wahrscheinlich war das alles für Sie ein ziemlicher Schock.«

»Das war es, weiß Gott, Sir. Vielen Dank, Sir.« Snell setzte sich so unauffällig hin, daß es praktisch genauso war, als wäre er stehengeblieben.

»Sie sind jetzt doch schon ziemlich lange hier, nicht wahr?«

»Seit sechzehn Jahren, Sir. Seit Sir Gervase – äh – zur Ruhe kam, wie man so sagt.«

»Richtig. Ihr Herr ist seinerzeit sehr viel herumgereist.«

»Ja, Sir. Er nahm an einer Nordpolexpedition teil und hat viele interessante Gegenden aufgesucht.«

»Übrigens, Snell – können Sie mir sagen, wann Sie Ihren Herrn heute abend zum letztenmal gesehen haben?«

»Ich war gerade im Speisezimmer, Sir, und vergewisserte mich, daß die Tafel richtig gedeckt war. Die Tür zur Halle stand offen, und ich sah, wie Sir Gervase die Treppe herunterkam, die Halle durchquerte und in sein Arbeitszimmer ging.«

»Um welche Zeit war das?«

»Kurz vor acht Uhr. Möglicherweise ist es fünf Minuten vor acht gewesen.«

»Und bei dieser Gelegenheit haben Sie ihn zum letztenmal gesehen?«

»Ja, Sir.«

»Haben Sie einen Schuß gehört?«

»Ja, Sir – das habe ich! Aber natürlich war es mir zu dem Zeitpunkt noch nicht klar! Wie sollte es auch?«

»Für was haben Sie ihn denn gehalten?«

»Ich glaubte, es wäre ein Wagen, Sir.«

»Um welche Zeit war das?«

»Es war genau um acht Minuten nach acht, Sir.«

»Wie kommt es, daß Sie den Zeitpunkt auf die Minute genau angeben können?« fragte der Chief Constable scharf.

»Das ist sehr einfach, Sir. Ich hatte gerade zum erstenmal gegongt.«

»Zum erstenmal?«

»Ja, Sir. Entsprechend den Befehlen Sir Gervases mußte genau sieben Minuten vor dem Gong, der zum Abendessen rief, zum erstenmal gegongt werden. Er war nämlich sehr darauf bedacht, Sir, daß jeder sich im Wohnzimmer bereithielt, wenn zum zweitenmal gegongt wurde. Sobald ich das getan hatte, betrat ich das Wohnzimmer, meldete, daß serviert sei, und die Herrschaften begaben sich in das Speisezimmer.«

»Langsam beginne ich zu begreifen«, sagte Hercule Poirot, »warum Sie so überrascht aussahen, als Sie heute abend meldeten, es sei serviert. Gewöhnlich hielt sich auch Sir Gervase zu diesem Zeitpunkt im Wohnzimmer auf?«

»Ich habe es noch nie erlebt, daß er nicht dort gewesen wäre, Sir. Für mich war es ein ziemlicher Schock.«

»Waren die übrigen Herrschaften gewöhnlich auch dort?« fragte Major Riddle.

Snell hüstelte.

»Wer sich zum Abendessen verspätete, Sir, wurde nie mehr eingeladen.«

»Aha – also eine sehr drastische Maßnahme. Und die Familie?«

»Lady Chevenix-Gore war immer sehr bemüht, ihm Aufregungen zu ersparen, Sir, und sogar Miss Ruth wagte nicht, zum Abendessen zu spät zu kommen.«

»Interessant«, murmelte Hercule Poirot.

»Ich verstehe«, sagte Riddle. »Da also das Abendessen um Viertel nach acht begann, wurde zum erstenmal um acht Minuten nach acht gegongt?«

»So ist es, Sir – aber das war nicht die Regel. Üblicherweise begann das Abendessen vielmehr um acht. Sir Gervase hatte jedoch angeordnet, daß das Abendessen heute eine Viertelstunde später beginnen sollte, da er noch einen Herrn erwartete, der mit dem Spätzug kam.« Während Snell sprach, deutete er mit einer leichten Verbeugung auf Poirot.

»Machte Ihr Herr vielleicht einen erregten oder besorgten Eindruck, als er sich in sein Arbeitszimmer begab?«

»Das kann ich nicht sagen, Sir. Ich war nicht nahe genug, um seinen Gesichtsausdruck beurteilen zu können. Ich bemerkte ihn lediglich – mehr nicht.«

»War er allein, als er in sein Arbeitszimmer ging?«

»Ja, Sir.«

»Hat anschließend noch jemand das Arbeitszimmer betreten?«

»Das kann ich nicht sagen, Sir. Anschließend begab ich mich nämlich in die Anrichte, und dort blieb ich, bis ich um acht Minuten nach acht zum erstenmal gongte.«

»Dort waren Sie also auch, als Sie den Schuß hörten?«

»Ja, Sir.«

Höflich warf Poirot eine Frage dazwischen.

»Ich kann mir vorstellen, daß der Schuß auch von anderen gehört wurde?«

»Das ist richtig, Sir. Mr. Hugo und Miss Cardwell hörten ihn ebenfalls. Und Miss Lingard.«

»Diese drei hielten sich auch in der Halle auf?«

»Miss Lingard kam aus dem Wohnzimmer, während Miss Cardwell und Mr. Hugo gerade die Treppe heruntergingen.«

»Kam es zu einer Unterhaltung über diese Angelegenheit?« fragte Poirot.

»Mr. Hugo erkundigte sich nur, ob es zum Abendessen Champagner gäbe, Sir. Ich erwiderte, daß Sherry, Rheinwein und Burgunder serviert würden.«

»Er hielt es also für einen Champagnerkorken?«

»Jawohl, Sir.«

»Aber niemand nahm den Knall ernst?«

»O nein, Sir. Die Herrschaften begaben sich anschließend – miteinander sprechend und lachend – in das Wohnzimmer.«

»Wo waren die anderen Bewohner des Hauses zu diesem Zeitpunkt?«

»Das kann ich nicht sagen, Sir.«

»Wissen Sie irgend etwas über diese Pistole?« fragte Major Riddle. Dabei hielt er die Waffe hoch.

»Ja, Sir. Sie gehört Sir Gervase. Er bewahrte sie immer in der Schublade des Schreibtisches dort drüben auf.«

»War sie gewöhnlich geladen?«

»Das entzieht sich meiner Kenntnis, Sir.«

Major Riddle legte die Pistole weg und räusperte sich. »Ich möchte Ihnen jetzt eine ziemlich wichtige Frage stellen, Snell. Und ich hoffe, daß Sie sie möglichst wahrheitsgemäß beantworten. Können Sie sich irgendeinen Grund vorstellen, der Ihren Herrn veranlaßte, Selbstmord zu verüben?«

»Nein, Sir. Ich kenne keinen.«

»Sir Gervase war in letzter Zeit nicht irgendwie merkwürdig in seinem Verhalten? Nicht deprimiert? Oder besorgt?«

»Sie entschuldigen, Sir, wenn ich es sage – aber in den Augen Fremder wirkte Sir Gervase möglicherweise immer etwas seltsam. Er war ein höchst origineller Gentleman, Sir.«

»Ja, ja, das ist mir bekannt.«

»Außenstehende, Sir, verstanden Sir Gervase nicht immer.« Snell legte so viel Bedeutung in diesen Satz, als wäre er mit großen Buchstaben geschrieben.

»Ich weiß – ich weiß. Demnach gab es also nichts, was beispielsweise Sie als ungewöhnlich bezeichnet hätten?« Der Butler zögerte.

»Ich glaube, Sir, daß Sir Gervase über irgend etwas besorgt war«, sagte er schließlich.

»Besorgt und deprimiert?«

»Deprimiert würde ich es nicht nennen, Sir. Aber besorgt – ja.«

»Haben Sie irgendeine Ahnung, was der Grund zu dieser Besorgnis gewesen sein könnte?«

»Nein, Sir.«

»Hing sie zum Beispiel mit irgendeiner besonderen Person zusammen?«

»Das entzieht sich wirklich meiner Kenntnis, Sir. Und es ist auch nur ein Eindruck, den ich hatte.«

Wieder schaltete Poirot sich ein.

»Sein Selbstmord kam für Sie überraschend?«

»Völlig überraschend, Sir. Für mich war es ein fürchterlicher Schock.«

Poirot nickte nachdenklich.

Riddle warf ihm einen Blick zu und sagte dann: »Na schön, Snell, das ist – glaube ich – alles, was ich Sie fragen wollte. Sie sind also überzeugt, daß Sie uns sonst nichts Wichtiges mitteilen können – keinen ungewöhnlichen Vorfall zum Beispiel, der sich in den letzten Tagen zutrug?«

Der Butler, der sich erhob, schüttelte den Kopf.

»Nichts, Sir, wirklich gar nichts.«

»Sie können dann gehen.«

»Danke, Sir.«

Als Snell sich der Tür näherte, blieb er plötzlich stehen und trat zur Seite. Lady Chevenix-Gore schwebte in das Zimmer. Sie trug ein orientalisch wirkendes Gewand aus dunkelroter und orangefarbener Seide. Ihr Gesicht war ruhig, ihre Art gesammelt und still.

»Lady Chevenix-Gore!« Major Riddle sprang auf.

»Man teilte mir mit«, sagte sie, »daß Sie mich gern sprechen wollten.«

»Sollen wir vielleicht lieber in einen anderen Raum gehen? Der Anblick dieses Zimmers ist für Sie sicherlich schmerzlich.«

Lady Chevenix-Gore schüttelte den Kopf und setzte sich. »Ach nein – was ist daran denn schon wichtig«, murmelte sie.

»Es ist sehr freundlich von Ihnen, Lady Chevenix-Gore, ihre

Empfindungen völlig beiseite zu lassen. Ich weiß, wie entsetzlich dieser Schock für Sie gewesen sein muß ...«

Sie unterbrach ihn.

»Zuerst war es wirklich ein großer Schock«, gab sie zu. »Aber so etwas wie Tod gibt es in Wirklichkeit gar nicht – verstehen Sie? Es gibt nur einen Wechsel.« Und sie fügte hinzu: »Genaugenommen steht Gervase im Augenblick dicht neben Ihrer linken Schulter. Ich erkenne ihn ganz deutlich.«

Major Riddles linke Schulter zuckte leicht. Beinahe argwöhnisch sah er Lady Chevenix-Gore an.

Sie lächelte ihn an. Es war ein unbestimmtes, glückliches Lächeln.

»Natürlich glauben Sie mir nicht! Das tun nur wenige Leute. Für mich ist die geistige Welt jedoch genauso real wie diese. Aber nun fragen Sie mich bitte, was Sie wollen, und denken Sie nicht, daß Sie mich damit quälten. Ich bin wirklich überhaupt nicht unglücklich. Alles ist Schicksal, verstehen Sie? Man kann seinem Karma nicht entkommen. Alles paßt genau zusammen – der Spiegel –, alles.«

»Der Spiegel, Madame?« fragte Poirot.

Mit einer unsicheren Kopfbewegung deutete sie hinüber.

»Ja. Er ist zersplittert – sehen Sie? Ein Symbol! Kennen Sie Tennysons Gedicht? Als Mädchen habe ich es immer wieder gelesen – obgleich ich natürlich seine esoterische Seite damals noch nicht erkannte. *Der Spiegel zersprang querdurch. ›Der Fluch ist über mich gekommen!‹ rief die Lady of Shalott.* Genau dasselbe erlebte Gervase. Der Fluch ist plötzlich über ihn gekommen. Wissen Sie – meiner Ansicht nach liegt über den meisten sehr alten Familien ein Fluch ... Der Spiegel zersprang. Er wußte, daß er verdammt war! Der Fluch war über ihn gekommen!«

»Aber Madame – nicht ein Fluch hat den Spiegel zerspringen lassen. Ein Geschoß war es!«

Immer noch in derselben heiteren unentschlossenen Art sagte Lady Chevenix-Gore: »Das läuft doch auf dasselbe hinaus ... Es war Schicksal.«

»Aber Ihr Mann hat sich selbst erschossen.«

Lady Chevenix-Gore lächelte nachsichtig.

»Das hätte er natürlich nicht tun sollen. Aber Gervase war schon immer ungeduldig. Er konnte nie abwarten. Seine Stunde war gekommen – und da ging er ihr ein Stück entgegen. In Wirklichkeit ist alles ganz einfach.«

Major Riddle sagte in scharfem Ton: »Dann hat es Sie also überhaupt nicht überrascht, daß Ihr Mann sich das Leben nahm? Hatten Sie damit gerechnet, daß etwas Derartiges passiert?«

»Aber nein!« Ihre Augen waren weit geöffnet. »Man kann nicht immer in die Zukunft schauen. Gervase war natürlich ein sehr seltsamer Mensch, ein sehr ungewöhnlicher Mensch. Er war so ganz anders als alle übrigen. Er war die Wiedergeburt eines großen Mannes. Das habe ich schon seit einiger Zeit gewußt. Und ich nehme an, daß er selbst es auch gewußt hat. Es fiel ihm sehr schwer, sich den lächerlichen kleinen Anforderungen der alltäglichen Welt anzupassen.« Und über Major Riddles Schulter hinwegblickend, fügte sie hinzu: »Jetzt lächelt er. Und überlegt, wie dumm wir alle doch sind. Das sind wir auch. Wie Kinder so dumm. Wir tun, als wäre das Leben Wirklichkeit und sehr wichtig ... Dabei ist es nur eine der großen Illusionen.«

In dem Gefühl, auf verlorenem Posten zu stehen, fragte Major Riddle verzweifelt: »Sie können uns also gar keinen Hinweis geben, aus welchem Grunde Ihr Mann sich das Leben genommen haben könnte?«

Sie zuckte ihre schmalen Schultern.

»Mächte bewegen uns – sie bewegen uns ... Man kann es nicht begreifen. Sie selbst bewegen sich immer nur auf der materiellen Ebene.«

Poirot hüstelte.

»Da wir gerade von der materiellen Ebene sprechen: Haben Sie, Madame, eine Ahnung, in welcher Weise Ihr Mann über sein Vermögen verfügt hat?«

»Vermögen?« Sie starrte ihn an. »Ich kümmere mich nie um Gelddinge.«

Ihre Stimme klang hochmütig.

Poirot wechselte das Thema.

»Um welche Zeit sind Sie heute abend zum Essen heruntergekommen?«

»Um welche Zeit? Was ist denn schon Zeit? Unendlich – das ist die Antwort. Zeit ist unendlich.«

»Aber Ihr Mann, Madame«, sagte Poirot leise, »nahm die Zeit sehr genau – besonders, wie man mir berichtete, die Zeit des Abendessens.«

»Lieber Gervase.« Sie lächelte nachsichtig. »In diesem Punkt war er sehr dumm. Aber es machte ihn glücklich. Deshalb haben wir uns auch nie verspätet.«

»Waren Sie im Wohnzimmer, Madame, als zum erstenmal gegongt wurde?«

»Nein. Ich war auf meinem Zimmer.«

»Erinnern Sie sich vielleicht, wer sich im Wohnzimmer befand, als Sie herunterkamen?«

»Fast alle, glaube ich«, sagte Lady Chevenix-Gore unsicher. »Ist denn das so wichtig?«

»Möglicherweise nicht«, gab Poirot zu. »Aber noch etwas anderes. Hat Ihr Mann ihnen irgendwann mitgeteilt, daß er glaubte, betrogen zu werden?«

Diese Frage schien Lady Chevenix-Gore nicht allzusehr zu interessieren.

»Betrogen? Nein, das glaube ich nicht.«

»Beraubt, betrogen – ein Opfer irgendwelcher Vorgänge . . .?«

»Nein – nein – das glaube ich nicht . . . Gervase wäre sehr ärgerlich geworden, wenn irgend jemand versucht hätte, so etwas zu tun.«

»Wann haben Sie Ihren Mann zum letztenmal lebend gesehen?«

»Vor dem Abendessen, auf dem Weg nach unten, schaute er wie gewöhnlich bei mir herein.«

»Worüber hat er in den letzten Wochen am häufigsten gesprochen?«

»Ach, über die Familiengeschichte. Er kam so gut damit voran. Und er hatte diese seltsame Frau, Miss Lingard, gefunden, die für ihn unbezahlbar war. Sie suchte für ihn im Britischen

Museum immer die Unterlagen heraus. Und sie war taktvoll – ich meine: Sie suchte nicht die falschen Dinge heraus. Schließlich hat jeder Mensch Vorfahren, an die er nicht gern erinnert werden möchte. Mir hat sie übrigens auch geholfen. Eine Menge Informationen über Hatschepsut hat sie mir besorgt. Ich bin nämlich die Wiedergeburt Hatschepsuts, wissen Sie.«

Diese Neuigkeit gab Lady Chevenix-Gore mit ruhiger Stimme bekannt.

»Und vorher war ich Priesterin in Atlantis«, fuhr sie fort.

Major Riddle wurde in seinem Sessel etwas unruhig.

»Ah – äh – sehr interessant«, sagte er. »Ja, Lady Chevenix-Gore, ich glaube, das ist alles. Es war sehr freundlich von Ihnen.«

Lady Chevenix-Gore erhob sich und raffte das orientalische Gewand zusammen.

»Gute Nacht«, sagte sie. Und dann, die Augen auf einen Punkt gerichtet, der sich hinter Major Riddle befand: »Gute Nacht, Gervase – Lieber. Ich wünschte, du könntest mitkommen; aber ich weiß, daß du hierbleiben mußt.« Und als Erklärung fügte sie hinzu: »Mindestens vierundzwanzig Stunden mußt du dort bleiben, wo du hinübergegangen bist. Es wird also noch etwas dauern, bis du dich frei bewegen und Verbindung aufnehmen kannst.«

Dann verließ sie das Zimmer.

Major Riddle wischte sich die Stirn ab.

»Puh«, murmelte er. »Sie ist doch erheblich verrückter, als ich annahm. Ob sie diesen ganzen Unsinn wirklich glaubt?«

Poirot schüttelte nachdenklich den Kopf.

»Es ist möglich, daß es ihr hilft«, sagte er. »In diesem Moment hat sie es bitter nötig, sich eine Welt der Illusionen zu schaffen, so daß sie der krassen Wirklichkeit – dem Tod ihres Mannes – entfliehen kann.«

»Auf mich machte sie den Eindruck einer Wahnsinnigen«, sagte Major Riddle. »Ein gewaltiges Durcheinander von Unsinnigkeiten und kein einziges vernünftiges Wort.«

»O nein, mein Freund. Interessant ist vielmehr, wie Mr. Hugo

Trent mir gegenüber beiläufig erwähnte, daß in dem ganzen Schwall gelegentlich eine gerissene Schlauheit zum Vorschein kommt. Das zeigte sich beispielsweise in ihrer Bemerkung über den Takt von Miss Lingard, die keine unerwünschten Vorfahren ausgräbt. Glauben Sie mir – Lady Chevenis-Gore ist alles andere als dumm.«

Er stand auf und wanderte im Zimmer hin und her.

»Es gibt in dieser Angelegenheit Dinge, die mir gar nicht gefallen. Nein – sie gefallen mir überhaupt nicht.«

Neugierig blickte Riddle ihn an.

»Sie meinen das Motiv für den Selbstmord?«

»Selbstmord – Selbstmord! Das ist völlig falsch. Hören Sie auf mich. Psychologisch ist es falsch. Für wen hielt Chevenix-Gore sich selbst? Für einen Koloß, eine unendlich wichtige Persönlichkeit, für den Mittelpunkt des Universums! Bringt ein solcher Mann sich um? Bestimmt nicht. Viel wahrscheinlicher ist, daß er eher einen anderen vernichtet – irgendeine elende krabbelnde Ameise von menschlichem Wesen, die gewagt hat, ihn zu belästigen ... Ein derartiges Vorgehen hätte er vielleicht für notwendig gehalten – für gerechtfertigt! Aber Selbstvernichtung? Die Zerstörung eines derartigen Ich?«

»Das klingt alles sehr schön, Poirot. Aber die Beweise sind doch klar genug. Tür abgeschlossen, Schlüssel in seiner eigenen Tasche. Fenster geschlossen und zugesperrt. Sonst noch etwas?«

»O ja – da ist noch etwas.« Poirot setzte sich in den Schreibtischsessel. »Hier sitze ich, ich – Chevenix-Gore. Ich sitze an meinem Schreibtisch. Ich bin entschlossen, mich umzubringen, weil – weil, sagen wir, ich eine Entdeckung gemacht habe, die für den Familiennamen eine ungeheuerliche Schande bedeutet. Sehr überzeugend klingt es zwar nicht, aber es muß genügen. *Eh bien,* was tue ich also? Ich kritzele auf einen Bogen Papier das Wort SORRY. Gut, das ist möglich. Dann ziehe ich die Schublade des Schreibtisches auf, hole die Pistole heraus, die ich dort aufbewahre, lade sie, falls sie nicht geladen ist, und dann – erschieße ich mich dann etwa? O nein! Zuerst drehe ich meinen Sessel zur Seite – so –, und jetzt beuge ich mich ein bißchen nach rechts –

so –, und dann – und dann erst halte ich die Pistole an meine Schläfe und drücke ab!«

Poirot sprang auf, fuhr herum und sagte: »Ich frage Sie: Tut ein vernünftiger Mensch so etwas? Wenn beispielsweise dort drüben an der Wand ein Bild hinge, dann – ja, dann gäbe es für dieses Verhalten vielleicht eine Erklärung. Irgendein Porträt, dessen Anblick ein sterbender Mann als letztes mit hinübernehmen möchte! Aber ein Vorhang – *ah non*, das ergibt keinen Sinn.«

»Vielleicht hatte er den Wunsch, aus dem Fenster zu blicken. Ein letzter Blick auf seinen Besitz.«

»Mein lieber Freund, das wollen Sie doch wohl nicht im Ernst behaupten. Genaugenommen wissen Sie doch selbst, daß es Unsinn ist. Um acht Minuten nach acht war es draußen bereits dunkel, und außerdem waren die Vorhänge zugezogen. Nein, es muß irgendeine andere Erklärung geben ...«

»Soviel ich sehe, gibt es nur eine einzige: Gervase Chevenix-Gore war verrückt.«

Unzufrieden schüttelte Poirot den Kopf.

Major Riddle erhob sich.

»Kommen Sie«, sagte er. »Befragen wir erst einmal die restlichen Anwesenden. Vielleicht kommen wir damit einen Schritt weiter.«

Nach den Schwierigkeiten, Lady Chevenix-Gore zu einer präzisen Aussage zu bewegen, war die Unterhaltung mit einem gescheiten Anwalt wie Forbes eine ausgesprochene Erholung für Major Riddle.

Mr. Forbes war in seinen Angaben äußerst vorsichtig und beherrscht; seine Antworten bezogen sich jedoch unmittelbar auf die Fragen.

Er gab zu, daß Sir Gervases Selbstmord für ihn einen großen Schock bedeutet habe. Er hätte Sir Gervase niemals zugetraut, zu jenen Menschen zu gehören, die sich selbst das Leben nähmen. Von einem Grund für eine derartige Tat war ihm nicht das geringste bekannt.

»Sir Gervase war nicht nur mein Klient, sondern gleichzeitig ein sehr alter Freund. Seit meiner Jugendzeit kannte ich ihn. Und ich möchte behaupten, daß er das Leben immer genossen hat.«

»Unter den gegebenen Umständen, Mr. Forbes, muß ich Sie bitten, ganz offen zu sein. Wissen Sie etwas von einer geheimen Sorge oder einem Kummer in Sir Gervases Leben?«

»Nein. Er hatte kleinere Sorgen, wie jeder sie hat, aber ernsterer Art waren sie nicht.«

»Auch keine Krankheit? Keine Unstimmigkeiten zwischen ihm und seiner Frau?«

»Nein. Sir Gervase und seine Frau hingen sehr aneinander.«

Vorsichtig sagte Major Riddle: »Lady Chevenix-Gore macht den Eindruck, etwas seltsame Ansichten zu haben.«

Mr. Forbes lächelte – ein nachsichtiges, männliches Lächeln. »Damen«, sagte er, »muß man gewisse Launen zugestehen.«

»Sie erledigten die juristischen Probleme für Sir Gervase?« fuhr der Chief Constable fort.

»Ja. Meine Firma Forbes, Ogilvie and Spence ist für die Familie Chevenix-Gore seit mehr als hundert Jahren tätig.«

»Gab es in der Familie Chevenix-Gore jemals irgendwelche – Skandale?«

Die Augenbrauen von Mr. Forbes waren hochgezogen. »Ihre Frage ist mir, ehrlich gesagt, nicht ganz verständlich.«

»Monsieur Poirot, würden Sie Mr. Forbes bitte jenen Brief zu lesen geben, den Sie mir bereits zeigten.«

Wortlos erhob Poirot sich und überreichte Mr. Forbes den Brief mit einer leichten Verbeugung.

Mr. Forbes las ihn, und seine Augenbrauen wanderten noch mehr in die Höhe.

»Ein höchst bemerkenswerter Brief«, sagte er. »Jetzt begreife ich auch Ihre Frage. Nein – soweit ich orientiert bin, gab es nichts, was einen derartigen Brief rechtfertigte.«

»Sir Gervase hat über diese Angelegenheit nicht mit Ihnen gesprochen?«

»Nicht ein Wort. Ich muß sagen, ich finde es sehr merkwürdig, daß er es nicht getan hat.«

»Er war es gewohnt, Ihnen zu vertrauen?«

»Ich glaube, er vertraute meinem Urteil.«

»Und Sie können sich nicht vorstellen, auf was dieser Brief sich bezieht?«

»Ich möchte keine übereilten Vermutungen anstellen.«

»Vielleicht, Mr. Forbes, können Sie uns jedoch sagen, in welcher Weise Sir Gervase über sein Vermögen verfügt hat?«

»Gewiß. Ich sehe keinen Anlaß, es nicht zu tun. Seiner Frau vermachte Sir Gervase ein jährliches Einkommen von sechstausend Pfund zu Lasten des Grundbesitzes sowie die Wahl zwischen *Dower House* und der Stadtwohnung am Lowndes Square; je nachdem, welchen Wohnsitz sie vorzieht. Dann gibt es natürlich noch eine Reihe von Legaten und Vermächtnissen, die jedoch keineswegs aus dem Rahmen des Üblichen fallen. Den Grundbesitz und das Vermögen vermachte er seiner Adoptivtochter Ruth unter der Bedingung, daß im Falle einer Heirat ihr Mann den Namen Chevenix-Gore annehmen muß.«

»Seinem Neffen, Mr. Hugo Trent, ist nichts vermacht worden?«

»Doch – eine Erbschaft von fünftausend Pfund.«

»Soweit ich orientiert bin, war Sir Gervase ein reicher Mann?«

»Er war äußerst wohlhabend. Abgesehen vom Grundbesitz besaß er ein sehr erhebliches Privatvermögen. Natürlich waren seine Verhältnisse nicht mehr ganz so wie früher. Praktisch alle investierten Einkommen sind in Mitleidenschaft gezogen worden. Außerdem hat Sir Gervase eine ganze Menge Geld bei einer bestimmten Gesellschaft eingebüßt – bei der Paragon Synthetic Rubber Company. Colonel Bury hatte ihn überredet, erhebliche Summen in diese Firma zu stecken.«

»Also kein sehr guter Rat?«

Mr. Forbes seufzte und schüttelte den Kopf.

»Diese unglücklichen Investitionen hatten jedoch für Sir Gervases Vermögen keine ernsten Folgen?«

»O nein – das nicht. Er war immer noch ein reicher Mann.«

»Wann wurde sein Testament aufgesetzt?«

»Vor zwei Jahren.«

»Diese Abmachung«, murmelte Poirot, »war gegenüber Mr.

Hugo Trent, Sir Gervases Neffen, vielleicht ein bißchen ungerecht? Schließlich ist er Sir Gervases nächster Blutsverwandter!«

Mr. Forbes zuckte die Schultern.

»Dabei muß man die Familiengeschichte in gewisser Weise berücksichtigen.«

»Was zum Beispiel?«

Mr. Forbes schien wenig Lust zu haben, darüber zu sprechen.

»Sie dürfen nicht glauben«, sagte Major Riddle, »daß wir über Gebühr daran interessiert sind, alte Skandale oder ähnliche Dinge wiederaufleben zu lassen. Aber dieser Brief Sir Gervases an Monsieur Poirot muß aufgeklärt werden.«

»Skandalöse Dinge brauchen wir nicht zu bemühen, um Sir Gervases Haltung gegenüber seinem Neffen zu erklären«, sagte Mr. Forbes schnell. »Es handelt sich vielmehr nur darum, daß Sir Gervase seine Stellung als Familienoberhaupt sehr ernst nahm. Er hatte einen jüngeren Bruder und eine jüngere Schwester. Der Bruder, Anthony Chevenix-Gore, fiel im Krieg. Pamela, seine Schwester, heiratete, und Sir Gervase mißbilligte die Ehe – will sagen: Er war der Meinung gewesen, sie hätte vor der Eheschließung seine Zustimmung und Genehmigung einholen müssen. Seiner Ansicht nach war die Familie Captain Trents nicht ausreichend prominent, um eine Verbindung mit der Familie Chevenix-Gore einzugehen. Seine Schwester hingegen amüsierte sich nur über seine Ansicht. Die Folge war, daß Sir Gervase sehr dazu neigte, seinen Neffen nicht ausstehen zu können. Ich glaube, daß das auch seinen Entschluß beeinflußte, ein Kind zu adoptieren.«

»Es bestand keine Aussicht, daß er jemals eigene Kinder haben würde?«

»Nein. Ungefähr ein Jahr nach der Hochzeit kam ein Kind tot zur Welt. Die Ärzte erklärten, daß Lady Chevenix-Gore nie mehr ein Kind bekommen würde. Ungefähr zwei Jahre danach adoptierte er dann Ruth.«

»Und wie hieß Mademoiselle Ruth früher? Wie kam es, daß gerade sie adoptiert wurde?«

»Sie war, glaube ich, das Kind einer entfernten Verwandten.«

»Das hatte ich vermutet«, sagte Poirot. Er sah die Wand an, die mit Familienporträts behängt war. »Man sieht gleich, daß sie aus derselben Familie stammt – die Nase und die Kinnlinie. Auf den Bildern wiederholen sie sich ständig.«

»Und das Temperament hat sie ebenfalls geerbt«, sagte Mr. Forbes trocken.

»Das kann ich mir vorstellen. Wie ist sie eigentlich mit ihrem Adoptivvater ausgekommen?«

»Etwa so, wie Sie annehmen. Mehr als einmal ist es zu einem erbitterten Zusammenstoß gekommen, weil jeder seinen eigenen Willen hatte. Aber trotz dieser Streitereien glaube ich doch, daß im Grunde zwischen ihnen eine gewisse Harmonie bestand.«

»Mademoiselle Ruth ist also die Erbin!« sagte Poirot. »Hat Sir Gervase nie daran gedacht, sein Testament abzuändern?«

Mr. Forbes hüstelte, um sein leichtes Unbehagen zu verbergen. »Um genau zu sein: Bei meiner Ankunft – also vor zwei Tagen – erhielt ich von Sir Gervase die Anweisung, ein neues Testament aufzusetzen. Doch es ist noch nicht einmal ganz aufgesetzt, geschweige denn unterschrieben.«

»Was sah das neue Testament vor? Vielleicht ergibt sich daraus ein Hinweis auf Sir Gervases Geistesverfassung.«

»In der Hauptsache blieb alles beim alten. Miss Chevenix-Gore sollte das Erbe jedoch nur unter der Bedingung antreten, daß sie Mr. Hugo Trent ehelichte.«

»Aha«, sagte Poirot. »Das ist allerdings ein sehr entscheidender Unterschied!«

»Ich billigte diese Klausel nicht«, sagte Mr. Forbes. »Und ich fühlte mich zu dem Hinweis verpflichtet, daß immerhin die Möglichkeit bestünde, sie erfolgreich anzufechten. Sir Gervase war jedoch fest entschlossen.«

»Und wenn Miss Chevenix-Gore – oder Mr. Trent – sich geweigert hätte, die Klausel zu erfüllen?«

»Falls Mr. Trent nicht bereit war, Miss Chevenix-Gore zu ehelichen, sollte das Erbe ihr bedingungslos zufallen. Wenn er bereit war und sie sich weigerte, sollte das Erbe an ihn fallen.«

»Eine merkwürdige Angelegenheit«, sagte Major Riddle.

Poirot beugte sich vor. Er klopfte dem Anwalt auf das Knie.

»Was steckt dahinter? Was hatte Sir Gervase vor Augen, als er diese Bestimmung einsetzte? Meiner Meinung nach hat er dabei an einen anderen Mann gedacht – an einen Mann, der ihm nicht genehm war. Ich glaube, Mr. Forbes, daß Sie eigentlich wissen müßten, wer dieser Mann war?«

»Darüber besitze ich wirklich keine Informationen, Mr. Poirot.«

»Und vermuten tun Sie es auch nicht?«

»Ich vermute nie etwas«, sagte Mr. Forbes, und man spürte seine Empörung. »Haben Sie sonst noch etwas, was Sie wissen möchten?«

»Im Augenblick nicht«, antwortete Poirot.

»Vielen Dank, Mr. Forbes«, sagte Major Riddle. »Ich denke, das ist alles. Und wenn es möglich ist, würde ich mich jetzt gern mit Miss Chevenix-Gore unterhalten.«

»Gewiß. Ich glaube allerdings, daß sie oben bei Lady Chevenix-Gore ist.«

»Nichtig. Vielleicht spreche ich dann lieber erst mit – wie heißt er denn noch? Burrows? Und anschließend mit dieser familiengeschichtlichen Frau.«

»Beide halten sich in der Bibliothek auf. Ich werde ihnen Bescheid sagen.«

»Ein schweres Stück Arbeit«, seufzte Major Riddle, als der Anwalt den Raum verließ. »Diese ganze Geschichte scheint sich im übrigen um das Mädchen zu drehen.«

»Ja – anscheinend.«

»Aha, da kommt schon Burrows.«

Godfrey Burrows war von bereitwilliger Freundlichkeit, sich nützlich zu machen.

»Mr. Burrows, wir hätten Ihnen gern einige Fragen gestellt.«

»Selbstverständlich, Major Riddle. Fragen Sie, was Sie wissen wollen«, sagte Burrows mit einem mechanischen Lächeln, das irgendwie unwirklich anmutete.

»Zuerst vor allem und um es ganz einfach auszudrücken: Können Sie sich irgendeinen Grund für Sir Gervases Selbstmord vorstellen?«

»Nicht einen einzigen. Für mich war es ein wahnsinniger Schock.«

»Sie haben den Schuß gehört?«

»Nein. Soweit ich bisher herausbekommen habe, muß ich gerade in der Bibliothek gewesen sein. Das Arbeitszimmer liegt im anderen Teil des Hauses, so daß ich nichts hören konnte.«

»War noch jemand gleichzeitig mit Ihnen in der Bibliothek?« fragte Poirot.

»Nein – niemand.«

»Haben Sie eine Ahnung, wo die übrigen Anwesenden sich um diese Zeit aufhielten?«

»Ich kann mir vorstellen, daß die meisten oben waren und sich umzogen.«

»Wann sind Sie in das Wohnzimmer gekommen?«

»Unmittelbar vor Monsieur Poirots Eintreffen.«

»Sind Ihnen in letzter Zelt irgendwelche Veränderungen in Sir Gervases Auftreten aufgefallen? War er besorgt? Oder bekümmert? Oder vielleicht deprimiert?«

Godfrey Burrows überlegte.

»Nein – ich glaube nicht. Ein bißchen – ja, ›versponnen‹ könnte man es vielleicht nennen.«

»Aber über irgendeine bestimmte Angelegenheit schien er sich keine Sorgen zu machen?«

»Nein.«

»Und wie war es mit – finanziellen Sorgen irgendwelcher Art?«

»Es beunruhigten ihn nur die Vorkommnisse bei einer ganz bestimmten Firma – um genau zu sein: bei der Paragon Synthetic Rubber Company.«

»Was hat er im einzelnen darüber geäußert?«

Wieder erschien plötzlich Godfrey Burrows' mechanisches Lächeln, und wieder wirkte es einigermaßen unwirklich.

»Mein Gott – er sagte ungefähr folgendes: ›Old Bury ist entweder ein Idiot oder ein Schuft. Eher wahrscheinlich ein Idiot. Aber um Vandas willen kann ich ihm nicht an den Kragen.‹«

»Und sonst gab es nichts . . .?« fragte Major Riddle. »Keine sonstigen finanziellen Sorgen? Hat Sir Gervase Ihnen gegenüber nie erwähnt, daß er betrogen worden war?«

»Betrogen?« Burrows schien verblüfft zu sein. »Nein.«

»Und Sie selbst kamen gut mit ihm aus?«

»Selbstverständlich. Warum auch nicht?«

»Ich frage Sie das in allem Ernst, Mr. Burrows.«

Der junge Mann machte ein verdrossenes Gesicht.

»Wir kamen großartig miteinander aus.«

»Wußten Sie, daß Sir Gervase einen Brief an Monsieur Poirot geschrieben und ihn aufgefordert hatte, hierherzukommen?«

»Nein.«

»Schrieb Sir Gervase seine Briefe immer selbst?«

»Nein – fast immer hat er sie mir diktiert.«

»Aber nicht in diesem besonderen Fall?«

»Nein.«

»Was mag ihn wohl dazu veranlaßt haben?«

»Das kann ich nicht sagen.«

»Sie können keinen Grund nennen, warum er diesen Brief selbst geschrieben hat?«

»Nein, das kann ich nicht.«

»Aha!« sagte Major Riddle und fügte sanft hinzu: »Ziemlich merkwürdig. Wann haben Sie Sir Gervase zum letztenmal gesehen?«

»Kurz bevor ich mich zum Abendessen umzog. Ich brachte ihm einige Briefe zur Unterschrift.«

»Wie war er zu dem Zeitpunkt?«

»Völlig normal. Ich glaube sogar, daß er wegen irgendeiner Sache sehr zufrieden war.«

Poirot rutschte in seinem Sessel hin und her.

»Ach?« sagte er. »Das also war Ihr Eindruck? Daß er wegen irgendeiner Sache zufrieden war? Und trotzdem erschoß er sich gar nicht so viel später. Merkwürdig ist das!«

Godfrey Burrows zuckte die Schultern.

»Ich habe nur von meinen Eindrücken gesprochen.«

»Ja, sicher – und sie sind auch sehr wertvoll. Schließlich gehören Sie vermutlich zu den letzten, die Sir Gervase noch lebend gesehen haben.«

»Als letzter hat Snell ihn gesehen.«

»Gesehen – ja. Aber nicht mit ihm gesprochen.«

Burrows erwiderte nichts.

»Um welche Zeit«, fragte Major Riddle, »gingen Sie nach oben, um sich umzuziehen?«

»Etwa um fünf nach sieben.«

»Was machte Sir Gervase?«

»Er war noch in seinem Arbeitszimmer.«

»Wie lange brauchte er gewöhnlich zum Umziehen?«

»Gewöhnlich brauchte er dazu eine Dreiviertelstunde.«

»Wenn das Abendessen um Viertel nach acht begann, wird er demnach spätestens wohl um halb acht hinaufgegangen sein?«

»Das ist anzunehmen.«

»Sie selbst gingen schon vorher nach oben?«

»Ja. Ich wollte mich umziehen, um anschließend noch etwas in der Bibliothek nachzuschlagen.«

Poirot nickte gedankenvoll.

»Ich glaube, das ist im Augenblick alles«, sagte Major Riddle. »Würden Sie dann bitte Miss – wie heißt sie doch noch –, diese Miss herschicken?«

Die kleine Miss Lingard kam fast unmittelbar danach in das Zimmer getrippelt. Sie trug mehrere Ketten, die ein wenig klirrten, als sie sich hinsetzte, und blickte die beiden Männer abwechselnd fragend an.

»Das ist alles sehr – äh – betrüblich, Miss Lingard«, begann Major Riddle.

»Wirklich sehr betrüblich«, sagte Miss Lingard schicklicherweise.

»Wann sind Sie eigentlich hierhergekommen?«

»Vor etwa zwei Monaten. Auf Empfehlung von Colonel Fotheringay vom Britischen Museum.«

»War es für Sie schwierig, für Sir Gervase zu arbeiten?«

»Eigentlich nicht. Natürlich mußte man ihm einiges zugute halten. Aber das muß man, wie ich festgestellt habe, bei den meisten Männern.«

Mit dem unbehaglichen Gefühl, daß Miss Lingard in diesem Augenblick auch ihm wahrscheinlich einiges zugute hielt, fuhr Major Riddle fort: »Ihre Arbeit bestand darin, Sir Gervase bei dem Buch, an dem er schrieb, behilflich zu sein?«

»Ja.«

»Was gehörte alles dazu?«

Für einen Moment sah Miss Lingard richtig menschlich aus. Ihre Augen zwinkerten leicht, als sie erwiderte: »Wenn ich ganz genau sein will, gehörte es zu meinen Aufgaben, das Buch zu schreiben. Ich besorgte sämtliche Informationen, machte Notizen und ordnete das Material. Und später überarbeitete ich dann das, was Sir Gervase geschrieben hatte.«

»Dazu war auf Ihrer Seite sicherlich eine Menge Takt erforderlich, Mademoiselle«, sagte Poirot.

»Takt und Festigkeit. Man braucht beides«, erwiderte Miss Lingard.

»Sir Gervase nahm Ihnen Ihre – Festigkeit nicht übel?«

»Nein – überhaupt nicht. Natürlich redete ich ihm ein, daß er seine Zeit nicht mit allen Einzelheiten zu vergeuden brauchte.«

»Ah ja – ich verstehe.«

»Es war wirklich ganz einfach«, sagte Miss Lingard. »Mit Sir Gervase kam man ausgezeichnet zurecht, wenn man es verstand, ihn richtig zu nehmen.«

»Jetzt, Miss Lingard, hätte ich gern erfahren, ob Ihnen etwas bekannt ist, das ein Licht auf diese Tragödie werfen könnte.«

Miss Lingard schüttelte den Kopf.

»Ich fürchte, dabei kann ich Ihnen nicht helfen. Praktisch war ich für ihn eine Fremde. Ich glaube, er war viel zu stolz, um mit irgend jemandem über familiäre Sorgen zu sprechen.«

»Sie glauben also, daß familiäre Sorgen ihn veranlaßten, sich das Leben zu nehmen?«

Miss Lingard machte einen ziemlich überraschten Eindruck.

»Aber natürlich! Gibt es denn eine andere Möglichkeit?«

»Sie sind überzeugt, daß familiäre Sorgen ihn bedrückten?«

»Ich weiß, daß ihn irgend etwas schrecklich bedrückte.«

»Ach, das wissen Sie?«

»Aber natürlich.«

»Sagen Sie, Mademoiselle – hat er mit Ihnen darüber gesprochen?«

»Wie schon erwähnt, nicht unmittelbar.«

»Was sagte er denn?«

»Lassen Sie mich einen Moment überlegen. Zum Beispiel merkte ich, daß er manchmal anscheinend gar nicht begriff, was ich ihm erzählte . . .«

»Einen Moment. *Pardon*. Wann war das?«

»Heute nachmittag. Gewöhnlich arbeiten wir von drei bis fünf.«

»Erzählen Sie bitte weiter.«

»Wie ich schon sagte, fiel es Sir Gervase anscheinend schwer, sich zu konzentrieren – er erwähnte es sogar selbst und fügte noch hinzu, daß verschiedene ernste Angelegenheiten ihn stark beschäftigten. Und er sagte – warten Sie –, er sagte ungefähr folgendes: ›Es ist entsetzlich, Miss Lingard, wenn eine Familie, die zu den stolzesten des Landes gehörte, plötzlich mit Schande bedeckt wird.‹«

»Und was sagten Sie daraufhin?«

»Ach, irgend etwas Besänftigendes. Ich sagte, glaube ich, daß in jeder Generation Schwächlinge aufträten – daß das die Schattenseite der Größe sei –, daß ihr Versagen bei der Nachwelt jedoch meistens in Vergessenheit geriete.«

»Und hatte das den besänftigenden Erfolg, den Sie erhofften?«

»Mehr oder weniger. Wir wandten uns dann wieder Sir Roger Chevenix-Gore zu. Aber Sir Gervases Aufmerksamkeit beschäftigte sich mit anderen Dingen. Schließlich sagte er, er wolle für dieses Mal mit der Arbeit aufhören. Er sagte, er hätte einen Schock bekommen.«

»Einen Schock?«

»Das sagte er. Natürlich stellte ich keine Fragen. Ich erwiderte nur: ›Das tut mir leid, Sir Gervase.‹ Und dann bat er mich, Snell zu sagen, daß Monsieur Poirot käme und das Abendessen deshalb erst um acht Uhr fünfzehn begänne. Und daß der Wagen zu dem Zug um zehn vor acht geschickt werden solle.«

»Bat er Sie gewöhnlich darum, derartige Vorkehrungen zu treffen?«

»Ich – nein – das gehörte eigentlich zu Mr. Burrows' Aufgaben. Ich hatte lediglich mit dem Buch zu tun.«

»Glauben Sie«, fragte Poirot, »daß Sir Gervase einen triftigen Grund hatte, Sie – und nicht Mr. Burrows – in diesem Fall zu bitten, das Erforderliche zu veranlassen?«

Miss Lingard überlegte.

»Möglich wäre es schon ... Heute nachmittag habe ich mich allerdings um diese Frage nicht gekümmert. Ich glaubte nur, es wäre so am einfachsten. Und dabei fällt mir ein, daß er mich sogar bat, niemandem zu sagen, daß Monsieur Poirot käme. Es sollte eine Überraschung sein.«

»Aha! Sehr merkwürdig, sehr interessant. Und haben Sie es vielleicht irgend jemandem weitererzählt?«

»Aber nein, Monsieur Poirot! Ich sagte Snell wegen des Abendessens Bescheid und daß er den Chauffeur zum Zug um zehn vor acht schicken solle, da ein Herr erwartet würde.«

»Hat Sir Gervase sonst noch irgend etwas geäußert, was in dieser Situation von Bedeutung sein könnte?«

Miss Lingard dachte nach.

»Nein – das glaube ich nicht –, er war allerdings auch sehr nervös. Und ich erinnere mich, daß er sagte, als ich das Zimmer gerade verließ: ›Obgleich es eigentlich gar keinen Sinn hat, daß er noch kommt – dazu ist es zu spät!‹«

»Und Sie haben keine Ahnung, was er meinte?«

»N-nein.«

Nur ein ganz leiser Anflug von Unentschlossenheit bei der Verneinung. Mit gefurchter Stirn wiederholte Poirot: »Zu spät! Das hat er also gesagt, nicht wahr? Zu spät!«

»Sie können uns keinen Hinweis auf die Art jener Umstände geben«, fragte Major Riddle, »die Sir Gervase Sorgen machten, Miss Lingard?«

Bedächtig sagte Miss Lingard: »Ich könnte mir vorstellen, daß es in irgendeiner Weise mit Mr. Hugo Trent zu tun hatte.«

»Mit Hugo Trent? Wie kommen Sie darauf?«

»Gestern nachmittag beschäftigten wir uns gerade mit Sir Hugo de Chevenix, und da sagte Sir Gervase: ›Meine Schwester wollte ihrem Sohn unbedingt den in der Familie vorkommenden Namen Hugo geben! Dabei hat dieser Name in unserer Familie nie einen guten Klang gehabt. Sie hätte wissen müssen, daß aus einem Hugo nie allzuviel wird.‹«

»Was Sie uns erzählen, ist sehr bedeutungsvoll«, sagte Poirot. »Ja, es bringt mich auf eine völlig neue Idee.«

»Deutlicher äußerte Sir Gervase sich nicht?« fragte Major Riddle.

»Nein. Und mir stand es natürlich nicht zu, daraufhin irgend etwas zu sagen. Sir Gervase führte im Grunde ein Selbstgespräch.«

»Mademoiselle«, sagte Poirot, »Sie, eine Fremde, sind seit zwei Monaten im Hause. Meiner Ansicht nach wäre es sehr wertvoll, wenn Sie uns ganz offen Ihre Eindrücke von der Familie und den Hausbewohnern mitteilen würden.«

»Ach Gott – zuerst dachte ich, ich wäre mitten in ein Irrenhaus geraten! Lady Chevenix-Gore sah ständig Dinge, die gar nicht existierten, und Sir Gervase führte sich wie ein – wie ein Tyrann auf und dramatisierte alles auf höchst ungewöhnliche Weise – ich war wirklich der Meinung, daß ich in meinem ganzen Leben noch keinem merkwürdigeren Menschen begegnet war. Miss Chevenix-Gore hingegen war völlig normal, und später stellte ich dann auch fest, daß Lady Chevenix-Gore in Wirklichkeit eine äußerst freundliche und nette Frau war. Sir Gervase – ich bin beinahe überzeugt, daß er tatsächlich verrückt war. Seine Egomanie wurde von Tag zu Tag unerträglicher.«

»Und die anderen?«

»Ich kann mir vorstellen, daß Mr. Burrows es nicht leicht hatte. Ich glaube, daß er froh war, durch unsere Arbeit an dem Buch eine kleine Verschnaufpause zu bekommen. Colonel Bury war immer sehr charmant. Er hing sehr an Lady Chevenix-Gore, und mit Sir Gervase kam er ausgezeichnet zurecht. Mr. Trent, Mr. Forbes und Miss Cardwell sind erst seit einigen Tagen hier, so daß ich über sie natürlich nicht viel weiß.«

»Vielen Dank, Mademoiselle. Und was ist mit Captain Lake, dem Vermögensverwalter?«

»Oh – er ist wirklich reizend. Jeder mag ihn.«

»Einschließlich Sir Gervase?«

»Aber ja. Einmal hörte ich, wie er sagte, Lake sei der beste Verwalter, den er bisher gehabt habe. Natürlich gab es zwischen Sir Gervase und Captain Lake auch Schwierigkeiten – aber alles in allem kam er doch sehr gut mit ihm zurecht.«

Poirot nickte nachdenklich. Dann murmelte er: »Da war noch irgend etwas – irgend etwas –, das ich Sie fragen wollte – irgendeine Kleinigkeit ... Was war es denn nur?«

Geduldig blickte Miss Lingard ihn an.

Verstört schüttelte Poirot den Kopf. »Ja – und dabei liegt es mir förmlich auf der Zunge!«

Major Riddle wartete eine Weile; als Poirot jedoch weiterhin nur verwirrt die Stirn runzelte, führte er die Vernehmung fort.

»Wann haben Sie Sir Gervase zum letztenmal gesehen?«

»Beim Tee – hier im Zimmer.«

»Und wie war er dabei? Normal?«

»So normal wie immer.«

»Fiel Ihnen auf, daß zwischen den Anwesenden eine gewisse Spannung herrschte?«

»Nein. Soweit ich mich erinnere, war jeder anscheinend wie immer.«

»Wohin begab sich Sir Gervase nach dem Tee?«

»Wie gewöhnlich ging er mit Mr. Burrows in sein Arbeitszimmer.«

»Und später haben Sie ihn nicht mehr gesehen?«

»Nein.«

»Soweit ich orientiert bin, haben Sie den Schuß gehört?«

»Ja. Ich war in diesem Zimmer. Ich hörte ein Geräusch, das wie ein Schuß klang, und ging in die Halle. Mr. Trent stand draußen, und Miss Cardwell auch. Mr. Trent fragte Snell, ob es zum Essen denn Champagner gäbe, und machte dabei noch Witze. Leider sind wir gar nicht auf den Gedanken gekommen, den Knall ernst zu nehmen. Wir waren überzeugt, daß es die Fehlzündung eines Autos gewesen war.«

Poirot meinte: »Haben Sie gehört, wie Mr. Trent sagte, Mord käme überall vor?«

»Ich glaube schon, daß er so etwas gesagt hat – wenn auch natürlich nur im Spaß.«

»Was geschah dann?«

»Wir sind dann in dieses Zimmer gegangen.«

»Können Sie sich noch erinnern, in welcher Reihenfolge die anderen zum Abendessen herunterkamen?«

»Miss Chevenix-Gore kam, glaube ich, zuerst, und dann Mr. Forbes. Anschließend Colonel Bury und Lady Chevenix-Gore gemeinsam und Mr. Burrows unmittelbar nach ihnen. Das muß ungefähr die Reihenfolge gewesen sein, obgleich ich mir nicht so ganz sicher bin, weil mehr oder weniger alle auf einmal hereinkamen!«

»Veranlaßt durch das erste Gongen?«

»Ja. Jeder beeilte sich, wenn gegongt wurde, denn abends achtete Sir Gervase immer besonders auf Pünktlichkeit.«

»Um welche Zeit kam er selbst gewöhnlich herunter?«

»Er selbst war fast immer schon vor dem ersten Gong da.«

»Überraschte es Sie, daß er heute nicht unten war?«

»Sehr sogar.«

»Jetzt habe ich es!« rief Poirot.

Als die beiden anderen ihn fragend ansahen, fuhr er fort: »Jetzt ist mir wieder eingefallen, was ich von Ihnen wissen wollte. Heute abend, Mademoiselle, als Snell gemeldet hatte, daß die Tür zum Arbeitszimmer abgeschlossen sei, und wir alle daraufhin nachschauten, bückten Sie sich und hoben irgend etwas auf.«

»Habe ich etwas aufgehoben?« Miss Lingard schien sehr überrascht zu sein.

»Ja – als wir in den Gang zum Arbeitszimmer einbogen. Irgend etwas Kleines und Glänzendes.«

»Wie merkwürdig – ich kann mich wirklich nicht erinnern. Warten Sie – doch, es stimmt. Ganz instinktiv hatte ich es aufgehoben. Einen Moment – ich muß es hier haben.«

Sie klappte ihre schwarze Seidenhandtasche auf und schüttete den Inhalt auf den Tisch.

Interessiert betrachteten Poirot und Major Riddle das Sammelsurium. Es bestand aus zwei Taschentüchern, einer Puderdose, einem kleinen Schlüsselbund, einem Brillenetui und einem weiteren Gegenstand, nach dem Poirot sofort griff.

»Ein Geschoß – bei Gott!« sagte Major Riddle.

Das Ding war tatsächlich wie ein Geschoß geformt, erwies sich dann jedoch als kleiner Bleistift.

»Das habe ich aufgehoben«, sagte Miss Lingard. »Ich hatte es ganz vergessen.«

»Wissen Sie, wem es gehört, Miss Lingard?«

»Aber ja – Colonel Bury. Er hat sich den Bleistift aus einem Geschoß anfertigen lassen, von dem er im Burenkrieg verwundet wurde.«

»Und wissen Sie auch, wann es sich noch in seinem Besitz befand?«

»Heute nachmittag beim Bridge. Als ich nämlich zum Tee kam, fiel mir auf, daß er damit seine Eintragungen machte.«

»Wer spielte Bridge?«

»Colonel Bury, Lady Chevenix-Gore, Mr. Trent und Miss Cardwell.«

»Ich glaube«, sagte Poirot, »daß wir es hierbehalten und es dem Colonel selbst zurückgeben.«

»Ach, das wäre nett! Ich bin nämlich so vergeßlich.«

»Vielleicht, Mademoiselle, wären Sie so gut und bäten Colonel Bury, zu uns zu kommen.«

»Selbstverständlich. Ich werde ihm sofort Bescheid sagen.«

Sie verschwand eilends. Poirot stand auf und begann ziellos im Zimmer herumzuwandern.

»Wir fangen an«, sagte er, »den Nachmittag zu rekonstruieren. Das ist sehr interessant. Um halb drei sieht Sir Gervase mit Captain Lake einige Abrechnungen durch. *Er ist leicht aufgeregt.*

Um drei spricht er mit der Lingard über das Buch, das er gerade schreibt. *Er macht einen ziemlich bedrückten Eindruck.* Diese Bedrücktheit bringt Miss Lingard aufgrund einer zufälligen Bemerkung mit Hugo Trent in Verbindung. Beim Tee *ist sein Verhalten normal.* Nach dem Tee ist er, wie Godfrey Burrows berichtet, *äußerst zufrieden*. Um fünf Minuten vor acht kommt er herunter, geht in sein Arbeitszimmer, kritzelt SORRY auf einen Bogen und erschießt sich!«

Langsam sagte Riddle: »Ich verstehe, was Sie meinen. Das alles ist nicht folgerichtig.«

»Merkwürdige Stimmungsschwankungen bei Sir Gervase Chevenix-Gore! Und dann dieser Ausspruch von ihm: Es ist zu spät! Daß ich also ›zu spät‹ käme! Damit hat er immerhin recht behalten. Ich bin tatsächlich zu spät gekommen, um ihn noch lebend anzutreffen.«

Poirot wanderte noch immer im Zimmer umher. Jetzt schlenderte er zum Schreibtisch und blickte in den Papierkorb. Bis auf eine Papiertüte war er leer. Poirot holte die Tüte heraus, roch daran, murmelte »Apfelsinen«, strich sie glatt und las den aufgedruckten Namen: »Carpenter and Sons, Fruiterers, Hamborough St. Mary.« Er faltete die Tüte gerade säuberlich zusammen, als Colonel Bury in das Zimmer trat.

Der Colonel ließ sich in einen Sessel fallen, schüttelte den Kopf, seufzte und sagte: »Eine schreckliche Geschichte ist das, Riddle. Lady Chevenix-Gore trägt es wunderbar – einfach wunderbar.«

Poirot kam unauffällig zu seinem Sessel zurück und fragte: »Sie kennen sie schon seit vielen Jahren?«

»Ja, das tue ich. Ich war auf ihrem ersten Ball dabei. Keine konnte ihr auch nur das Wasser reichen!«

Seine Stimme war voller Begeisterung. Poirot hielt ihm den Bleistift hin.

»Ich glaube, das gehört Ihnen?«

»Wie? Was? Oh, vielen Dank. Heute nachmittag, als wir Bridge spielten, hatte ich ihn noch.«

»Soweit ich orientiert bin, spielten Sie vor dem Tee Bridge?«

sagte Poirot. »In welcher Geistesverfassung befand sich Sir Gervase, als er zum Tee erschien?«

»Wie üblich – genau wie immer. Nicht im Traum hätte ich daran gedacht, daß er die Absicht hatte, Schluß zu machen. Vielleicht war er ein bißchen nervöser als sonst – wenn ich es mir recht überlege.«

»Wann haben Sie ihn zum letztenmal gesehen?«

»Genau da – beim Tee.«

»Sie waren nach dem Tee nicht im Arbeitszimmer?«

»Nein, ich habe ihn nicht mehr gesehen.«

»Wann sind Sie zum Abendessen heruntergekommen?«

»Nach dem ersten Gongen.«

»Sie und Lady Chevenix-Gore kamen zusammen herunter?«

»Nein, wir – äh –, wir trafen uns in der Halle. Ich glaube, sie hatte im Speisezimmer noch nach den Blumen gesehen.«

»Hoffentlich haben Sie nichts dagegen, Colonel«, sagte Major Riddle, »wenn ich Ihnen jetzt eine ziemlich persönliche Frage stelle. Hatte es zwischen Ihnen und Sir Gervase irgendwelche Unstimmigkeiten wegen der Paragon Synthetic Rubber Company gegeben?«

Colonel Burys Gesicht wurde plötzlich puterrot.

»Aber nein! Der alte Gervase war ein Mann, mit dem man nicht vernünftig reden konnte. Das dürfen Sie bei allem nicht übersehen. Er erwartete immer, daß alles, was er anfaßte, sich als Trumpf erwies! Schien einfach nicht zu begreifen, daß die ganze Welt augenblicklich mitten in einer Krise steckt. Und das wirkt sich zwangsweise auf sämtliche Aktien und Papiere aus.«

»Also bestanden doch Unstimmigkeiten zwischen Ihnen?«

»Unstimmigkeiten ist zuviel gesagt. Gervase wollte bloß nicht mit sich reden lassen.«

»Er gab Ihnen die Schuld an bestimmten Verlusten, die er hatte hinnehmen müssen?«

»Gervase war nicht normal! Auch Vanda wußte das. Aber sie konnte mit ihm umgehen. Ich gab mich damit zufrieden, daß sie die Geschichte in die Hand nahm.«

Poirot hüstelte, und Major Riddle wechselte das Thema, nachdem er Poirot einen kurzen Blick zugeworfen hatte.

»Ich weiß, daß Sie ein alter Freund der Familie sind, Colonel Bury. Sind Sie darüber orientiert, wie Sir Gervase über sein Vermögen verfügt hat?«

»Ich könnte mir vorstellen, daß es im wesentlichen an Ruth fällt.«

»Finden Sie das Hugo gegenüber nicht ein bißchen ungerecht?«

»Gervase mochte Hugo nicht. Konnte ihn nie leiden.«

»Aber er besaß doch einen ausgeprägten Familiensinn. Schließlich ist Miss Chevenix-Gore doch nur seine Adoptivtochter.«

Colonel Bury zögerte; nachdem er sich eine Weile gewunden und geräuspert hatte, sagte er: »Wissen Sie – ich glaube, ich schenke ihnen lieber reinen Wein ein. Natürlich streng vertraulich!«

»Natürlich – selbstverständlich.«

»Ruth ist zwar ein uneheliches Kind, aber trotzdem eine Chevenix-Gore. Sie ist die Tochter von Gervases Bruder Anthony, der im Krieg fiel. Dieser Anthony hatte anscheinend etwas mit einer Stenotypistin. Als er gefallen war, schrieb das Mädchen an Vanda. Vanda fuhr hin – das Mädchen erwartete ein Kind. Vanda besprach die Geschichte mit Gervase, zumal sie gerade erfahren hatte, daß sie selbst nie ein Kind bekommen könnte. Das Ergebnis bestand darin, daß sie das Kind, als es geboren war, zu sich nahmen und rechtmäßig adoptierten. Die Mutter verzichtete auf sämtliche Ansprüche.«

»Aha«, sagte Poirot. »Ich verstehe. Das erklärt zu einem Teil Sir Gervases Verhalten. Aber wenn er Mr. Hugo Trent nun nicht mochte – warum bemühte er sich dann so, daß es zu einer Heirat zwischen Hugo Trent und Mademoiselle Ruth kam?«

»Um die Verhältnisse innerhalb der Familie zu regeln. Er hielt es für angebracht.«

»Obgleich er den jungen Mann weder mochte noch ihm traute?«

Colonel Bury schnaubte.

»Sie begreifen den alten Gervase nicht! Es war ihm einfach nicht möglich, in den Leuten menschliche Wesen zu sehen. Er arrangierte Verlobungen, als handelte es sich bei den Betroffenen um Persönlichkeiten aus der königlichen Familie! Und seiner Ansicht nach war es nur recht und billig, daß Ruth und Hugo heiraten und Hugo dann den Namen Chevenix-Gore annähme. Wie Hugo und Ruth darüber dachten, spielte keine Rolle.«

»Und war Mademoiselle Ruth einverstanden, sich diesem Arrangement zu unterwerfen?«

Colonel Bury lachte leise vor sich hin.

»Sie nicht! Dazu ist sie viel zu temperamentvoll!«

»Ist Ihnen bekannt, daß Sir Gervase kurz vor seinem Tod ein neues Testament aufsetzen ließ, nach dem Miss Chevenix-Gore das Erbe nur unter der Bedingung antreten durfte, daß sie Hugo Trent heiratete?«

Colonel Bury pfiff vor sich hin.

»Dann hatte er also doch Wind von der Sache zwischen ihr und Burrows ...«

Kaum hatte er dies gesagt, biß er sich auf die Lippe; aber es war zu spät. Poirot griff dieses Eingeständnis sofort auf.

»Es war etwas zwischen Mademoiselle Ruth und dem jungen Monsieur Burrows?«

»Wahrscheinlich hatte es nichts zu bedeuten.«

Major Riddle hüstelte und sagte: »Ich glaube, Colonel Bury, Sie sollten uns alles erzählen, was Sie wissen. Vielleicht ergibt sich daraus eine Erklärung für Sir Gervases Geistesverfassung.«

»Möglicherweise«, sagte Colonel Bury bedächtig. »Also gut – die Sache ist folgende: Der junge Burrows ist ein gutaussehender Bursche. In letzter Zeit schienen er und Ruth sich mächtig angefreundet zu haben, und das paßte Gervase nicht. Um nichts zu überstürzen, wollte er Burrows aber auch nicht auf die Straße setzen. Immerhin kannte er Ruth. Sie hätte sich keine Vorschriften machen lassen. Meiner Ansicht nach ist er deshalb auf diesen Plan verfallen. Ruth gehört nicht zu jenen Mädchen, die um der Liebe willen alles opfern.«

»Haben Sie selbst irgend etwas gegen Mr. Burrows einzuwenden?«

Der Colonel äußerte die Ansicht, daß Godfrey Burrows nicht ganz astrein sei – ein Ausspruch, der Poirot völlig unverständlich war, während Major Riddle sich ein Lächeln nicht verbeißen konnte.

Es wurden noch einige weitere Fragen gestellt und beantwortet, und dann ging Colonel Bury wieder.

Riddle warf Poirot einen Blick zu; Poirot war in Gedanken versunken.

»Was halten Sie von dieser Geschichte, Monsieur Poirot?«

Der kleine Mann hob abwehrend beide Hände.

»Irgendwie taucht langsam ein Muster, ein ganz bestimmter Zweck hinter dem Ganzen auf.«

»Verdammt schwierig«, sagte Riddle.

»Ja, schwierig ist es. Aber ein Ausspruch, der ganz nebenbei und leichthin geäußert wurde, gewinnt in meinen Augen immer mehr an Bedeutung.«

»Und das wäre?«

»Dieser von Hugo Trent lachend ausgesprochene Satz: Mord käme überall vor...«

»Ja«, sagte Riddle scharf, »ich habe schon die ganze Zeit gemerkt, daß Sie in diese Richtung zielen.«

»Sind Sie denn nicht auch der Meinung, mein Freund, daß das Motiv für einen Selbstmord immer schwächer wird, je mehr wir in dieser Angelegenheit herausbekommen? Und für einen Mord besitzen wir mittlerweile eine überraschende Kollektion von Motiven!«

»Trotzdem dürfen Sie bei allem die reinen Tatsachen nicht außer acht lassen: die abgeschlossene Tür und der Schlüssel in der Tasche des Toten. Schon gut – ich weiß selbst, daß es auch dafür Erklärungen gibt.«

»Ich denke, wir sollten den Fall einmal so untersuchen, als handele es sich um Mord – nicht um Selbstmord.«

»Gut, einverstanden. Da Sie selbst am Tatort erschienen sind, dürfte es sich vermutlich um Mord handeln!«

Für einen Augenblick lächelte Poirot. »Ich kann nicht sagen, daß mir Ihre Bemerkung gefällt.«

Dann wurde er wieder ernst.

»Ja, untersuchen wir also den Fall vom Standpunkt eines Mordes aus. Der Schuß wurde gehört; vier Leute – Miss Lingard, Hugo Trent, Miss Cardwell und Snell – befinden sich zu diesem Zeitpunkt in der Halle. Wo aber waren die übrigen?«

»Burrows befand sich, entsprechend seinen eigenen Angaben, in der Bibliothek. Überprüfen läßt sich diese Behauptung nicht. Die anderen befanden sich vermutlich auf ihren Zimmern – aber wer weiß, wo sie sich tatsächlich aufhielten? Jeder scheint allein für sich heruntergekommen zu sein. Sogar Lady Chevenix-Gore und Bury trafen sich erst in der Halle. Lady Chevenix-Gore kam dabei aus dem Speisezimmer. Woher kam Bury? Ist es nicht vorstellbar, daß er nicht von oben, sondern aus dem Arbeitszimmer kam? Dafür spricht der Bleistift.«

»Ja, der Bleistift ist tatsächlich interessant. Er verriet keinerlei Bewegung, als ich den Bleistift hervorholte; vielleicht kam es aber daher, daß er nicht wußte, wo er gefunden worden war und wo er ihn verloren hatte. Wer aber war dabei, als Bridge gespielt und der Bleistift benutzt wurde? Hugo Trent und Miss Cardwell. Sie kommen nicht in Betracht, denn Miss Lingard und der Butler können ihr Alibi bestätigen. Bleibt, als vierter Partner, Lady Chevenix-Gore übrig.«

»Es ist doch nicht Ihr Ernst, sie zu verdächtigen?«

»Warum nicht, mein Freund? Eines will ich Ihnen sagen: Verdächtigen kann ich alle! Angenommen beispielsweise, daß sie zwar offensichtlich an ihrem Mann hängt, daß sie jedoch in Wirklichkeit einzig und allein Bury liebt?«

»Hm«, meinte Riddle. »In gewisser Weise ist das seit Jahren eine *ménage à trois* gewesen.«

»Und wegen der Firma hat es zwischen Sir Gervase und Colonel Bury einigen Ärger gegeben.«

»Sir Gervase hatte möglicherweise die Absicht, äußerst unangenehm zu werden. Die näheren Umstände kennen wir allerdings nicht. Es könnte jedoch zu dem passen, was Sie folgern. So kann Sir Gervase den Verdacht gehabt haben, Bury hätte ihn bewußt übers Ohr gehauen, nur wollte er seinen Verdacht nicht aussprechen, weil die Möglichkeit bestand, daß seine Frau mit der Angelegenheit zu tun hatte. Ja, das ist möglich. Damit hätte jeder der beiden ein plausibles Motiv. Andererseits ist es tatsächlich ein bißchen merkwürdig, daß Lady Chevenix-Gore den Tod ihres Mannes so ruhig hinnahm. Und dieser ganze Spiritismus kann genausogut gespielt sein!«

»Hinzu kommt noch eine weitere Komplikation«, sagte Poirot. »Miss Chevenix-Gore und Burrows – es lag doch sehr in ihrem Interesse, daß Sir Gervase das neue Testament nicht unterschrieb. So, wie es augenblicklich ist, bekommt sie alles unter der einzigen Bedingung, daß ihr Mann den Familiennamen annimmt . . .«

»Ja, und Burrows' Aussage über Sir Gervases Verhalten heute abend ist ebenfalls nicht ganz einwandfrei. Gutgelaunt und zufrieden! Das paßt überhaupt nicht zu allem, was wir sonst noch erfahren haben.«

»Und dann noch Mr. Forbes. Sehr korrekt, sehr seriös, und dazu aus einer alten und angesehenen Firma. Aber alle Anwälte, auch die angesehensten, sind dafür bekannt, daß sie sich an den Geldern ihrer Klienten vergreifen, wenn sie selbst in der Klemme sitzen.«

»Jetzt werden Sie meiner Meinung nach ein bißchen zu sensationslüstern, Poirot! Hören wir uns lieber an, was die übrigen uns noch zu erzählen haben – finden Sie nicht auch? Es wird langsam spät. Ruth Chevenix-Gore haben wir noch nicht gesprochen, und sie dürfte wahrscheinlich die wichtigste Person sein.«

»Einverstanden. Außerdem fehlt auch noch Miss Cardwell. Vielleicht sollten wir uns zuerst mit ihr unterhalten, da es bei ihr sowieso nicht lange dauern wird, und Miss Chevenix-Gore als letzte hören.«

»Keine schlechte Idee.«

Bisher hatte Poirot für Susan Cardwell nur einen flüchtigen Blick übriggehabt. Jetzt betrachtete er sie aufmerksamer. Ein intelligentes Gesicht, überlegte er, und ihre Augen waren sehr wach.

Nach einigen einführenden Fragen sagte Major Riddle: »Ich weiß gar nicht, wie gut Sie mit der Familie bekannt sind, Miss Cardwell?«

»Ich kenne niemanden. Hugo hat veranlaßt, daß ich eingeladen wurde.«

»Dann sind Sie also eine Bekannte von Hugo Trent?«

»Ja, genau das bin ich: Hugos Freundin«, sagte Susan Cardwell lächelnd.

»Sie kennen ihn schon länger?«

»Aber nein – seit ungefähr einem Monat.« Sie verstummte, fügte dann jedoch hinzu: »Übrigens wollen wir uns verloben.«

»Und er brachte Sie hierher, um Sie seinen Verwandten vorzustellen?«

»Um Himmels willen – deswegen nicht! Wir haben noch mit keinem Menschen darüber geredet. Ich bin bloß hergekommen, um mir alles einmal anzusehen! Hugo hatte mir nämlich erzählt, daß es hier zuginge wie in einem Irrenhaus. Und deswegen wollte ich es mir mit eigenen Augen anschauen. Außerdem war die Situation ziemlich kritisch. Keiner von uns beiden hat nämlich Geld, und der alte Sir Gervase, der Hugos einzige Hoffnung war, hatte alles darauf gesetzt, ihn mit Ruth zu verheiraten.«

»Dann sind Sie also hierhergekommen, um sich alles persönlich anzusehen?«

»Ja. Und Hugo hat natürlich recht gehabt! Die ganze Familie spielt völlig verrückt! Ausgenommen Ruth, die vollkommen vernünftig zu sein scheint. Sie hat ihren eigenen Freund und hat für diese Heiratsidee genausowenig übrig wie ich.«

»Sprechen Sie jetzt von Mr. Burrows?«

»Von Burrows? Ach wo. Auf einen Schwindler wie den würde Ruth nie hereinfallen.«

»Wer war denn dann das Ziel ihrer Zuneigung?«

»Das fragen Sie sie am besten selbst. Schließlich geht es mich nichts an.«

Major Riddle fragte: »Wann haben Sie Sir Gervase zum letztenmal gesehen?«

»Beim Tee.«

»Ist Ihnen an seinem Verhalten irgend etwas aufgefallen?«

Das Mädchen zuckte die Schultern. »Nur das übliche.«

»Was taten Sie nach dem Tee?«

»Da habe ich mit Hugo Billard gespielt.«

»Sir Gervase haben Sie danach nicht mehr gesehen?«

»Nein.«

»Und was können Sie uns über den Schuß sagen?«

»Das war ziemlich komisch. Sehen Sie – ich hatte geglaubt, es hätte zum erstenmal gegongt, beeilte mich also mit dem Umziehen, stürzte aus meinem Zimmer, dachte, es gongte bereits zum zweitenmal, und rannte die Treppe hinunter. Hugo war direkt vor mir, und dann kam von irgendwoher ein ganz komischer Knall, und Hugo sagte, das wäre ein Sektkorken gewesen, aber Snell verneinte das, und meiner Ansicht nach war es auch gar nicht im Eßzimmer gewesen. Miss Lingard meinte, es wäre oben gewesen, aber dann kamen wir überein, daß es sicherlich eine Fehlzündung war, gingen ins Wohnzimmer und dachten nicht mehr darüber nach.«

»Es ist Ihnen also überhaupt nicht der Gedanke gekommen, Sir Gervase könnte sich erschossen haben?« fragte Poirot.

»Aber ich bitte Sie – wer denkt denn schon an so etwas! Und ich kann mir auch nicht erklären, warum er es getan hat. Vielleicht doch wohl, weil er verrückt war.«

»Ein unglücklicher Vorfall.«

»Sehr – besonders für Hugo und mich. Ich kann mir vorstellen, daß er Hugo nichts oder doch fast nichts vererbt hat.«

»Wer hat Ihnen das gesagt?«

»Hugo hat es vom alten Forbes.«

»Ja, Miss Cardwell ...« Major Riddle schwieg einen Moment. »Ich glaube, daß ist alles. Meinen Sie, daß Miss Chevenix-Gore in der Lage sein wird, zu uns herunterzukommen?«

»Das glaube ich schon. Ich werde ihr Bescheid sagen.«

»Einen Moment noch, Mademoiselle. Haben Sie das hier schon irgendwann einmal gesehen?« fragte Poirot.

Er hielt ihr Colonel Burys Bleistift hin.

»Aber ja, heute nachmittag beim Bridge haben wir damit geschrieben. Ich glaube, er gehört dem alten Colonel.«

»Hat er ihn eingesteckt, als das Spiel zu Ende war?«

»Das kann ich Ihnen wirklich nicht sagen.«

»Vielen Dank, Mademoiselle. Das war alles.«

»Schön, dann sage ich jetzt Ruth Bescheid.«

Ruth Chevenix-Gore betrat das Zimmer wie eine Königin. Aber ihre Augen waren, wie die Susan Cardwells, sehr wachsam. Sie trug dasselbe Kleid wie bei Poirots Ankunft. An ihre Schulter hatte sie eine lachsfarbene Rose gesteckt. Noch vor einer Stunde war diese Blume frisch und voll erblüht gewesen; jetzt fing sie an zu welken.

»Ja?« sagte Ruth.

»Es tut mir außerordentlich leid, Sie belästigen zu müssen«, begann Major Riddle.

»Es ist doch nur natürlich, daß Sie mich belästigen müssen. Aber ich kann Ihnen Zeit sparen: Ich habe nicht die leiseste Idee, warum mein Vater sich erschossen hat. Ich kann Ihnen nur sagen, daß ihm gerade das überhaupt nicht ähnlich sah.«

»Ist Ihnen an seinem Verhalten heute irgend etwas merkwürdig vorgekommen? War er deprimiert oder ungewöhnlich erregt?«

»Ich habe nichts bemerkt . . .«

»Wann haben Sie ihn zum letztenmal gesehen?«

»Beim Tee.«

»Sind Sie danach noch in seinem Arbeitszimmer gewesen?« fiel Poirot ein.

»Nein. Zum letztenmal habe ich ihn in diesem Zimmer gesehen. Er saß dort drüben.«

Sie zeigte auf einen Stuhl.

»Ich verstehe. Kennen Sie diesen Bleistift, Mademoiselle?«

»Er gehört Colonel Bury.«

»Haben Sie diesen Bleistift in letzter Zeit irgendwo gesehen?«

»Das kann ich wirklich nicht genau sagen.«

»Wissen Sie irgend etwas von einer – Unstimmigkeit zwischen Sir Gervase und Colonel Bury?«

»Wegen der Paragon Synthetic Rubber Company, meinen Sie?«

»Genau.«

»Ja. Der Alte war darüber ziemlich wütend.«

»Glaubte er vielleicht, beschwindelt worden zu sein?«

Ruth zuckte die Schultern.

»Von finanziellen Dingen hatte er nicht die geringste Ahnung.«

Poirot zog den Brief aus der Tasche.

»Lesen Sie das, Mademoiselle.«

Sie las den Brief und gab ihn dann zurück.

»Deshalb sind Sie also hierhergekommen!«

»Sagt er Ihnen irgend etwas – dieser Brief?«

Sie schüttelte den Kopf.

»Nein. Wahrscheinlich stimmt es, was er schreibt. Diesen armen alten Mann hätte jeder betrügen können. John meint, der vorige Verwalter hätte ihn von hinten und von vorn begaunert.«

»Wußten Sie, Mademoiselle, daß er sich mit der Absicht trug, ein neues Testament aufzusetzen, nach dem Sie sein Vermögen nur erben sollten, wenn Sie Mr. Trent heirateten?«

»Das ist doch albern!« rief sie. »Außerdem hätte man es sicher anfechten können... Man kann den Leuten doch bestimmt nicht einfach vorschreiben, wen sie heiraten sollen!«

»Hätten Sie sich einem derartigen Testament unterworfen, Mademoiselle, wenn es tatsächlich unterschrieben worden wäre?«

Sie starrte vor sich hin.

»Ich...«

Sie unterbrach sich. Zwei oder drei Minuten lang saß sie unentschlossen da und schaute auf ihren wippenden Pumps hinunter. Ein kleiner Erdbrocken löste sich vom Absatz des Schuhes und fiel auf den Teppich.

Plötzlich sagte Ruth Chevenix-Gore: »Warten Sie einen Moment!«

Sie stand auf und lief hinaus. Fast unmittelbar darauf kehrte sie wieder zurück, begleitet von Captain Lake.

»Es ist herausgekommen«, sagte sie ziemlich atemlos. »Dann sollen Sie es also auch wissen. John und ich haben vor drei Wochen in London geheiratet.«

Den verwirrteren Eindruck von den beiden machte Captain Lake.

»Das ist allerdings eine große Überraschung, Miss Chevenix-Gore – Mrs. Lake, muß ich jetzt wohl sagen«, meinte Major Riddle. »Hat kein Mensch über Ihre Heirat Bescheid gewußt?«

»Nein. Wir haben es geheimgehalten. John gefiel es allerdings ganz und gar nicht.«

Lake sagte: »Ich weiß, daß es eine ziemlich unmögliche Art und Weise ist, wie wir das Problem gelöst haben. An sich hätte ich lieber direkt zu Sir Gervase gehen sollen ...«

Ruth unterbrach ihn: »Und ihm erzählen sollen, du wolltest seine Tochter heiraten, damit er dir aller Wahrscheinlichkeit nach einen Tritt versetzt hätte und ich enterbt worden wäre.«

»Wann hatten Sie die Absicht, Sir Gervase diese Neuigkeit mitzuteilen?« fragte Poirot.

»Ich wollte ihn langsam darauf vorbereiten«, erwiderte Ruth. »John und mir gegenüber war er schon ziemlich mißtrauisch geworden, und deshalb tat ich, als richtete sich meine Aufmerksamkeit auf Godfrey. Natürlich fiel er auch prompt darauf herein. Ich hatte mir ausgerechnet, daß die Nachricht, ich sei inzwischen mit John verheiratet, unter diesen Umständen eine große Erleichterung für ihn bedeutet hätte!«

»Sie sind überzeugt, daß Sir Gervase von der Wahrheit nichts ahnte?«

»Nein, bestimmt nicht.«

»Ist das wahr, Captain Lake?« fragte Poirot. »Bei Ihrer Unterhaltung mit Sir Gervase heute nachmittag – wissen Sie ganz genau, daß dieses Thema nicht erwähnt wurde?«

»Nein, Sir. Es wurde nicht erwähnt.«

»Wissen Sie, Captain Lake, gewisse Beweise deuten darauf hin, daß Sir Gervase nach Ihrem Besuch äußerst erregt war und daß er nicht nur einmal von einer Familienschande sprach.«

»Das Thema wurde zwischen uns nicht erwähnt«, wiederholte Lake. Sein Gesicht war sehr blaß geworden.

»Wann haben Sie Sir Gervase eigentlich zum letztenmal gesehen? Bei dieser Besprechung?«

»Ja. Das habe ich bereits gesagt.«

»Und wo waren Sie heute abend um acht Minuten nach acht?«

»Wo ich war? Zu Hause. Am Ausgang des Dorfes, ungefähr eine halbe Meile von hier entfernt.«

Poirot wandte sich an das Mädchen.

»Wo waren Sie, Mademoiselle, als Ihr Vater sich erschoß?«

»Im Garten.«

»Im Garten? Haben Sie vielleicht den Schuß gehört?«

»Ja – doch! Aber ich habe mich nicht besonders darum gekümmert. Ich dachte, es wäre vielleicht jemand, der Jagd auf Kaninchen machte, obgleich mir jetzt wieder einfällt, daß ich den Eindruck hatte, der Schuß müßte ganz in der Nähe gefallen sein.«

»Sie kehrten dann ins Haus zurück – auf welchem Weg?«

»Ich stieg durch das Fenster.«

Mit einer Drehung ihres Kopfes deutete Ruth auf das Fenster, das sich hinter ihr befand.

»War irgend jemand hier?«

»Nein. Aber Hugo, Susan und Miss Lingard kamen fast im gleichen Moment aus der Halle hier herein. Sie sprachen von Schüssen und Mord und solchen Sachen.«

»Ich verstehe«, sagte Poirot. »Ja, ich glaube, ich begreife jetzt ...«

Ziemlich zweifelnd sagte Major Riddle: »Ja ... äh, ich danke Ihnen. Im Augenblick dürfte das wohl alles sein.«

Ruth und ihr Mann wandten sich um und verließen das Zimmer.

»Zum Teufel noch mal ...«, begann Major Riddle und schloß

einigermaßen hoffnungslos: »Es wird immer schwieriger, dieser Sache auf die Spur zu kommen.«

Poirot nickte. Er hatte den kleinen Erdklumpen aufgehoben, der von Ruths Schuh herabgefallen war, und hielt ihn nachdenklich in der Hand.

»Eines will ich Ihnen sagen, mein Freund. Die Lösung des ganzen Geheimnisses ist der Spiegel. Gehen Sie in das Arbeitszimmer, und sehen Sie selbst nach, wenn Sie mir nicht glauben.«

Entschlossen erwiderte Major Riddle: »Wenn es Mord war, liegt es bei Ihnen, es auch zu beweisen. Wenn Sie mich fragen – ich behaupte nachdrücklich, daß es Selbstmord war. Ist Ihnen aufgefallen, daß das Mädchen sagte, ein früherer Verwalter hätte den alten Gervase betrogen? Ich wette, daß Lake dieses Märchen in die Welt gesetzt hat, um es für seine Zwecke auszunutzen. Wahrscheinlich hat er ein bißchen in die Kasse gegriffen, Sir Gervase hat Verdacht geschöpft und hat Sie kommen lassen, weil er nicht wußte, wie weit die Dinge zwischen Lake und Ruth mittlerweile gediehen waren. Heute nachmittag hat Lake ihm dann erzählt, daß sie verheiratet seien. Das hat Gervase den Rest gegeben. Jetzt war es ›zu spät‹, um noch irgend etwas zu unternehmen. Er beschloß, mit allem Schluß zu machen. So muß es meiner Ansicht nach gewesen sein. Was haben Sie dagegen einzuwenden?«

»Was ich dagegen einzuwenden habe? Folgendes: Gegen Ihre Theorie habe ich nichts einzuwenden – nur geht sie nicht weit genug. Es gibt bestimmte Dinge, die Sie dabei nicht berücksichtigt haben.«

»Beispielsweise?«

»Die Diskrepanzen in Sir Gervases Stimmung heute, das Auffinden von Colonel Burys Bleistift, die Aussage von Miss Cardwell – die sehr wichtig ist –, die Aussage von Miss Lingard über die Reihenfolge, in der die Hausbewohner zum Abendessen herunterkamen, die Stellung von Sir Gervases Sessel, als er aufgefunden wurde, die Papiertüte, in der sich Apfelsinen befunden hatten, und schließlich der so eminent wichtige Anhaltspunkt: der zersplitterte Spiegel.«

Major Riddle starrte ihn an.

»Wollen Sie mir etwa weismachen, daß dieser ganze Quatsch einen Sinn ergibt?« fragte er.

»Ich hoffe, das genau festzustellen – bis morgen.«

Es war kurz nach dem Anbruch der Dämmerung, als Poirot am folgenden Morgen aufwachte.

Nachdem er aufgestanden war, stellte er zufrieden fest, daß ein herrlicher Morgen anbrach. Nachdem er angekleidet war, verließ er auf Zehenspitzen sein Zimmer und schlich durch das stille Haus bis zum Wohnzimmer. Geräuschlos öffnete er die bis zum Boden reichenden Fenster und kletterte in den Garten hinaus.

Die Luft war feucht wie an jedem schönen Morgen. Hercule Poirot folgte dem mit Platten ausgelegten Weg, der um das Haus herumführte, bis er zu den Fenstern von Sir Gervases Arbeitszimmer kam. Hier blieb er stehen und sah sich genau um.

Unmittelbar unter den Fenstern befand sich ein Grasstreifen, der parallel zum Haus verlief. Vor dem Rasenstreifen lag eine breite, mit Blumen bepflanzte Einfassung. Und vor der Einfassung verlief der Plattenweg, auf dem Poirot jetzt stand. Von dem Grasstreifen hinter der Einfassung führte ein mit Gras bewachsener Weg zur Terrasse. Poirot betrachtete ihn aufmerksam und schüttelte den Kopf. Dann wandte er seine Aufmerksamkeit den Einfassungen auf beiden Seiten des Grasstreifens zu.

Ganz langsam nickte er. Auf der rechten Einfassung waren in dem feuchten Erdboden deutlich Fußabdrücke zu erkennen.

Als er mit gerunzelter Stirn auf sie hinunterschaute, traf ein Geräusch seine Ohren, und sofort hob er den Kopf. Über ihm war ein Fenster aufgestoßen worden. Er sah einen Kopf mit zerzausten roten Haaren. Umgeben von einem rotgoldenen Schimmer, erkannte er das intelligente Gesicht Susan Cardwells.

»Was um Himmels willen machen Sie denn um diese Zeit da unten, Monsieur Poirot? Sind Sie auf Spurensuche?«

Poirot verneigte sich mit äußerster Korrektheit.

»Guten Morgen, Mademoiselle. Ja, es ist, wie Sie sagen. Sie sehen im Augenblick einen Detektiv bei der Aufklärung eines Falles.«

»Soll ich hinunterkommen und Ihnen helfen?«

»Ich würde enchantiert sein.«

»Zuerst habe ich Sie vorhin für einen Einbrecher gehalten. Wie sind Sie hinausgekommen?«

»Durch das Fenster im Wohnzimmer.«

»Warten Sie eine Minute – ich bin sofort unten.«

Und sie hielt Wort. Allem Anschein nach hatte Poirot sich inzwischen nicht vom Fleck gerührt.

»Also, Super-Fährtenleser, was suchen wir?«

»Sehen Sie genau hin, Mademoiselle – Fußabdrücke.«

»Tatsächlich.«

»Und zwar vier«, fuhr Poirot fort. »Passen Sie auf, ich werde sie Ihnen genau zeigen. Zwei führen zum Fenster hin, zwei kommen vom Fenster her.«

»Und zu wem gehören sie? Zum Gärtner?«

»Mademoiselle, Mademoiselle! Diese Fußabdrücke stammen von den kleinen, zierlichen und hochhackigen Schuhen einer Frau. Sehen Sie selbst. Treten Sie bitte einmal auf den Boden neben die Abdrücke.«

Susan zögerte eine Minute; dann stellte sie einen Fuß vorsichtig auf jene Stelle des Bodens, auf die Poirot gezeigt hatte. Sie trug kleine hochhackige Pumps.

»Sehen Sie – Ihr Abdruck ist fast genauso groß. Fast, aber nicht ganz. Diese hier stammen von einem etwas längeren Fuß als Ihrem. Vielleicht von Miss Chevenix-Gore – oder Miss Lingard – oder sogar von Lady Chevenix-Gore.«

»Bestimmt nicht von Lady Chevenix-Gore – sie hat winzige Füße. Und Miss Lingard trägt komische Treter mit flachen Absätzen.«

»Dann sind es die Abdrücke von Miss Chevenix-Gore. Ach ja, ich erinnere mich, daß sie erwähnte, gestern abend noch einmal im Garten gewesen zu sein.«

Vor ihr her ging er um das Haus zurück.

»Suchen wir immer noch nach Spuren?« fragte Susan.

»Aber gewiß doch. Wir begeben uns jetzt in Sir Gervases Arbeitszimmer.«

Er ging voraus. Sie folgte ihm.

Poirot zog die Vorhänge beiseite und ließ das Tageslicht herein.

Eine Weile blieb er am Fenster stehen und blickte auf die Einfassung hinunter. Schließlich sagte er: »Mit Einbrechern, Mademoiselle, haben Sie wohl kaum Bekanntschaft?«

Bedauernd schüttelte Susan Cardwell den Kopf.

»Leider nicht, Monsieur Poirot.«

»Auch der Chief Constable genießt nicht den Vorzug, freundschaftliche Beziehungen mit ihnen zu unterhalten. Bei mir ist das anders. Ich hatte einmal mit einem Einbrecher ein äußerst angenehmes Gespräch. Dabei erfuhr ich interessante Einzelheiten über diese bis zum Boden reichenden Fenster – einen Trick, den man anwenden kann, wenn der Riegel genügend locker ist.«

Während er dies sagte, drehte er am Griff des linken Fensters. Die Verriegelungsstange kam aus dem im Fußboden befindlichen Loch, und Poirot konnte die beiden Fensterflügel nach innen öffnen. Anschließend schloß er sie wieder – allerdings ohne am Griff zu drehen, so daß sie nicht verriegelt waren. Dann ließ er den Griff los, wartete einen Moment und schlug schließlich mit der Faust kräftig gegen den oberen Teil des Fensterrahmens, in welchem die Verriegelungsstange verlief. Durch die Erschütterung rutschte die Stange nach unten und in das Loch im Fußboden – der Griff drehte sich dabei von selbst.

»Haben Sie gesehen, Mademoiselle.«

Susan war ziemlich blaß geworden.

»Das Fenster ist jetzt geschlossen. Es ist unmöglich, einen Raum zu betreten, wenn das Fenster verriegelt ist; nicht unmöglich ist es jedoch, den Raum zu verlassen, die Flügel von außen zuzuziehen, dann gegen den Rahmen zu schlagen, wie ich es eben tat, und das Fenster dadurch fest zu verriegeln. Das Fenster ist geschlossen, und wer es sieht, behauptet, es sei von innen geschlossen worden.«

»Und das ...«, Susans Stimme zitterte ein wenig, »... das ist gestern abend passiert?«

»Vermutlich, Mademoiselle!«

Heftig sagte Susan: »Kein Wort glaube ich davon!«

Poirot erwiderte nichts. Er ging zum Kaminsims hinüber. Dann fuhr er herum.

»Mademoiselle, ich brauche Sie jetzt als Zeugin. Einen Zeugen habe ich bereits – Mr. Trent. Er sah, wie ich gestern abend diesen winzigen Splitter Spiegelglas entdeckte. Ich habe es ihm gesagt. Wegen der Polizei habe ich den Splitter gelassen, wo ich ihn fand. Ich habe sogar dem Chief Constable gesagt, daß der zersplitterte Spiegel ein wertvoller Hinweis sei. Aber der Chief Constable hat meine Andeutung nicht verwertet. Sie sind jetzt Zeugin, daß ich diesen Splitter aus Spiegelglas in einen kleinen Umschlag tue. So!« Er ließ seinen Worten sofort die Tat folgen. »Und jetzt schreibe ich es noch darauf – so – und klebe den Umschlag zu. Sie waren Zeugin, Mademoiselle?«

»Ja – aber – aber ich weiß doch gar nicht, was es zu bedeuten hat?«

Poirot ging zur anderen Seite des Zimmers. Vor dem Schreibtisch blieb er stehen und starrte auf den zersplitterten Spiegel, der vor ihm an der Wand hing.

»Ich will Ihnen sagen, was es zu bedeuten hat, Mademoiselle. Wenn Sie gestern abend hier gestanden und in den Spiegel geblickt hätten, hätten sie in ihm sehen können, wie ein Mord begangen wurde . . .«

An diesem Tag ihres Lebens kam Ruth Chevenix-Gore sehr zeitig zum Frühstück herunter. Hercule Poirot hielt sich in der Halle auf und nahm sie beiseite, bevor sie das Speisezimmer betrat.

»Ich hätte Sie gern etwas gefragt, Madame.«

»Ja?«

»Sie waren gestern abend im Garten. Sind Sie irgendwann auf das Blumenbeet vor dem Fenster vor Sir Gervases Arbeitszimmer getreten?«

Ruth schaute ihn an.

»Ja – zweimal.«

»Aha. Zweimal also. Wieso gleich zweimal?«

»Beim erstenmal habe ich Herbstastern geschnitten. Das war gegen sieben Uhr.«

»Und das zweitemal?«

»Das war kurz vor dem Abendessen. Mir war ein Tropfen Brillantine auf das Kleid gefallen – genau auf die Schulter. Und ich hatte keine Lust, mich noch einmal umzuziehen; andererseits paßte keine meiner künstlichen Blumen zu dem Gelbrot des Kleides. Dann fiel mir ein, daß ich beim Schneiden der Astern eine späte Rose gesehen hatte, und deshalb lief ich schnell hinaus, schnitt sie ab und steckte sie an meine Schulter.«

Poirot nickte bedächtig.

»Ja, ich erinnere mich, daß Sie gestern abend eine Rose angesteckt hatten. Um welche Zeit, Madame, holten Sie sich die Rose?«

»Das weiß ich wirklich nicht.«

»Aber es ist sehr wichtig, Madame. Überlegen Sie – denken Sie genau nach . . .«

Ruth zog die Stirn kraus.

»Genau kann ich es nicht sagen«, meinte sie schließlich. »Es muß – ja, natürlich – um ungefähr fünf Minuten nach acht muß es gewesen sein. Als ich nämlich wieder zurückging, hörte ich den Gong, und dann diesen komischen Knall. Ich beeilte mich noch, weil ich dachte, es hätte schon zum zweitenmal gegongt.«

»Aha, das dachten Sie dabei – und machten Sie sich nicht am Fenster des Arbeitszimmers zu schaffen, als Sie in dem Blumenbeet standen?«

»Das habe ich tatsächlich. Ich dachte, es wäre vielleicht offen, so daß ich auf diesem Weg schneller wieder ins Haus gekommen wäre. Aber es war verriegelt.«

»Damit wäre alles geklärt. Ich gratuliere Ihnen, Madame.«

Sie starrte ihn an. »Was soll das heißen?«

»Weil Sie für alles eine Erklärung haben: für die Erde an Ihren Schuhen, für Ihre Schuhabdrücke im Blumenbeet und für Ihre Fingerabdrücke an der Außenseite des Fensters. Es paßt alles ausgezeichnet zusammen.«

Noch ehe Ruth antworten konnte, kam Miss Lingard eilig die

Treppe herunter. Auf ihren Wangen lag eine seltsame dunkle Röte, und sie machte einen leicht verwirrten Eindruck, als sie Poirot und Ruth dort stehen sah.

»Verzeihen Sie«, sagte sie. »Ist etwas los?«

Ärgerlich antwortete Ruth: »Ich glaube, Monsieur Poirot ist verrückt geworden!«

Sie drängte sich an den beiden vorbei und verschwand im Speisezimmer. Miss Lingard wandte Poirot ein erstauntes Gesicht zu.

Er schüttelte den Kopf.

»Nach dem Frühstück«, sagte er, »werde ich alles erklären. Ich möchte gern, daß alle sich um zehn Uhr in Sir Gervases Arbeitszimmer einfinden.«

Er wiederholte seine Bitte, als er das Speisezimmer betrat.

Als Poirot das Frühstück beendet hatte, erhob er sich und ging zur Tür. Er drehte sich noch einmal um und zog eine große altmodische Uhr hervor.

»Es ist fünf vor zehn. In fünf Minuten also – im Arbeitszimmer.«

Poirot blickte sich um. Ein Kreis interessierter Gesichter erwiderte seinen Blick. Jeder war gekommen.

Poirot räusperte sich und erklärte: »Ich habe Sie alle gebeten, hierherzukommen, damit Sie die wahren Tatsachen über Sir Gervases Selbstmord erfahren.«

Mit scharfer Stimme fragte Ruth: »Wollen Sie damit sagen, Monsieur Poirot, daß Sie den Grund für den Selbstmord meines Vaters festgestellt haben?«

Poirot schüttelte den Kopf.

»Nein, Madame.«

»Was soll denn dann dieser ganze Unsinn?«

Ruhig sagte Poirot: »Den Grund für den Selbstmord von Sir Gervase Chevenix-Gore kenne ich nicht, weil Sir Gervase Chevenix-Gore nicht Selbstmord verübte! Er hat sich nicht selbst umgebracht. Er wurde vielmehr ermordet ...«

»Ermordet?« Verschiedene Stimmen wiederholten dieses Wort. Verblüffte Gesichter wandten sich Poirot zu. Lady Chevenix-Gore blickte auf, sagte: »Ermordet? O nein!« und schüttelte leicht den Kopf.

»Umgebracht, sagen Sie?« Hugo war es, der jetzt sprach. »Unmöglich! Als wir die Tür aufbrachen, befand sich niemand im Zimmer. Die Tür war von innen abgeschlossen, und der Schlüssel steckte in der Tasche meines Onkels. Wie könnte er also ermordet worden sein?«

»Trotzdem ist er ermordet worden.«

»Und der Mörder entwischte dann vermutlich durch das Schlüsselloch?« bemerkte Colonel Bury skeptisch. »Oder flog durch den Kamin davon?«

»Der Mörder«, sagte Poirot, »verschwand durch das Fenster. Wie, das werde ich Ihnen jetzt zeigen.«

Er wiederholte den Trick mit dem Fenster.

»Haben Sie es gesehen?« sagte er. »Auf diese Weise wurde es gemacht. Von Anfang an hielt ich es für unwahrscheinlich, daß Sir Gervase Selbstmord verübt haben sollte. Er litt an ausgesprochener Egomanie, und ein solcher Mann bringt sich nicht um.

Hinzu kamen noch andere Dinge! Offenbar hatte Sir Gervase sich kurz vor seinem Tod an diesen Schreibtisch gesetzt, das Wort SORRY auf einen Bogen gekritzelt und sich dann erschossen. Vor seiner letzten Handlung hatte er jedoch aus irgendeinem Grund die Stellung seines Sessels verändert und ihn so gedreht, daß er mit der Seite zum Schreibtisch zeigte. Warum? Dafür mußte er doch irgendeinen Grund gehabt haben? Ich begann etwas klarer zu sehen, als ich am Fuß einer schweren Bronzefigur einen winzigen Splitter Spiegelglas entdeckte ...

Ich stellte mir die Frage: Wie kommt dieser Glassplitter dorthin? Die Antwort drängte sich mir von selbst auf. Der Spiegel war zwar zerschmettert worden, aber nicht von einem Geschoß, sondern durch einen Schlag mit einer schweren Bronzefigur. Der Spiegel war vorsätzlich zerschlagen worden.

Aber warum? Ich kehrte zum Schreibtisch zurück und blickte auf den Sessel hinunter. Ja – jetzt sah ich es. Alles war völlig falsch. Kein Selbstmörder würde seinen Sessel herumrücken, sich weit über die Armlehne beugen und sich dann erschießen.

Das Ganze war arrangiert. Der Selbstmord war vorgetäuscht! Und jetzt komme ich zu einem sehr wichtigen Punkt. Zur Aussage von Miss Cardwell. Miss Cardwell sagte, sie sei gestern abend nach unten gelaufen, weil sie geglaubt habe, es sei schon zum zweitenmal gegongt worden. Das bedeutet, daß sie glaubte, sie hätte den Gong bereits vorher gehört.

Beachten Sie jetzt bitte, wohin das Geschoß geflogen wäre, wenn Sir Gervase in normaler Haltung am Tisch gesessen hätte, als er erschossen wurde. Da es eine gerade Linie beschreibt, wäre es bei geöffneter Tür durch den Türrahmen geflogen und hätte dann den Gong getroffen!

Erkennen Sie jetzt die Wichtigkeit von Miss Cardwells Aussage? Niemand sonst hatte den Gong beim erstenmal gehört, aber da Miss Cardwells Zimmer unmittelbar über diesem hier liegt, befand sie sich in der günstigsten Lage, den Gong zu hören. Und vergessen Sie nicht, daß der Gong durch das Geschoß nur ein einziges Mal ertönte.

Es bestand damit also nicht der geringste Zweifel mehr, daß Sir Gervase sich nicht selbst erschossen hatte. Ein Toter kann nicht aufstehen, die Tür schließen, sie zusperren und sich dann in die entsprechende Position setzen! Irgend jemand anderes hatte seine Hand im Spiel, und daher war es nicht Selbstmord, sondern Mord. Irgend jemand, dessen Gegenwart von Sir Gervase hingenommen wurde, hatte neben ihm gestanden und mit ihm gesprochen. Sir Gervase hatte geschrieben – vielleicht! Der Mörder hält die Pistole an die rechte Seite seines Kopfes und drückt ab. Es ist geschehen! Also schnell an die Arbeit! Der Mörder streift sich Handschuhe über. Die Tür wird abgeschlossen, der Schlüssel wird Sir Gervase in die Tasche gesteckt. Aber angenommen, irgend jemand hat den Gong gehört? Dann wird man denken, daß die Tür bei der Abgabe des Schusses nicht geschlossen war, sondern offenstand! Also wird der Sessel herumgedreht, die Leiche anders hingesetzt, die Finger des Toten gegen die Pistole gedrückt und der Spiegel überlegt zerschlagen. Dann verläßt der Mörder das Zimmer durch das Fenster, zieht die Flügel hinter sich zu, tritt nicht auf das Gras, sondern geht über das Blumenbeet, wo die Fußspuren später leicht beseitigt werden können, läuft um das Haus herum und klettert ins Wohnzimmer.«

Er schwieg einen Augenblick.

»Nur eine einzige Person befand sich draußen im Garten, unmittelbar nachdem der Schuß fiel. Diese Person hinterließ Fußabdrücke auf dem Blumenbeet und Fingerabdrücke an der Außenseite des Fensters.«

Er näherte sich Ruth.

»Und ein Motiv gab es auch, nicht wahr? Ihr Vater hatte erfahren, daß Sie heimlich geheiratet hatten. Er bereitete die entsprechenden Maßnahmen vor, um Sie zu enterben.«

»Das ist gelogen!« Ruths Stimme klang zornig und klar. »Nicht ein wahres Wort ist an ihrer ganzen Geschichte! Von Anfang bis Ende ist sie erlogen!«

»Die Beweise gegen Sie sind sehr erdrückend, Madame. Es ist möglich, daß das Gericht Ihnen glaubt – genauso möglich ist es jedoch, daß es das nicht tut!«

»Sie wird vor keinem Gericht stehen!«

Die anderen fuhren herum – verblüfft. Miss Lingard war aufgesprungen. Ihr Gesicht hatte sich verändert. Sie zitterte am ganzen Körper.

»Ich war es, die ihn erschossen hat. Ich gestehe es! Ich hatte Gründe dazu. Monsieur Poirot hat völlig recht. Ich stand neben ihm und sprach mit ihm über das Buch – und dabei habe ich ihn erschossen. Das Geschoß traf den Gong. Ich wäre nie auf die Idee gekommen, daß es seinen Kopf einfach durchschlagen würde. Aber ich hatte keine Zeit, hinauszulaufen und es zu suchen. Ich schloß die Tür ab und steckte den Schlüssel in seine Tasche. Dann drehte ich den Sessel herum, zerschlug den Spiegel, und nachdem ich SORRY auf einen Bogen geschrieben hatte, kletterte ich durch das Fenster und schloß es, wie Monsieur Poirot es Ihnen vorgemacht hat. Ich ging über das Blumenbeet, beseitigte jedoch die Fußabdrücke mit einer kleinen Harke, die ich dort bereitgestellt hatte. Dann lief ich zum Wohnzimmer. Ich wußte nicht, daß Ruth ebenfalls durch dieses Fenster geklettert war. Sie muß vorne um das Haus herumgegangen sein, als ich von hinten kam. Ich mußte nämlich die Harke wieder in den Schuppen zurückbringen. Dann wartete ich im Wohnzimmer, bis ich hörte, daß jemand herunterkam und Snell gongte, und dann ...«

Sie blickte Poirot an.

»Sie wissen nicht, was ich dann gemacht habe?«

»O doch. Die Tüte im Papierkorb habe ich gefunden. Das war sehr gescheit, dieser Einfall. Sie machten das, was Kinder immer so gern tun. Sie bliesen die Tüte auf und ließen sie dann zerplatzen. Der Knall war laut genug. Die Tüte warfen Sie in den Papierkorb, und dann liefen Sie in die Diele. Damit hatten Sie den Zeitpunkt des Selbstmordes festgelegt – und sich selbst ein Alibi geschaffen. Aber eine Sache machte Ihnen noch Kummer. Sie hatten noch keine Zeit gehabt, das Geschoß aufzuheben. Es mußte ganz in der Nähe des Gongs liegen. Und es war wichtig, daß es im Arbeitszimmer, in der Nähe des Spiegels, gefunden wurde. Ich weiß nicht, wann Sie auf die Idee kamen, Colonel Burys Bleistift an sich zu nehmen ...«

»Das war zur selben Zeit«, sagte Miss Lingard. »Wir gingen von der Halle ins Wohnzimmer. Ich war erstaunt, daß Ruth dort war. Ich merkte dann, daß sie durch das Fenster geklettert war. Gleichzeitig sah ich, daß Colonel Burys Bleistift auf dem Bridgetisch lag. Ich tat ihn unbemerkt in meine Handtasche. Sollte später jemand bemerken, wie ich das Geschoß aufhob, konnte ich immer so tun, als wäre es der Bleistift gewesen. Im Grunde war ich überzeugt, daß niemand gesehen hatte, wie ich das Geschoß aufhob. Ich ließ es dann unter den Spiegel fallen, während Sie den Toten betrachteten.«

Sehr langsam und betont sagte Mr. Forbes: »Das ist eine höchst ungewöhnliche Geschichte. Anscheinend fehlt jedes Motiv ...«

Mit klarer Stimme erwiderte Miss Lingard: »Ich hatte ein Motiv ...« Und heftig fügte sie hinzu: »Los! Holen Sie endlich die Polizei! Worauf warten Sie denn noch?«

Höflich sagte Poirot: »Ich wäre Ihnen dankbar, wenn Sie alle das Zimmer verlassen würden. Mr. Forbes, wenn Sie Major Riddle anrufen würden. Ich werde hier auf ihn warten.«

Ruth ging als letzte. Zögernd blieb sie in der Tür stehen.

»Das begreife ich einfach nicht!« Ihre Stimme klang verärgert, herausfordernd und anklagend zugleich. »Gerade eben waren Sie noch fest davon überzeugt, daß ich es gewesen wäre.«

»Nein, nein.« Poirot schüttelte den Kopf. »Das habe ich keine Sekunde angenommen.«

Langsam ging Ruth hinaus.

Poirot blieb mit der kleinen spröden Frau zurück, die gerade zugegeben hatte, einen vorsätzlich geplanten und kaltblütigen Mord begangen zu haben.

»Nein«, sagte Miss Lingard. »Sie haben wirklich nicht angenommen, daß sie es gewesen war. Sie haben sie nur beschuldigt, um mich zum Reden zu bringen. Das stimmt doch, nicht wahr?«

Poirot nickte langsam.

»Während wir warten«, sagte Miss Lingard, »könnten Sie mir eigentlich erzählen, wie Sie dazu gekommen sind, ausgerechnet mich zu verdächtigen.«

»Aus verschiedenen Gründen. Da war einmal Ihr Urteil über Sir Gervase. Ein hochmütiger Mann wie Sir Gervase hätte einem Außenstehenden gegenüber, besonders vor einem Menschen in Ihrer Stellung, nie abfällig über seinen Neffen gesprochen. Sie aber wollten damit die Selbstmordtheorie bekräftigen. Außerdem begingen Sie einen Fehler, als Sie andeuteten, daß der Grund zum Selbstmord möglicherweise in Unstimmigkeiten zu suchen sei, die mit einem unehrenhaften Verhalten Hugo Trents zusammenhingen. Auch das war eine Sache, die Sir Gervase einem Außenstehenden gegenüber niemals zugegeben hätte. Dann war da der Gegenstand, den Sie in der Halle aufhoben, und die sehr bedeutsame Tatsache, daß Sie mit keinem Wort erwähnten, Ruth hätte das Wohnzimmer vom Garten her betreten. Und schließlich entdeckte ich die Papiertüte – einen Gegenstand, der im Wohnzimmer von *Hamborough Close* völlig fehl am Platz war! Sie waren die einzige Person, die sich im Wohnzimmer aufhielt, als der sogenannte Schuß fiel. Der Trick mit der Papiertüte gehörte zu jenen, die auf eine Frau hinweisen. Damit paßte alles zusammen: der Versuch, den Verdacht auf Hugo zu lenken und ihn von Ruth fernzuhalten, die Art, in der das Verbrechen durchgeführt wurde – und das Motiv!«

»Sie kennen das Motiv?«

»Ich glaube, daß ich es kenne. Ruths Glück – das war das Motiv! Wahrscheinlich hatten Sie sie mit John Lake zusammen gesehen – Sie wußten, wie es um die beiden stand. Ferner war es für Sie einfach, sich Zugang zu Sir Gervases Papieren zu verschaffen, und dabei stießen Sie auf den Entwurf des neuen Testaments, mit dem Ruth enterbt werden sollte, falls sie nicht Hugo Trent heiratete. Das gab den Anstoß für Sie, das Recht in Ihre Hände zu nehmen, indem Sie die Tatsache ausnutzten, daß Sir Gervase mir bereits geschrieben hatte. Wahrscheinlich sahen Sie einen Durchschlag dieses Briefes. Welche verworrenen Gefühle, welches Mißtrauen und welche Angst ihn ursprünglich zu diesem Brief veranlaßten, weiß ich nicht. Er muß den Verdacht gehabt haben, daß entweder Burrows oder Lake ihn systematisch betrog. Seine Ungewißheit im Hinblick auf Ruths Empfindungen veranlaßten ihn, private Nachforschungen anstellen zu lassen. Diese Tatsache nutzten Sie aus; Sie bereiteten alles so vor, daß es wie Selbstmord aussah, und bestärkten diese Vermutung noch durch Ihre Behauptung, Sir Gervase sei wegen irgendeiner Sache, die mit Hugo Trent zu tun habe, sehr besorgt gewesen. Und im Zusammenhang mit meinem Eintreffen berichteten Sie, Sir Gervase habe gesagt, daß ich doch ›zu spät‹ käme.«

Heftig erwiderte Miss Lingard: »Gervase Chevenix-Gore war ein Tyrann, ein Snob und ein Windbeutel! Ich wollte verhindern, daß er Ruths Glück zerstörte.«

Behutsam sagte Poirot: »Ruth ist Ihre Tochter?«

»Ja – sie ist meine Tochter. Ich habe immer an sie denken müssen. Als ich hörte, daß Sir Gervase Chevenix-Gore jemanden suchte, der ihm bei der Abfassung einer Familiengeschichte hülfe, habe ich die Chance sofort ergriffen. Ich wußte, daß Lady Chevenix-Gore mich nicht wiedererkennen würde. Alles lag schon Jahre zurück, und außerdem hatte ich nach der Sache einen anderen Namen angenommen. Sie mag ich gern, aber die Familie Chevenix-Gore hasse ich. Wie Dreck hat man mich hier behandelt. Und dann wollte Gervase mit seinem Hochmut und seiner Angeberei auch noch Ruths Glück zerstören. Aber jetzt wird sie glücklich werden – wenn sie nie etwas über mich erfährt!«

Es war keine Frage, sondern eine Bitte.

Poirot nickte leicht.

»Von mir wird niemand irgend etwas erfahren.«

Ruhig sagte Miss Lingard: »Vielen Dank.«

Später, als die Polizei gekommen und wieder verschwunden war, entdeckte Poirot nicht nur Ruth, sondern auch ihren Mann im Garten.

Herausfordernd sagte sie: »Haben Sie wirklich geglaubt, ich sei es gewesen, Monsieur Poirot?«

»Ich wußte, Madame, daß Sie es gar nicht gewesen sein konnten – wegen der Herbstastern.«

»Wegen der Herbstastern? Das verstehe ich nicht.«

»Madame, auf dem Beet befanden sich vier Fußabdrücke – nur vier Fußabdrücke. Wenn Sie Blumen geschnitten hatten, mußten sich viel mehr dort befinden. Das bedeutete, daß irgend jemand zwischen Ihrem ersten und Ihrem zweiten Aufsuchen des Beetes sämtliche Fußabdrücke beseitigt hatte. Und das wiederum konnte nur die schuldige Person getan haben. Da ihre zweiten Fußabdrücke jedoch noch vorhanden waren, konnten Sie diese schuldige Person nicht sein. Ganz automatisch waren Sie von jedem Verdacht befreit.«

Ruths Gesicht verlor seine Düsternis.

»Ach, jetzt verstehe ich. Sie wußten also – wahrscheinlich ist es entsetzlich, aber diese arme Frau tut mir dennoch ziemlich leid. Schließlich hat sie doch alles gestanden, damit ich nicht verhaftet würde – oder jedenfalls waren das ihre Überlegungen. Und in gewisser Weise war das von ihr sehr – sehr anständig. Ich finde es einfach fürchterlich, wenn ich mir vorstelle, daß sie jetzt wegen Mordes vor Gericht gestellt wird.«

Behutsam sagte Poirot: »Dazu wird es gar nicht kommen. Der

Arzt hat mir erzählt, daß sie ein sehr ernstes Herzleiden habe. Sie wird nur noch wenige Wochen leben.«

Ruth pflückte einen Herbstkrokus und preßte ihn gedankenlos gegen ihr Gesicht.

»Die arme Frau. Aber interessieren würde mich doch, warum sie es eigentlich getan hat . . .«

Inhalt